Comme un poisson dans l'herbe

Patrick Sébastien

Comme un poisson dans l'herbe

XO EDITIONS

ISBN : 978-2-84563-612-5

LA BANDE ANNONCE

Neuf mois.

De juillet 2012 à mars 2013. Une grossesse littéraire. Le temps d'accoucher de ce nouvel enfant. Neuf mois à le fabriquer, le couver, le nourrir d'encre ombilicale. Neuf mois de joie. Celle de créer et de procréer. Bien sûr, il y aura des nausées, des velléités d'avortement peut-être. Qu'importe ! Si tout se passe bien, il verra le jour aux alentours du trente et un mars, la date de naissance de Maman. Comme ça, pour le plaisir de la synchronicité. Surtout pas de péridurale ! Je veux sentir toutes les douleurs. Tous les plaisirs aussi. Après, comme un véritable enfant, il ne m'appartiendra plus. Alors je vais l'emplir de tout ce que je perçois, de tout ce que je ressens. Neuf mois à répercuter dans mon ventre les ondes du monde qui m'entoure. Lui distiller mes colères, mes enthousiasmes et mes nostalgies.

Il sera bâtard, comme moi.

Les chantres de la littérature ne le reconnaîtront pas, évidemment. Les haut perchés n'y accorderont aucun intérêt. Normal, je suis tant saltimbanque. Mais je sais que dans la bibliothèque des ordinaires (je veux dire le porte-livre des W-C, ou le tiroir de la table de nuit IKEA), il prendra sa place. Et c'est ça le plus important. Il y a longtemps que la reconnaissance médiatique m'importe peu. Seule celle des gens du petit peuple m'est essentielle.

Je me contenterai de l'amour de ceux-là.

Mon enfant-livre sera nourri du sang de tous ces anonymes, ces insignifiants. Mes héros. Perfusion et profusion. Une foule d'invisibles indispensables à ma survie. Et, à la fin, penchés sur le berceau, il y aura peut-être les exceptionnels : le « Turc », la « panthère blanche », « Zébulon », « José-Rosa-Canelle », la « Brindille », le « grand Gérard » et tant d'autres....

Lélya aussi, j'espère !

LE FILM

Juillet 2012. Premier mois.

Aux premiers instants de la grossesse, il faut situer l'environnement général et le cadre particulier. Le paysage dans lequel va se faire la gestation et l'état d'esprit dans lequel se trouve le géniteur. Le grain de la toile et l'humeur du peintre. Pour matérialiser les couleurs du placenta dans lequel l'enfant-livre va prendre vie.

Il sera donc rose et noir.

Parce qu'Hollande est président.

Et que mon papa est mort.

Tellement improbable lorsqu'il y a un an j'ai posé le mot « fin » au bout du dernier livre *Les Joyeux guérissent toujours*. Sarkozy est parti et mon papa aussi. Une défaite et un aller simple. Une élimination et un retour à l'envoyeur. Et ce putain de temps qui arrache, bouleverse et reconstruit. Et qui manquera à l'appel l'été 2013 quand tu me liras ? Chez moi... Chez toi...

Hollande est président.

Et mon papa est mort.

L'eau a coulé sous les ponts. Sur les ponts aussi. De crues en tempêtes. Du mauvais temps qu'il fait au peu de temps qu'il reste, j'ai vieilli un peu. Quelques rides et du fer. La cuirasse renforcée. Mais la fleur aux dents quand même. Et le sourire aux lèvres obligatoire pour supporter l'insupportable. La décadanse, comme disait mon pote Gainsbourg. Le monde qui valse à l'envers. Les riches de plus en plus riches, les pauvres de plus en plus pauvres. Le Net de plus en plus flou. De plus en plus fou. Impitoyable et sodomite, puisque aucun d'entre nous n'est à l'abri de se faire « buzzer ». Et puis, ça y est, la société de consommation nous a totalement consommés. Sans oublier les bavures, les banlieues, les faillites, les délocalisations, les élections, les sélections, les agressions, les dangers, les risques, le probable, le presque sûr, enfin tout ce que ton journal télévisé du soir te matraque pour être bien sûr que ta nuit sera pleine de cauchemars.

Et aussi, d'écrans plats en salons où l'on cause, tu peux y ajouter la dictature des palabres. Tout le monde s'exprime sur tout. Chacun sa partition de certitudes, de critiques et, le plus souvent, de lieux communs. Une cacophonie orchestrée par une nouvelle race de tribuns : les « donneurs d'avis » professionnels. Omniprésents dans tous les médias, ils accusent, affirment, éreintent. Trop incompétents pour être ministres, trop incultes pour être professeurs, ils assènent leur vérité avec une suffisance de coq. Montés sur leurs ego, ils se disputent la place de prince de la basse-cour. Le sommet du tas de fumier. Cacaphonie, donc !

Et moi, je contemple tout ça, amusé et affligé. Et donc, beauf de service et tellement fier de l'être, je me contente de faire mon intéressant dans ma télé-cirque et je continue à faire tourner mes serviettes. Tant qu'à brasser du vent, autant amortir la lingerie ! Surtout au tarif où la crise nous met le tissu. On va bientôt payer le torchon au prix du carré Hermès. C'est raccord. Hermès, c'était le dieu grec des marchands et des voleurs. Tu vois, je m'amuse de tout. Par nécessité. Pour la survie. Je m'applique de mon mieux à tout prendre à la légère. Et, à défaut de m'armer vraiment, j'affûte mes répliques. Face à l'arrogance enfantine, par exemple. Quand le pitchoun des rues, pas plus haut que trois dattes, me lance :

— Va niquer ta mère !

Je lui réponds :

— Si j'avais niqué la tienne, j'aurais joui dans les draps !

Je précise que « pas plus haut que trois dattes » n'était pas une métaphore raciste. C'était juste pour changer des pommes. Bon, d'accord, ça donne au gosse arrogant une couleur Afrique du Nord. Mais le dernier qui m'a dit ça en avait le type. L'avant-dernier aussi, d'ailleurs. Et alors ? Je ne généralise surtout pas, je relate. Mais je précise par prudence. La suspicion d'exclusion ethnique nous a collé des épées de Damoclès sur la tête au détour de chaque phrase. Bientôt, tu ne pourras plus dire que tu n'aimes pas les huîtres portugaises sans être condamné pour ségrégation iodique. Et je n'exagère même pas. Les offusqués sont à l'affût du moindre dérapage, un avocat sur l'épaule. Et nous voilà peureux et hypocrites par précaution. La fausse bonne conscience met des freins à tout. Et on s'étonne de ne plus avancer !

Fausses indignations, faux procès, faux-semblants, entre copains, on appelle ça la « sociétoc ». Tout en simili. Absurde et dégénérée. Un ami m'a fait parvenir récemment un dessin humoristique qui résume à lui seul l'ubuesque de notre quotidien. C'est un policier qui contrôle un automobiliste assis au volant, cagoulé, une Kalachnikov sur l'épaule collée contre sa joue. Et le policier s'excuse :

— Pardon, vous pouvez y aller. Je croyais que c'était un portable !

On pourrait ruer dans les brancards, bousculer l'ordre établi, s'unir pour tout bouleverser. Mais c'est trop tard. La peur, savamment entretenue par le matraquage expliqué plus haut, nous a conditionnés à perpétuité au « chacun pour soi ». Finalement nous n'avons qu'une alternative restreinte : suivre ou fuir. Fais ce que tu veux, moi, j'ai choisi : je fuis. Je me terre le plus souvent possible dans mon antre à Martel dans le Lot, et j'écris. Pour moi et pour toi. Égaré égoïste, pour me retrouver moi, et passionné altruiste pour te retrouver toi. Et puis, parce que ça me soulage. Et qu'au moindre croisement de ton regard dans la rue, ou à la fin d'un spectacle, je vois notre fusion. Parce que je t'ai écrit à l'oreille et que tu as aimé mes confidences. Et me voilà addict à cette communion littéraire si étroite. Cet amour de papier inespéré.

— Il sort quand, le prochain ?

— Je l'ai commencé, madame. Pour l'instant, il s'appelle : « Je me contenterai de l'amour de ceux-là », mais rien de définitif.

— Et ça parlera de quoi ?

— De tout. Parfois de rien. Des neuf mois d'une grossesse imaginaire. Neuf mois de fécondation *in vitro*. Assis ici et là, martelant mon ordinateur, entre des fenêtres, des baies vitrées, des miroirs, dans des bureaux, des chambres d'hôtel, au fil de mes voyages de saltimbanque.

— Ça ne parlera que de ça ?

— Non, ça, c'est le décor, le prétexte. En fait, ça parlera surtout de vous, du petit peuple, des ordinaires, de ceux que j'aime et qui m'aiment. Mes vagabonds magnifiques. La plupart, auto-stoppés en bord de bitume, pouce en bas, le sac à dos plein d'illusions perdues. Les routards de la vie que le flot de la circulation frôle, ignore et éclabousse sans même un regard dans le rétroviseur.

— Un *road movie* échographique, quoi !

— Bien vu ! Au gré de mes chemins de traverse. Alors, il y aura des rencontres, des portraits, des scénarios de la vraie vie, et aussi des états d'âme, écrits à l'instinct et à l'instant, sans ratures, comme j'aime tant le faire. Histoire de parler du monde comme je le vois et comme tu le vis. Et puis ce sera l'occasion de retrouver mes absents, mes « envolés » : Maman toujours perchée sur mon épaule. Et les nouveaux oiseaux, papa, Kiki, Annie. Mais je divaguerai aussi sur mon présent, ses rires, ses audaces, ses fêtes. Un coup le blues, un coup la salsa. Un coup le beau, un coup le moche. Un coup de main, un coup de griffe. Les montagnes russes de la vraie vie, quoi ! Noir et rose.

Mon papa est mort.

Et Hollande est président.

Je serai certainement plus acide, plus vif, plus courageux. Je n'ai plus grand-chose à perdre. Le privilège du bout de piste. J'oserai quelques grognements de vieux loup, les crocs dehors. Les dernières indignations d'une vie solitaire que j'ai passée à hurler à l'amour dans une montagne sans écho. Les cris rauques d'une voix de garage. Juste avant la casse, l'aphonie, la retraite au Flamby, quand, édenté, je ne pourrai même plus mâcher mes mots. Ma psychanalyse de librairie accouchera certainement de quelques colères crues, de confessions libidineuses et de bourrasques idéalistes pour moulins à vent. Et puis d'écarts d'image. De pensées moins légères que l'air déplacé par des serviettes qui tournent. Histoire de me dépareiller. D'enlever un peu plus la mousse du petit bonhomme. Oh, pas pour une respectabilité hypothétique ! Quand bien même je citerais Sartre, ils croiraient, là-haut, que j'ai fait une faute de frappe en voulant évoquer le département des rillettes. Non, pour le plaisir. Juste pour le plaisir.

Mais surtout, ce sera l'échappatoire. L'évasion. Pour sortir de ma prison dorée sans en scier les barreaux. Pour le bonheur de te retrouver dehors, toi, mon essentiel. Mon anonyme à l'autre bout des pages. Loin, si loin où tu me lis. Mais tellement là. Tes doutes tellement pareils à mes affres. Tes élans si près de mes emportements. Heureusement que je t'ai. Sinon, j'aurais lâché la rampe depuis longtemps. Ce sera donc un enfant de l'amour. Celui que je te porte et que tu me rends si bien. Tu es ordinaire. Parfois beau, parfois non. Parfois bête, ou pas. Parfois sale même. Mais merveilleux et touchant toujours. Tu es mon public, comme on dit. Moi, je dis mon privé. Mon intime. À la mort de Maman, j'ai décidé de ne plus du tout m'occuper de ceux qui ne m'aiment pas pour ne me consacrer qu'à ceux qui m'aiment. Ceux-là, c'est toi. Et que les autres aillent se faire foutre !

Il eût été plus élégant d'écrire : « Que les autres aillent se faire voir ! » Prendre encore des gants, comme je le fais depuis si longtemps. Par diplomatie. Par prudence. Comme chaque fois qu'un écrivaillon aigri et hargneux me traite, dans les colonnes de son torchon, de débris, de gros porc, de ringard pathétique à désintégrer au plus vite pour la salubrité publique, de débile de foire, de phallocrate inculte, en conseillant, en point d'orgue, de me finir au lance-flammes. Je n'en rajoute pas, ça a vraiment été écrit. Je peux adjoindre à ces amabilités d'encre acide les innombrables crachats des corbeaux du Web. Sans oublier, bien entendu, les jugements définitifs de salon, de bistrot, de trottoir.

Ce sont les fourches Caudines imposées à toute célébrité. J'ai eu mon compte. Et j'ai serré les mâchoires à m'en user les dents. J'ai passé des nuits blanches et des jours noirs. Blessé ? Bien plus. Écorché. À vif. Avec des envies d'abandon. Des velléités de vengeance à coups de barre de fer. Et puis, au bout du compte, toujours la même question : à quoi bon ? Alors, j'ai désarmé ma hargne. Comme nous le faisons tous, la plupart du temps, nous, les « vedettes ». Nous, les ruminants. Les bêtes à cornes obligatoires. Cocus magnifiques, tournant et retournant dans nos panses les injures et les critiques de ceux qui auraient tant aimé être nous. Gérard Jugnot a trouvé la phrase juste : « Ils ne nous ont pas empêchés de réussir, mais ils nous ont bien gâché la fête ! » Tant pis pour la fête et tant mieux pour nous. Tant mieux pour moi. Même s'il m'arrive de confier à mes vrais amis que si c'était à refaire, je le ferais faire par un autre. Je mens, bien sûr. C'est juste pour le plaisir du bon mot.

Ça y est, docteur, je suis guéri !

Même s'il subsiste une cicatrice indélébile qui séparera toujours ce que je suis vraiment de ce qu'on en suppose, j'ai choisi de laisser le « supposé » aux autres et de ne partager le « vraiment » qu'avec les miens. D'ignorer les mains qui giflent pour ne serrer que celles qui caressent. Un tournant essentiel dans ma façon d'appréhender l'existence. Et depuis, j'y ai gagné une sérénité absolue. Avec un regret évident : pourquoi ne l'ai-je pas fait plus tôt ? Peut-être est-ce cela qu'on appelle le privilège de l'âge ? La vieillesse est un naufrage, certes. Mais le bonheur qu'on peut en tirer ne dépend que de l'île sur laquelle on a choisi de s'échouer.

Ce virage, je te conseille de le prendre au plus vite. Parce que la loi du fiel ne s'applique pas exclusivement aux célèbres, aux exposés. Nous sommes tous, anonymes ou pas, agressés chaque jour par la sentence, le dénigrement ou la calomnie. Seuls les fiers menteurs claironnent que ça ne les touche pas. L'apaisement, c'est juste une décision à prendre. Moi, il m'aura fallu plus de cinquante ans. J'espère que tu n'attendras pas autant. Si ces mots peuvent en convaincre un seul de cette urgence, ce livre aura au moins servi à quelque chose. Pour redevenir léger, il est certain qu'il pourra servir aussi de cale sous une armoire boiteuse ou de papier-toilette en cas de bout du rouleau Moltonel. Mais soyons optimistes ! Et rêvons que l'utilité du contenu l'emportera sur la sauvegarde occasionnelle. Et ce, quelle que soit la douceur de la fibre.

Enfin, bref, pour résumer mon propos et ses digressions fantaisistes, mon équilibre d'aujourd'hui tient en une phrase : « Qu'on écrive, pense ou dise ce qu'on veut de moi m'est totalement indifférent. » Et je n'en ai pas plus de mérite que ça. J'ai eu la révélation, le déclic... Enfin, plutôt une voix sur mon épaule.

— Arrête de te prendre la tête, mon petit. Ils n'en valent pas la peine. Il te reste trop peu de temps.

— Combien, Maman ?

— Où je suis, je le sais, mais tu comprends bien que je ne peux pas te le dire.

— Une estimation ?

— Suffisamment pour accomplir ce qu'il reste de ta mission.

— Amuser, distraire ?

— Aussi. Mais surtout laisser le plus de traces d'amour que tu pourras. Ils en ont tant besoin.

— Tu me donnes peut-être plus d'importance que j'en ai.

— Pas sûr... Même si ça me contrarie, ton ami Hollande est président.

Et mon papa est mort.

Il a fallu qu'il parte pour que je l'appelle papa pour la première fois. Au bout de cinquante ans de tendresse voilée. Cinquante ans qu'il a passés à me fabriquer sans m'avoir fait. On y reviendra plus loin.

Mais, pour l'instant, Hollande est président.

Maman reste de droite, et je ne suis toujours pas socialiste. Humaniste seulement, et relativement satisfait. Quels que soient les sarcasmes, les quolibets et la mauvaise foi des sarkozystes déçus. Je n'ai que ça autour de moi. C'est te dire si elle est ardue à assumer ma fidélité provisoire à « François Ier *bis* » (après Mitterrand). Je dis provisoire parce que je ne suis pas un aficionado intraitable. Juste un ami à peine proche. Nous échangeons depuis longtemps des SMS réguliers de sympathie. Fidèle, mais suffisamment indépendant pour être lucide. Et m'écarter au cas où le rose virerait au grenat au lieu de tirer sur le pastel comme promis. Mais bon, pour l'instant, je cautionne. Ne serait-ce que pour la leçon de clairvoyance qu'il a donnée aux prévisionnistes de haut rang. Les Nostradamus des banlieues chic.

Ah, ils ne l'ont pas vu venir, là-haut, le « mou de secours », comme ils disent ! Ils sont tellement hautains, tellement sûrs d'eux. Moi, je l'avais pronostiqué depuis longtemps le retour de bâton. Quand j'ai créé le DARD (Droit au Respect et à la Dignité), ils m'ont raillé, insulté, dédaigné. Ils ne l'ont pas calculé, votre besoin d'exister. Moi, je savais. Mais un clown reste un clown.

— De quoi je me mêle ? Va faire le saltimbanque ! La politique, c'est un métier, m'ont-ils lancé en me renvoyant dans les cordes de mon cœur violon.

J'ai eu droit à tout. J'ai évité le « Casse-toi, pauv' con ! » de face, mais je l'ai pris par-derrière dans tous les dîners en ville. Seulement voilà, il y a aussi des dîners à la campagne. Entre simples, pas forcément meilleurs, mais vrais. Alors, normal que le peuple essaie de reprendre un peu la place qui lui est due. La suffisance, comme son nom l'indique, est suffisante. Résultat :

Hollande est président.

Merci, Nafissatou. Et merci aussi, Nicolas. Un peu démobilisé sur la fin, non ? C'est à se demander s'il la souhaitait vraiment, la prolongation. Je reste persuadé que non. Parce que le président qu'il a été est si loin de ce qu'il est vraiment. Nicolas Sarkozy est un homme bon, profondément généreux, humaniste et bien plus empli des qualités qu'il a cachées que des défauts qu'il a montrés. Paradoxe adultérin : je suis content du nouveau et je regrette l'ancien. Comme un mari ayant fui le ras-le-bol conjugal pour se jeter dans les bras d'une autre. Et comme la règle veut que la première maîtresse du fuyard soit l'ex-femme, ça sent le regain de popularité pour Nicolas Ier qui a eu bien raison de ne pas être Nicolas II. Il va peut-être enfin atteindre son but suprême si peu avoué : être aimé vraiment. Quand je te dis que je ne suis pas socialiste ! Je tente seulement d'être juste. Et le président Hollande me paraît juste. Incompétent ? Ils le sont tous plus ou moins par nécessité, par obligation. Les limites font partie du kit. Mais « François Ier *bis* » n'est pas un fourbe. En tout cas, malgré la fonction, il va s'efforcer de ne pas l'être. Et ça me suffit.

Alors, peut-être, tu m'aimes, mais tu détestes ce que je viens d'écrire. Et alors ? L'amour réciproque n'impose pas de se ressembler en tout. Première leçon de ce livre : accepter l'autre, ses différences, ses préférences sans que cela entame la relation. Je ne prêche pas, je me confie. Tu me trouves condescendant, orgueilleux, mégalo ? Alors, je répète : « Je ne prêche pas, je me confie. » Et si ça ne te plaît pas, tu peux partir.

Ne plus m'occuper de ceux qui ne m'aiment pas. Etc.

Voilà un premier échantillon de l'enfant-livre que tu tiens entre les mains. Un test de grossesse, en somme. Qui va virer à l'arc-en-ciel. Avec plein de rayons de soleil au milieu des tempêtes. Approche ton nez, il y aura même des odeurs. Des souvenirs d'enfance sucrée, des amours salées, des audaces poivrées. Je te promets des arômes d'une douceur infinie. Même si la première senteur est obsédante et âcre. Celle d'un couloir d'hôpital : éther, Javel pour les sols, et larmes. Parce que Hollande devait être président. Bon, d'accord, à la rigueur ! Mais mon papa n'aurait pas dû mourir.

« La mort de mon papa », le film :

Séquence 1. Service des urgences. Intérieur nuit.

L'urgentiste ne se lève même pas de sa chaise. Il lance narquois à Fanfan, ma sœur :

— Vous n'avez pas les moyens d'avoir ce qu'il faut dans votre campagne !

Fanfan a accompagné papa de Martel à l'hôpital de Brive. Il a geint de douleur pendant les trente kilomètres du parcours. Alors, une infirmière va l'examiner sommairement. Parce que l'urgentiste est très bien assis sur sa chaise.

— Rien de grave, rentrez chez vous, avec quelques analgésiques, ça va passer.

Elle a dû rigoler, la septicémie, à l'intérieur.

— Chouette, j'ai tout le temps de m'installer !

Séquence 2. Le lendemain. Intérieur jour.

Mon papa a enfin été pris en main. La septicémie est violente. Peu de chances de s'en sortir. Fanfan pleure. Je m'inquiète. Maman sur mon épaule ne dit rien. Elle sait sûrement déjà. Elle se prépare à l'accueillir.

Séquence 3, 4, 5... 25, 26... 31, 32, etc. Intérieur nuit.

Pendant plus d'un mois, je passerai des bouts de mes nuits dans la chambre 7 du service de réanimation qui sent l'éther, l'eau de Javel et les larmes. À chaque retour vers le Lot, entre les shows et les paillettes, je ferai une halte à l'hôpital de Brive. Quelques heures à contempler un corps difforme bardé de tuyaux, cerné d'écrans de contrôle clignotants. Comme un poste de pilotage d'avion. À attendre le crash.

C'est une nuit de février, froide, triste.

Cathy s'énerve sans cris. Elle est aide-soignante. Mais elle a été tellement plus. À vingt ans, elle est entrée dans la maison de Martel. Pour faire le ménage, la cuisine. Pendant plus de dix ans, elle a passé toutes ses journées au plus près de notre famille, au point que c'est devenu la sienne. Papa, c'est presque son père, moi, son frère, peut-être plus même. Et puis elle est partie vivre sa vie. Accrochée à la compassion et au service, elle a choisi l'assistanat médical. Et le hasard (mais est-ce vraiment lui ?) a fait que c'est dans son service de réanimation qu'on a amené papa.

Cathy est résignée. Elle a tellement l'habitude. Elle sait.

— Tu es sûre qu'on a tout fait ? questionnai-je, les yeux dans les yeux.

Elle les baisse et ne répond pas. Je la relance :

— En tout cas, tout bien fait ?

Elle ne répond pas non plus, et garde les yeux baissés. J'ajoute :

— Et est-ce que là, on n'en fait pas trop parce qu'il y a eu une erreur au départ et que vu ma célébrité et l'écho que je pourrais donner, il faut protéger les apparences ?

Elle ne répond toujours pas, mais relève les yeux pour les planter dans les miens. Longtemps. Sans un mot. Les larmes à fleur de cils.

C'est bon, j'ai compris.

— Et ça va durer longtemps ?

Ça a duré plus d'un mois. Cathy a été obligée de s'énerver pour qu'on daigne augmenter les doses d'anti-douleur. D'un côté, la médecine, ses codes, ses certitudes, ses obligations, et de l'autre Cathy et moi, désespérés, regardant arriver l'inévitable entre rancœur et résignation.

Une autre infirmière m'apostrophera dans le couloir :

— Vous n'êtes peut-être pas au bon endroit.

Je lui répondrai, lyrique et triste, style Hondelatte du dimanche soir :

— On n'y peut rien. C'est toujours le destin qui choisit le lieu du crime.

Peut-être aurait-il fallu l'emmener ailleurs, mais il était intransportable. Alors prolonger, et prolonger encore. Accepter le spectacle de cette déchéance sans issue. À moins que...

Seul dans la chambre 7, Maman me tape sur l'épaule :

— Non, mon petit, non. Je sais que tu penses à l'oreiller que tu as mis sur ma bouche pour tenter d'abréger mes souffrances. Tu sais très bien pourquoi tu n'as pas pu aller au bout. Non, mon petit, non ! Ça va se faire tout seul.

J'y ai juste pensé. J'ai pensé aussi que peut-être, vu le coût d'une journée de réanimation, c'était toujours ça de gagné pour les labos marchands de tous ces produits, et toujours ça de perdu pour la Sécu. Mais allons donc ! C'est du pur délire. A-t-on le droit d'imaginer que, dans ce monde civilisé, le profit pourrait l'emporter sur la conscience ? On n'est pas des barbares, tout de même !

Et j'ai pensé enfin à tous ceux qui sont encore cloués pour une erreur médicale, un mauvais diagnostic, une surcharge des services. En fin de compte, j'ai rentré ma colère parce que ça ne se fait pas. La mission est déjà tellement ingrate qu'on ne doit pas y ajouter la suspicion.

Mais quand même... L'urgentiste aurait pu au moins lever le cul de sa chaise !

Dernière séquence. Clap de fin.

Sur la scène des « Années Bonheur », le chanteur va entrer interpréter son tube. Immortel, lui. C'était prévu de longue date. Mon papa est mort il y a quelques heures. Et mon copain Daniel Guichard attaque :

« Dans son vieux pardessus râpé... »

Je ne baisse pas les yeux. Je ne pleure pas. J'écoute et je me souviens de « mon vieux » à moi. Camille « le merveilleux » ne m'a pas fait, mais il m'a grandi. Ses larges mains plates de boucher ont travaillé bien plus que la normale pour me donner un toit, un bout de viande dans l'assiette et des habits neufs. Il m'a appris à marcher droit, à penser droit et à serrer les dents. À ne jamais me plaindre. À pardonner. À aimer. C'était un homme exceptionnel comme tous ceux qui se contentent de leur vie sans envier celle des autres. J'ai rencontré des dizaines de stars, des présidents, des princesses, des génies. Pour aucun d'entre eux je n'ai eu le respect infini et l'admiration que j'ai pour cet homme-là. Il est tellement rare d'être seulement simple et bon.

Comme il n'était pas mon géniteur, je n'ai jamais pu l'appeler « papa ».

Ce soir-là, pour la première fois...

« J'aimerais qu'il soit près de moi, papa. »

La chanson est finie.

Devant leur télé, là-bas, chez toi, des millions de téléspectateurs ne savent pas. Le public applaudit à tout rompre. Guichard salue. J'enchaîne avec un grand sourire. Maman est fière.

— C'est bien, mon petit. Tu as envie de pleurer, mais tu souris. C'est bien. Reste debout, toujours !

L'enfant sera courageux.

Ça, c'était en mars. Aujourd'hui, juillet a éteint les projecteurs du studio d'enregistrement d'émissions télé et allumé uniquement ceux de mes scènes de saltimbanque. Je balade mes imitations d'arène en salle des fêtes. Et au-delà de mon plaisir d'artiste, il y a surtout celui des rencontres de hasard. Celles qui ont construit mon humanisme. Celles qui vont fabriquer les premières gouttes de vie à instiller à mon enfant-livre. Des états d'âme déterminants. Je vais t'en livrer trois pour ce premier mois. Sans trop m'attarder. Plus tard, je me poserai un peu plus. Quand les chapitres enfleront au fil de ma grossesse.

On va commencer par l'attendrissement.

Le restaurant de nuit, comme souvent, était resté spécialement ouvert pour moi après le spectacle. Autour de la tablée de joyeux, la serveuse s'était dépensée avec un entrain rare. En souvenir des années du snack-bar de

Maman, j'ai toujours eu une tendresse particulière pour les énergiques. Celles qui n'économisent ni leur peine ni leur sourire. Les seules qui trouvaient grâce à ses yeux. Celle-là lui aurait particulièrement plu. Au milieu du brouhaha, et de la bonne humeur communicative, j'ai dû être le seul à y prêter attention. Si elle avait été jolie, elle aurait sûrement subi les regards appuyés et quelques réflexions salaces. Les hommes, hélas, sont des paons qui ne font la roue que devant les pintades AOC !

Celle-là était une poulette sans charme. Petite, le dos courbé, les cheveux en bataille. Elle portait des lunettes trop grandes pour son nez et trop petites pour ses oreilles. Pendant tout le repas, le cœur qu'elle a mis à l'ouvrage m'a bien plus interpellé que la conversation ambiante sans surprise : le sport, la politique et la télé bien sûr. J'ai, comme à l'accoutumée, répondu poliment à toutes les interrogations, et bien sûr, en point d'orgue, à la question récurrente qui apparemment constitue le mystère premier de la France profonde :

— Et Drucker, il est vraiment gentil ?

Au moment de partir, j'ai demandé au patron si je pouvais offrir un verre à sa serveuse pour la remercier de son travail formidable. Il m'a gratifié d'un commentaire égrillard d'une vulgarité consternante :

— Il te les faut toutes ! Tu vas quand même pas monter là-dessus ?

J'ai juste souri. Ce que c'est qu'une réputation tout de même ! Mais fausse. Et, en la circonstance, pour deux raisons. D'abord je ne « monte » pas sur tout ce qui bouge. Et ensuite, ce genre de jugement grivois me choque. Eh oui ! J'ai mes pudeurs. Ce que j'accepte pour les filles de joie, je ne le supporte pas pour les filles de peine. Réminiscence de la sentence « humano-proustienne » de Maman :

— La feignasse pomponnée, tu peux la bousculer. Ça mérite. Mais on ne se moque pas des jeunes filles en sueur !

J'ai donc choisi une petite table à l'écart pour boire un dernier verre avec Zébulon. Elle m'a avoué qu'on la surnommait ainsi pour son énergie, et que ça lui plaisait bien.

— En fait, je m'appelle Aurore, a-t-elle dit en riant. Tu parles d'une connerie ! Non mais, franchement, est-ce que j'ai une tête à m'appeler Aurore ?

Du Arletty pur sucre. Elle a enchaîné :

— Les parents, ils devraient pas choisir les prénoms des enfants dans les contes de fées. Tu crois que ce sera Cendrillon et tu te retrouves avec Carabosse !

Évidemment, j'ai atténué. En lui affirmant, et je le pensais vraiment, qu'elle avait un charme particulier. Elle m'a gentiment renvoyé à une réalité où la courtoisie ne change rien à l'évidence. Moche peut-être, mais lucide, « Zébulon ».

— Je suis certain qu'il y a un tas de mecs qui te courent après, ai-je insisté.

— Ah, ça, c'est sûr ! Les vilains, les chauves et les vieux. Le problème, c'est que moi, j'en veux un beau !

Et pendant une heure je suis resté pendu aux lèvres de cette petite chose en mouvement permanent. D'abord, ça a été le réquisitoire contre les « cassos ». Les cas sociaux bons à rien qui s'empiffrent de RSA, alors que bon, si on veut bosser vraiment, du boulot, y en a ! Il suffit de ne pas compter sa peine. La vérité sort de la bouche des enfants. J'avais devant moi une fille de trente ans grande comme une gamine de CE2 qui dégoulinait de franchise. Comme tous les gosses qui ne connaissent pas encore le calcul, la diplomatie et les compromissions. Enfin, tous les défauts des adultes, quoi ! Sa naïveté était bouleversante. Elle a atteint son pic en toute fin de conversation. Elle commençait à fatiguer un peu. Le ton était plus retenu et les confidences plus intimes. Au bout d'un long chapelet d'échecs amoureux et de vexations au quotidien auxquelles est venu s'ajouter le manque d'une Maman partie trop tôt, elle m'a avoué son renoncement.

— C'était il y a trois ans. J'ai voulu me suicider. Alors, je suis allée m'asseoir sur un banc, sous l'orage, avec une fourchette sur la tête.

— Pardon, tu peux répéter ?

— Sous l'orage, avec une fourchette sur la tête comme ça, pour attirer la foudre.

Et, en attrapant le trident à poisson qui traînait sur la table, elle a illustré les mots par le geste. J'en ai eu les larmes aux yeux. C'était tellement ridicule et tellement attendrissant. La petite chouette ébouriffée tenait de toutes ses forces la fourchette bien à la verticale sur sa tête, le sourire éclatant et les yeux tristes. Je n'ai pas pu m'empêcher de l'embrasser tendrement sur la joue. Je lui ai demandé si je pouvais raconter ça dans mon livre. Elle m'en a donné la permission, en demandant dans la droite ligne de sa naïveté :

— J'aurai rien à payer ?

J'ai éclaté de rire. Je l'ai rassurée. Et je l'ai quittée en disant :

— Moi, je trouve qu'Aurore, ça te va très bien !

Voilà, c'était une de mes rencontres de hasard. Il y en aura beaucoup d'autres. Au cas où tu aurais un doute, je te jure sur Lily que cette fille qui a voulu se suicider à la fourchette existe bel et bien. D'ailleurs, toutes les saynètes que je te raconterai sont absolument réelles, si incroyable que puisse paraître le scénario. S'il m'arrive de mentir, c'est qu'il y aura une bonne raison et je te le dirai. Promis. Allez, on passe à un autre état d'âme pour que mon bébé de quelques jours commence à imprimer le sens de la vie : la compassion.

À la fin de chacun de mes spectacles, je fais monter une partie du public sur scène. Les téméraires qui s'y risquent deviennent les illustrateurs de ma chanson « Pourvu que ça dure ! ». Une fantaisie pour noces et banquets où on accompagne le refrain d'une petite chorégraphie calquée sur les paroles. Une chanson de geste. Et je m'égosille, encadré d'une dizaine de sympathiques enthousiastes et maladroits, sous le feu des portables des amis qui veulent immortaliser à jamais ce moment héroïque. Il y a des jeunes, des vieux, des enfants. Des normaux, quoi ! Et toujours un ou deux différents. Attardés, trisomiques. Ma fierté. Et mon bonheur absolu de les serrer dans mes bras plus que les autres. Pour montrer à toute la salle que la différence n'est pas contagieuse.

Si hallucinant que ça puisse paraître, le maire d'une ville où je donnais mon spectacle m'en a fait le reproche à mots couverts :

— C'était très bien. Mais sur la chanson à la fin, ce n'était peut-être pas utile de faire monter les petits... comment dire ?... un peu disgracieux. Je n'ai rien contre eux, bien sûr. Mais la presse a fait des photos, et pour votre image, c'est peut-être dévalorisant.

Traduis : « Je ne veux pas qu'on croie que je suis le maire d'une ville de mongoliens. »

Ma réponse a été d'une extrême violence. Je ne peux évidemment pas citer ici tous les noms d'oiseaux dont j'ai couvert l'édile. Bernard Fixot, mon éditeur, me conseille sans cesse d'éviter la grossièreté pour ne pas choquer le lectorat féminin. Tu as raison, Bernard. Mais il m'étonnerait quand même fort que je repasse dans cette ville tant que ce gros enculé en sera le premier personnage. Et en plus, ça se prétend de gauche ! T'as du boulot, François !

Par bonheur, il y a une semaine, le maire était charmant et parfaitement normal, lui. Il était en train de me féliciter chaudement dans la loge, quand une femme est entrée, les larmes aux yeux. Elle tenait, serré contre elle, un trisomique sans âge, comme ils le sont souvent. J'ai demandé aux visiteurs de me laisser seul avec eux.

— Merci, a-t-elle dit, tremblante. Vous ne pouvez pas savoir le plaisir que vous avez fait à mon Pierre en le faisant monter avec vous. Et surtout en l'embrassant devant tout le monde. Il vous adore. Vos chansons l'apaisent. Merci... Merci !

Je l'ai prise dans mes bras. Quand j'ai desserré l'étreinte, elle m'a demandé :

— Je peux prendre encore une photo ?

— Bien sûr.

Et puis elle a appelé quelqu'un dans le couloir. Une amie à qui elle a dit, en lui confiant Pierre :

— J'en ai pour deux minutes.

En fait, ça en a duré dix. Elle m'a encore remercié et m'a raconté brièvement sa vie. Pas pour l'étaler, non, juste parce que j'ai insisté pour la connaître. Un roman de Zola. Le père disparu deux ans plus tôt dans un accident. Un premier enfant mort-né et celui-là, qu'elle avait gardé malgré le risque de malformation qu'elle connaissait. Une vie à crédit et les multiples embûches de l'assistance médicale, ses injustices et sa bêtise administrative. Au moment de partir, elle a défait le médaillon de la Vierge qui pendait à son cou, et me l'a glissé dans la main.

— Tenez, pour vous remercier.

J'ai protesté :

— Ah, non ! Je ne peux pas accepter.

Elle a serré ses mains sur les miennes.

— J'insiste. Ça me vexerait. Vous verrez, elle va vous protéger.

Quand elle a eu passé la porte, j'ai fait tourner quelques instants le médaillon dans mes doigts. Puis je l'ai enveloppé dans une boule de mouchoirs et, en partant, je l'ai jeté par la fenêtre de ma voiture. Je n'ai rien contre la Vierge, mais s'il y avait quelqu'un à protéger, ce n'était pas moi. C'était elle et Pierre.

Tu vois, il m'arrive d'être rancunier.

Surtout quand ce n'est pas à moi qu'on fait du mal.

Le dernier état d'âme sera la tolérance. Ou la moquerie selon tes convictions. C'est toi qui décideras à la fin. Il était trois heures du matin et on était deux à avoir soif. Moi, de café, et ma voiture, de sans plomb. Je me suis arrêté dans une station sans service d'autoroute. J'écris sans service puisqu'il y a bien longtemps qu'on fait le plein et le pare-brise nous-mêmes. Il n'y a que les vieux comme moi qui se souviennent du temps des sourires et des amabilités. Et en plus, il faut payer avant. Comme pour les prostituées. Donc, la sensation que les baisés, c'est nous. On n'est pas à un paradoxe près.

J'ai évidemment fait mon café moi-même à la machine et je suis allé m'asseoir à une petite table à l'écart. Je m'apprêtais à me lever après l'avoir bu quand une voix dans mon dos a proposé aimablement :

— Je peux t'en offrir un autre ?

L'homme était avenant. Un vrai routier sympa. Costaud, un peu bedonnant et tatoué sur toute la surface des avant-bras. Presque une caricature. Il ne lui manquait que la casquette Labo. J'ai décliné l'offre gentiment. Je fuis toujours ce genre de cadeau dans les lieux de sustentation. D'habitude, ça commence comme ça et puis on m'invite à la table. On papote, on papote, et si j'ai le malheur de vouloir me lever avant que l'« inviteur » l'ait décidé, j'ai droit à l'inévitable :

— Tu peux bien rester un peu, je t'ai quand même payé un coup !

Alors j'ai juste dit :

— Désolé, j'ai encore beaucoup de route.

L'homme a insisté :

— Ça me ferait vraiment plaisir. Et surtout, je voudrais te remercier pour quelque chose qui va sûrement t'étonner.

Il m'avait parfaitement appâté. Je me suis approché et j'ai demandé :

— Qu'est-ce qui va m'étonner ?

Il m'a serré la main d'une poignée vigoureuse et m'a invité à m'asseoir.

— Je m'appelle Jean-Michel. Je suis de pas loin de chez toi. Limoges.

J'ai plaisanté :

— Rue François-Perrin ?

— Dans les environs, pourquoi ?

— La rue est tellement longue. À Limoges, tout le monde habite rue François-Perrin !

On a ri ensemble. Et puis son téléphone a sonné. Il s'est excusé.

— Allô… Oui, mon amour. Tu devineras jamais avec qui je suis… Patrick Sébastien… Tu te rends compte, le hasard ? Oui, j'étais sur le point de le lui dire… Je te rappelle. Bises, princesse !

Et il m'a confié d'une voix douce :

— Je voulais te remercier pour une chanson. C'est la nôtre.

En les imaginant, lui et sa femme, à la queue leu leu le soir de leur mariage, j'ai demandé :

— *Le Petit Bonhomme en mousse… Les Serviettes* ?

— Non. Une vraie chanson. Enfin, je veux dire, pas qui fait danser, une sérieuse. Celle que tu as écrite pour Lisa Angel : *Maman le sait*. C'est tellement notre histoire.

Alors là, j'étais scotché. *Maman le sait* est une chanson qu'effectivement j'ai écrite pour Lisa, une de mes petites protégées à la voix d'or. Elle raconte la protection sans faille d'une mère pour son fils homosexuel. Une ode à la différence. Et j'ai réalisé d'un coup qu'à l'autre bout du fil la princesse était un prince. Aucun geste emprunté, aucune attitude équivoque n'aurait pu me le faire deviner. Jean-Michel m'a avoué qu'il pleurait chaque fois qu'il écoutait la chanson. Et qu'il me remerciait d'avoir si bien peint leur différence et les injustices qu'elle entraînait. Surtout les « violents du bal », les casseurs de pédés qui sévissent impunément bien plus souvent qu'on peut l'imaginer. Il m'a même fredonné : « C'est un tabou très ordinaire. Quel est l'endroit ? Quel est l'envers ? Un homme à femmes ? Un homme à hommes ? Tous les chemins ne mènent pas à Rome. » J'étais très ému. Et fier aussi de l'illusion d'optique. Le fantaisiste ébouriffé attablé avec le déménageur. De loin, les badauds de la station devaient nous imaginer parlant rugby, fête et saucisson. Une vraie jouissance ! Et puis on a glissé sur le mariage gay auquel lui et son compagnon étaient farouchement opposés.

— Nous, on tient à notre différence. Être en marge de la société, c'est notre choix. On est libres avant tout. On ne veut pas entrer dans ses codes les plus nases. Et puis, même si on a l'impression que ça a changé, la connerie de base a encore la peau dure.

— Ça a quand même bien évolué.

— Penses-tu ! À Paris, oui, dans le show-biz. Mais en province, c'est pas évident. Je suis routier, il est pompier. Tu l'imagines, le mariage, avec les lances à incendie et les pneus de quinze tonnes en guise de haie d'honneur ! Non, on n'a pas envie d'officialiser les moqueries et les brimades. L'important, c'est qu'on nous laisse surtout nous aimer tranquilles.

J'ai abondé dans son sens.

— Si vous êtes heureux comme ça !

— C'est ça. Heureux comme des poissons dans l'herbe.

— Oh, la formule est belle ! Je vais te la voler !

Et voilà ! Une poulette ordinaire avec une fourchette sur la tête, un trisomique heureux, une Vierge dans le fossé et un soldat de la route amoureux d'un soldat du feu. Rien d'extraordinaire. Mon quotidien. Le tien, à toi qui vis en bas. Des incongruités ethnologiques certainement pour les autres, là-haut, enfermés dans leur tour. Ils ne s'intéressent aux égarés que pour en faire des films ou des débats à la télé. Moi, ils me passionnent juste pour ce qu'ils sont. Et surtout, ils me nourrissent. Je suis fait d'eux bien plus qu'on ne croit. Quand je pense qu'on me dit égocentrique ! Allez, je repars sur la route. *Road movie* échographique, elle a dit, la dame ? C'est tout à fait ça. Je te promets, mon enfant-livre, que le voyage sera magnifique. Prochaine étape : Rocamadour.

Je vais y répéter une pièce de théâtre que j'ai écrite et que je vais jouer quelques jours en août chez mon âme sœur, Coco. Histoire de passer, par sauvegarde, des millions de téléspectateurs de mon « Grand Cabaret » à une poignée de spectateurs dans un tout petit café-théâtre au fin fond d'une France aimable. Au véritable sens du terme. Aimante, donc à aimer. À « Côté Rocher », le public est à peine à cinquante centimètres du bord de scène. Il est simple, généreux, indulgent. Et puis après, sur la terrasse, on se découvre de près, on discute, on partage. J'adore m'y poser en amateur. En ordinaire. Si loin des faux-semblants et des parts de marché. Ça n'apporte rien à ma gloire, et pas grand-chose à mon compte en banque, mais tant à mon équilibre. Et puis je peux tout y tenter. Loin du grand jour. En clandestin. En résistant. Ici l'ombre !

La pièce, cette fois, n'est pas une pantalonnade. C'est une énigme policière à clé. Je savais que j'aurais un plaisir fou de jouer à contre-emploi. J'ignorais qu'au hasard d'une répétition, j'allais vivre une passion bien plus étonnante. Une histoire d'amour à contre-emploi, elle aussi. Et que la femme avec laquelle je partagerais cette intimité rare deviendrait l'« obstétricienne » de ma grossesse littéraire.

— Est-ce que tu accepterais que quelqu'un, exceptionnellement, assiste à la répétition ? m'a demandé Coco.

— C'est qui ?

— Une cliente des « Vieilles Tours », l'hôtel-restaurant de ma sœur. Une vieille dame non voyante. Elle est fan de toi. Elle se couche tôt et ne pourra pas venir au spectacle. Mais elle rêve d'assister à la pièce quand même.

— Pourquoi pas, ai-je répondu, distant.

— Avec sa dame de compagnie, elles se mettront au fond. Elles ne nous dérangeront pas. Je l'ai croisée une ou deux fois. Tu verras, elle a une classe folle.

— Elle s'appelle comment ?

— Léla ou Lélia, je ne sais pas bien. Elle habite à vingt kilomètres dans une grande maison isolée. Elle est arrivée il y a quelques semaines. Je ne sais pas d'où. Elle a un petit accent des pays de l'Est. Ne t'inquiète pas, elle sera discrète.

Effectivement, j'ai à peine senti sa présence pendant la répétition. Quand nous avons commencé, elle n'était pas encore là. Elle s'est glissée silencieusement au fond de la salle, avec son accompagnatrice, quelques minutes après le début. Et quand la lumière s'est rallumée, j'ai découvert pour la première fois sa silhouette droite et élégante. Les cheveux blancs impeccablement plaqués, elle portait de larges lunettes noires. Un col roulé fuchsia, agrémenté d'un collier de perles grises, soulignait un port de tête fier. Même dans la lumière fade du petit café-théâtre, elle irradiait.

L'absolu contraire de sa dame de compagnie. Une petite jeune femme boulotte mal habillée, un peu ingrate, recroquevillée, qui semblait ne pas exister à ses côtés. Elle ne se donna d'ailleurs même pas la peine de me la présenter. Quand je fus à un mètre d'elle, elle avança la main dans le vide en souriant. J'ai eu un instant d'hésitation. Une envie de baisemain tant sa prestance m'y invitait. J'ai juste serré le bout de ses doigts le plus doucement possible. Sa voix ne dépareillait pas. Chaude, basse. Elle roulait à peine les *r*. Avec élégance aussi. Et d'emblée, le tutoiement.

— Merci, Patrick. Tu m'as fait un grand plaisir. Je m'appelle Lélia.

Moi qui n'utilise le vouvoiement que très rarement, là, l'âge avancé et cette aura gracieuse m'y ont poussé comme une évidence.

— Bonjour, madame Lélia, ravi de vous connaître.

— Allons, allons, pas de madame ! Je fais si vieille que ça ?

— Mais non… Alors, ça vous a plu ?… Lélia.

— Beaucoup. C'est surprenant, mais j'ai adoré.

Après quelques petits commentaires sur l'intrigue, elle s'est penchée à mon oreille, comme pour tenir sa dame de compagnie à l'écart.

— Est-ce que ça te gênerait de m'emmener sur la terrasse pour qu'on en parle tous les deux ?

— Avec plaisir.

— Je profiterai du soleil. Tu te mettras sous le parasol. Il faut que tu te protèges. Même si tu es guéri, le mélanome, c'est traître.

Et en s'appuyant sur mon bras, elle ajouta avant que je le demande :

— Eh oui, je sais tout. On m'a lu tous tes livres. C'est pour ça que je suis là d'ailleurs. Je t'aime beaucoup. Pas forcément pour tout ce que tu fais, mais pour ce que tu es.

Elle s'exprimait aussi avec élégance. J'ai deviné une vraie culture et, à coup sûr, un passé rempli de rencontres et d'expériences rares et enrichissantes. Nous avons parlé pendant près de deux heures. Sa tête tanguait doucement au fil des confidences. Tu sais, le roulis captivant des non-voyants, accompagné par ce mouvement de mains aérien qui supplée ce que les yeux ne peuvent exprimer. Elle m'a confirmé tout le bien qu'elle pensait de moi. J'ai été surpris de tout ce qu'elle savait de mon intimité. C'est vrai qu'entre les magazines et les livres, j'ai beaucoup donné de mon privé au public. Mais au hasard de la conversation, elle a, par bribes, analysé avec une étonnante justesse certains de mes états d'âme que je n'ai jamais confiés à personne. Et plus le temps passait, plus j'étais hypnotisé par cette femme inattendue. Nous avons aussi parlé de la pièce *Monsieur Max et la rumeur*, une intrigue au dénouement imprévisible sur fond de ragots de province.

— C'est très original, a-t-elle répété plusieurs fois. Même moi qui suis pourtant accro à Agatha Christie, je n'ai pas vu venir les coups de théâtre successifs. Vraiment, très bien... Sauf peut-être la scène de ménage au début. Trop violente.

— Il faut bien que ce soit crédible. J'en ai vécu des comme ça.

— Justement. C'est trop toi. On sent que tu y vides toutes tes colères, toutes tes blessures personnelles. Ce n'est pas tout à fait le personnage que tu interprètes. Au théâtre, on peut s'inspirer de soi, mais il faut d'abord s'oublier.

— Vous avez l'air bien au courant. Vous avez joué la comédie ?

— Comme toutes les femmes, dans la vie souvent. Mais sur scène jamais.

Nous avons ri ensemble. Et la conversation a glissé, aimable et légère, toujours souriante. Sauf quand j'ai voulu en savoir plus sur sa vie d'avant, ses origines. Le visage s'est un peu fermé, et elle a dit, la voix un peu plus voilée :

— Je n'ai pas de passé. Je l'ai rangé au fond d'un tiroir. Seuls le présent et l'avenir m'intéressent.

Elle a juste lâché qu'elle avait choisi de se poser près de Rocamadour, ville de pèlerinage, pour être au plus près de la Vierge noire.

— Vous espérez un miracle pour vos yeux ? C'est possible, il y en a eu.

Elle a répondu, sereine :

— Je ne suis pas venue retrouver la vue, je suis venue retrouver la paix.

Elle m'a confié quand même qu'elle vivait de ses rentes et que sa dame de compagnie était une parente. Une nièce ? Une sœur ? Une fille ? Elle n'a pas souhaité m'en dire plus. Je la sentais presque gênée d'en avoir dévoilé autant. De ne s'être ouverte qu'à contrecœur. Certainement par politesse, pour me remercier de l'avoir invitée et de prendre sur mon temps pour parler avec elle. Même quand j'ai demandé si son handicap était de naissance ou récent, elle a esquivé avec humour :

— Quelle importance ? Et puis ça a quelques avantages. Par rapport à une femme normale, j'économise une heure de mon temps chaque jour.

— Ah bon ! Comment ?

— En ne m'arrêtant pas devant les miroirs ! Remarque, à soixante-dix-neuf ans, il vaut peut-être mieux.

Une femme à part, donc. À l'envers de celles, si prolixes sur leur intimité, mais dont l'aveu de l'âge est un interdit absolu, celle-là ne lâchait ses confidences qu'au compte-gouttes, mais étalait ses presque quatre-vingts ans sans aucune fausse coquetterie. Je n'ai pas pu m'empêcher de la rassurer, à la fois galant et sincère :

— Je vous jure que vous êtes encore très belle.

— N'exagérons rien.

— Je n'exagère pas, je constate. En plus, pour quelqu'un qui vit dans le noir, vous dégagez une lumière étonnante.

Cette femme était fascinante. Il y avait, au-delà de sa classe naturelle, de son intelligence, un je-ne-sais-quoi indéfinissable qui me soufflait qu'elle allait m'apporter quelque chose d'unique. J'eus la confirmation de mon ressenti au moment de nous séparer. Je venais de lui confier que j'attaquais ma grossesse littéraire. Elle a tourné la tête vers le ciel, sans parler pendant de longues secondes, et, quand elle l'a baissée, a dit, en attrapant ma main :

— J'ai un marché à te proposer.

— Lequel ?

— On va échanger nos yeux.

La proposition m'a laissé quelques secondes muet. Et puis j'ai demandé :

— C'est-à-dire ?

— Je voudrais que, de temps en temps, on se pose tous les deux devant un paysage. N'importe où, à ton gré. La région est tellement belle, à ce qu'on m'en a dit. Et là, avec tes mots, ta sensibilité, ton imagination surtout, tu me décriras les pierres, les arbres, les rivières, même les gens qui passent si tu veux…

J'ai répondu, sans même hésiter une seconde :

— Pourquoi pas… Et en échange ?

— En échange, tu me liras un chapitre de ton « bébé » chaque fois que tu auras fini de l'écrire, donc chaque mois, si j'ai bien compris tes intentions.

— C'est ça.

— Et moi, je te révélerai tout ce que tes yeux à toi ne peuvent pas voir. Qu'est-ce que tu en penses ?

Ce que j'en pensais, c'est que la vie nous joue de bien vilains tours, mais nous fait parfois des cadeaux magnifiques. J'avais trouvé une « obstétricienne » inespérée pour mon enfant-livre. Une opportunité que je n'aurais même pas imaginée en tapant les premiers mots de cette nouvelle aventure littéraire. Ou alors, va savoir ? Ça aussi, c'était écrit. Et peut-être n'ai-je commencé ce livre que parce que quelqu'un savait déjà que j'y rencontrerais cette providence.

— Toi, Maman ?

— Je te jure que je n'y suis pour rien, me répond-elle. Mais je dois dire qu'elle me plaît bien, cette gitane.

— Comment tu sais qu'elle est gitane ?

— Je ne sais rien. C'est juste une intuition. En tout cas, n'hésite surtout pas, accepte le marché. Je te connais. Tes yeux vont la faire rêver et son regard sur ton écriture t'apportera, j'en suis sûre, une lumière essentielle.

Et Lélia s'est levée, toujours avec grâce et élégance. Puis elle s'est approchée de moi et a passé la main gauche sur mon visage. Du bout des doigts, elle en a effleuré chaque recoin. En reconnaissance. Une minute de silence irréelle. Et puis, elle a juste murmuré :

— C'est vrai que tu lui ressembles.

Bien entendu, j'ai gardé pour moi le : « À qui ? » qui me brûlait les lèvres. Je savais que je n'aurais pas eu de réponse. Quand sa dame de compagnie a voulu prendre son bras, elle l'a repoussée. Et elle est partie, soutenue par sa seule canne blanche. Digne. Droite.

Au moment d'achever ce chapitre, je suis heureux. Je sais que j'ai rendez-vous chaque fin de mois avec un être rare. Je sais qu'entre les vagues des nouvelles rencontres, les déferlantes de la vie et les embruns de mes nostalgies, j'aurai un phare pour me conduire à bon port. On en a de la chance, toi, moi et l'enfant-livre ! Mais, j'y pense d'un coup, il va falloir lui donner un prénom.

Et si on l'appelait Lélia ?

Août 2012. Deuxième mois.

L'embryon commence à prendre forme.

C'est une petite masse loin dans mes tripes qui ne prend que très peu de place. À peine sculpté brièvement, tu l'as lu, d'un présent sans envolées particulières, mais quand même hors normes, et d'un passé récent douloureux. Il en est ainsi des vrais fœtus que les plaisirs et les tourments moulent bien plus qu'on ne le croit dans les premiers jours. L'inexplicable de nos comportements d'adultes prend beaucoup de ses racines dans les premiers instants de la grossesse. C'est prouvé scientifiquement. Cet enfant sera donc nostalgique, révolté, naïf et lucide. J'ai décidé qu'il naîtrait fin mars. Bélier ascendant Bisounours. C'est parfait. Mes détracteurs qui caricaturent tant, avec raison d'ailleurs, mes bêlements d'amour, mes plaintes mielleuses et mon idéalisme à deux balles vont pouvoir s'en donner à cœur joie. Mais je persiste et je signe.

Le critique dira :

— Bélier, ça ne pouvait pas mieux tomber pour enfoncer des portes ouvertes !

Et je répondrai :

— Autant se dire : « Je t'aime » avant qu'elles ne se referment.

Et puis, tout ça nous mènera à l'explication du « paradoxe de Baraka ». Rassure-toi, ce n'est pas un concept scientifique alambiqué. J'aurais pu te le dévoiler maintenant, mais je ne le ferai qu'à la toute fin. D'abord, vanité d'auteur, parce que j'espère que ta curiosité te fera ainsi rester jusqu'au bout pour savoir ce qui se cache derrière ce mystère. Et surtout parce que pour bien en comprendre toute la signification, il est essentiel que toi aussi tu te nourrisses de tous mes enthousiasmes et de toutes mes indignations. Donc, pour le « paradoxe de Baraka », rendez-vous en début d'année prochaine. Pour l'instant, on est en août et je suis en vacances.

Enfin presque.

Cette année, c'est au Cap Bénat, sur la côte varoise, que je m'ennuie. La maison de location est spacieuse. La mer en face et le soleil à profusion. Je viens m'y poser en famille entre deux escapades d'artiste. Le rêve de tout un chacun. Pour moi, presque une contrainte.

Le cancer de la peau, même déjà lointain, m'a privé de soleil. La célébrité et ses portables qui flashent à tout-va m'ont confiné bien à l'abri des indiscrets. Et mon vieux corps rétif à tout effort sous un ciel en surchauffe se traîne de canapé en transat d'intérieur. Alors, je m'étiole, de JO à la télé en lectures anodines, le temps que ça passe. Mon insatisfaction est indécente, je le sais. Mais quoi ? C'est l'été, et si je travaille autant tout le reste de l'année, c'est bien pour offrir ce luxe à ceux que j'aime. Ils les méritent bien, leurs vacances de rêve. Ne serait-ce que pour supporter tout le reste du temps mes grognements de lion en cage qui ne rêve que de savane.

C'est vrai que c'est beau, la Côte d'Azur, l'été. Ses cigales, ses tomates mozzarella obligatoires et son rosé frais qui soûle en sournois. Mais mon super luxe à moi est ailleurs : une loge poussiéreuse, de la charcuterie tiède en repas d'avant-scène, des kilomètres encombrés d'un spectacle à l'autre, des gradins d'arène et des applaudissements au clair de lune. Quel que soit le lieu de ma villégiature d'été, et Dieu sait que celui-ci est particulièrement privilégié, mon allergie au farniente est chronique et les chaises longues me semblent cercueils. Et je ne veux pas mourir là. Ni sur les planches d'ailleurs. Désolé, Molière ! Je veux signer les autographes après. Non mais ! Je suis un saltimbanque, un vrai. Putain de virus qui paralyse le bonheur dès qu'on sort de scène !

Alors là, pendant que j'écris au frais, ceux que j'aime sont partis au large visiter les îles voisines. Je suis resté au port. Le mal de mer... Ou le mal de mère, va savoir ?

— On va faire du bateau, Maman ? a demandé Lily à Nana, ma femme.

Et là, mon enfance m'a claqué à la gueule à un article près. Moi, je demandais à Maman :

— On va faire « un » bateau ?

Et puis, accroupi dans le caniveau devant la maison de Juillac, je plantais un « mât de misère » dans un morceau de liège. Le papier qui enveloppait les petits-suisses faisait spi et du fil de couture hauban. Maman était le vent. Elle soufflait de toutes ses forces. Le navire de pacotille dévalait le courant jusqu'à la première marche d'escalier qui faisait quai. J'y embarquais quelques coureurs cyclistes miniatures en passagers clandestins. Dieu, que j'en ai gréé, des voiliers minuscules et fragiles dans des rigoles bordées de goudron chaud ! Les vieux rigolards de la place du village, sculptés dans leurs chaises bancales en osier décousu, souriaient à deux dents. La transat s'achevait par une entrée triomphale au port sous leurs acclamations. Les « bravo petit ! » sortaient péniblement de leurs gosiers usés par le tabac à priser et le vin rouge de qualité médiocre. Un baiser de Maman sur le front et la remise d'une coupe de fruits rouges, qui me faisaient les lèvres lipstick écarlate jusqu'au repas du soir, étaient mes trophées du jour.

Il manquait la vraie mer, les vraies voiles. Il manquait l'argent. Il manquait le confort. Il manquait la douche, l'eau chaude. Il manquait le téléphone, la télévision. La mozzarella aussi, mais, quand même, c'étaient de vraies tomates. Aujourd'hui, dans la belle villa du Cap Bénat, je ne manque de rien. C'est peut-être pour ça que je manque de tout.

« Les bourgeois, c'est comme les cochons, plus ça devient vieux, plus ça devient con ! » J'ai eu cette chanson de Brel toute la journée dans la tête. Au-delà de l'admiration légitime que j'ai pour le grand artiste, je me demande quand même où il a été pêcher ça. Dans quel ouvrage spécialisé en comportementalisme porcin a-t-il pioché la carence intellectuelle du bestiau alignée sur les années qui passent ? Il n'était pas un peu belge, parfois ? Enfin, quoi qu'il en soit, sénilité animale ou pas, le refrain m'obsède. Depuis qu'une bande de « jeunes peigne-cul » du voisinage, comme il le chante, m'a pourri le silence avec du décibel « à donf ».

La première nuit, j'ai fait l'indulgent. Une fête de mômes, pas de quoi ameuter la troupe. Et puis toute la journée encore et la nuit dernière. Cris de bêtes, musique au taquet. Alors, en bon résident, sûr de son droit à la tranquillité, j'ai appelé les « bleus ». Moi, le décalé, le décalqué, l'ingérable, l'insolent, j'ai sollicité la garde. J'ai presque honte. En tout cas, le vieil anar qui rumine en moi me traite de tout.

Est-ce que c'est donc ça, vieillir ? Ne pas supporter la jeunesse des autres ? S'avachir dans le reniement de la sienne ? Je culpabilise « grave », comme ils disent. Parce que Dieu sait si j'en ai imposé aux tranquilles des nuits de ramdam alcoolisées et joyeuses. Et quand les braves résidents venaient se plaindre, je leur lançais :

— Quel mal on fait ? On est vivants et vous, vous êtes déjà morts. Allez, rentrez dans vos cercueils à crédit et lâchez-nous la grappe !

Le temps ne nous plisse pas que la peau. Il nous colle des bourrelets à l'âme. Mais c'est l'ordre des choses. Ainsi soit-on ! Encagés et pépères...

Ou juste fatigués, va savoir ?

En tout cas, à ma décharge, plus que le tohu-bohu, c'est la malséance des gamins qui m'a agacé. Des fils à papa qui se permettent tout et n'importe quoi au nom de l'impunité du haut rang social. Des gosses à la carte, programmés pour l'arrogance. Des maîtres-chiens qui lancent des bouts de bois à tout être humain d'une autre caste en hurlant : « Rapporte ! » Entre nous, on les appelle les « têtards ». Macrocéphales et intouchables, ils paradent en décapotable, la bouteille de vodka à la main sans aucune crainte puisque papa connaît le préfet. Ils sont nés avec une cuillère d'argent dans la bouche. Si indécente que les plus virulents d'entre nous ne pensent qu'à une chose : la changer d'orifice. C'est peut-être pour ça que je suis aussi fier de mes « fils à papa » à moi. L'un, Benjamin, étudiant brillant, l'autre, Olivier, saltimbanque énervé.

C'est sur le saltimbanque que je voudrais m'attarder.

— Tu vas le voir chanter ce soir ? me glisse Maman.

— Oui.

— Tu sais, ce n'est pas parce qu'il te jure qu'il n'a besoin que de lui qu'il n'a pas besoin de toi.

— Je sais, Maman, je sais.

Il s'appelle Olivier Villa. Parce qu'il fallait bien tuer Sébastien. Le père trop connu, trop envahissant, trop absent. Oh, pas par rancœur. Pour la survie seulement. Parce qu'il a passé sa jeunesse à l'ombre d'un écran et d'une affiche. Et que, de cours d'école en comptoirs de bistrot plus tard, il a pris du Patrick Sébastien dans la gueule à toutes les sauces.

— C'est un con, ton père !

Ça, c'est pour les plus primaires. Pour les plus sournois, c'était :

— T'as du bol, toi ! T'as besoin de rien. Ton père, il peut tout te donner. De toute façon, si tu arrives à quelque chose, ce sera grâce à lui.

Saleté d'âme humaine ! Capable du meilleur comme du pire. La connerie à l'état brut, qui contrairement à l'intelligence n'a pas de limites. Alors, il s'est énervé, comme je te l'ai dit. Contre eux, bien sûr, à coups de poing. Contre lui, à coups de verres pleins pour combler le vide. Et puis surtout contre moi. Des emportements, des dérives, des reproches d'une cruauté rare, des provocations insupportables. Mais j'ai tout pardonné. Au nom de cette sale brûlure en lui qui, malgré l'amour indéfectible que je lui porte, n'arrive pas à s'éteindre.

En suis-je le seul responsable ? Sûrement pas. Mais j'en prends ma part et j'accepte d'être le coupable idéal. Je ne sais pas trop pourquoi.

— Par amour, mon petit, me souffle Maman.

— T'as raison, par amour. Ça embellit le cœur, mais...

— Mais ? sourit Maman, qui sait bien qu'il y a toujours une pirouette grossière derrière mes tendresses avouées.

— Mais par moments ça casse bien les noix !

— Je suis d'accord avec toi... En d'autres termes, mais sur le fond je suis d'accord.

— Les enfants, le meilleur moment, c'est quand on les fait !

— Je n'irai pas jusque-là, mais c'est vrai que l'ingratitude est livrée avec la layette. C'est comme ça et dans tous les milieux. Il suffit de le savoir... Allez, continue à me parler de lui, il me manque tellement. Sûr que c'est un sale gosse. Mais tu sais aussi à quel point il est attachant.

— Trop, peut-être.

— C'est jamais trop. Ni dans la réussite ni dans la faute. L'indulgence, même quand on la cache, est la règle première de l'éducation. Et puis soyons un peu égoïstes. Peut-être fait-on des enfants pour leur pardonner ce qu'on ne pourra jamais se pardonner à soi-même ?

Donc, il est fils d'artiste. Et, en plus, il a choisi d'être artiste lui-même. Auteur-compositeur, chanteur hors normes. C'est-à-dire hors mode. Loin des *Star Ac*, des programmations radio. Pour ne surtout pas être un produit. Un chanteur « Picard ». Surgelé à déglacer pour servir chaud. Avec ses mots à lui, son intransigeance, sa naïveté et ses certitudes. Entêté et rebelle à toute forme de compromission. Saltimbanque en vrai. À courir les routes à la recherche du moindre coin perdu où poser son âme et sa guitare. Récemment, les « chacals » des médias l'ont convaincu de montrer sa réalité dans un reportage à la télé. Un traquenard. Lui qui ne veut surtout pas être « fils de » dans une émission spéciale « fils de » ! Un non-sens.

— Une vraie saloperie, oui, m'ont hurlé mes vrais amis. On le voit galérer, chanter dans des endroits improbables, dormir dans un cabanon, ne presque pas manger à sa faim. On a l'impression que tu l'as abandonné alors qu'on sait bien que c'est tout le contraire.

Bien sûr que c'est le contraire. Je suis toujours là au moindre souci s'il le désire. Mais il ne le désire pas. Il a choisi délibérément de ramer à contre-courant.

— Ça fait quand même SDF de luxe, m'ont dit les plus virulents. Au lieu de se plaindre de ses galères de chanteur, il n'a qu'à aller bosser comme tout le monde !

Comme tout le monde ? Ah, non ! Et c'est surtout de ça que je suis fier. C'est qu'il n'est justement pas comme tout le monde. J'en connais des milliers qui à sa place se contenteraient de puiser dans l'héritage pour se faire la vie belle. Alors, bien sûr, parfois, à bout de tout, il appelle au secours. J'arrive. Je l'aide. Et je continue à l'encourager à vivre son rêve : exister. Sans moi. Assumer sa passion jusqu'au bout. Sa tournée s'appelle « Villa village ». Il l'a montée seul, bien loin du système, des producteurs et des maisons de disques. Une folie douce. Un Himalaya. Et pendant que je fais l'artiste sur des scènes solides pour des milliers de personnes, dans un autre coin de France, mon petit s'époumone pour quelques dizaines, sur des estrades bancales, la passion chevillée au corps.

Ce soir, la petite salle des fêtes de Tourette-sur-Loup n'est pleine que d'une cinquantaine de personnes. Quelle étrange sensation ! Moi assis sur une table à l'écart, et lui, leur jetant tout à la figure : son talent, sa passion, son courage. Et il est bon, le gamin, il est bon ! Il les embarque, les touche, les fait chanter, les fait finir debout. Triomphe de pacotille, mais triomphe quand même. J'en frissonne. De fierté et de compassion. Parce que ce soir, il méritait une arène et qu'il a chanté dans le toril. Olé toréro ! Tu as raison, mon grand, c'est ça notre métier. Le remettre sans cesse sur l'ouvrage. Tout leur donner, et y croire encore et toujours. Même si...

Bien au frais dans ma Mercedes climatisée, je suis reparti vers mon luxe. Je l'ai laissé à sa toile de tente, son « Berlingot », ses caisses de matériel à transporter lui-même, ses sandwichs. Sa galère ? Non, son voilier. Parce que sa nuit étoilée lui apportera quelques verres à partager avec des « vraies gens », une inconnue de secours à aimer vite, une partie de pétanque au clair de lune peut-être, et surtout le sommeil calme de ceux qui, à défaut de vivre en accord avec les autres, se contentent de s'entendre avec eux-mêmes.

Ce soir, j'ai croisé ma jeunesse. Elle avait le visage de mon fils. Logique. Les vieux s'allongent, les jeunes prolongent. L'aisance que j'ai mis tant de force à bâtir vaut-elle cette insouciance-là ? Je n'en sais trop rien. Je glisse sur les routes des Alpes-Maritimes la tête pleine de questions auxquelles je n'aurai jamais de réponse. Maman me parle :

— Tu crois que ça intéresse vraiment tes lecteurs, tout ça ?

— J'espère. Bien sûr, ce ressenti n'a pas grand intérêt, mais je n'écris que pour qu'ils le transposent à leur propre vie et qu'ils en tirent une moralité.

— Laquelle ?

— Nos enfants s'appartiennent. Soyons indulgents avec leurs errances. Même si ça nous bouleverse, laissons-les être ce qu'ils souhaitent, pas ce qu'on voudrait qu'ils soient.

— Même s'ils en souffrent ?

— Même… Et surtout ne jamais leur montrer qu'on en souffre aussi. Et qu'on peut même en pleurer.

— D'accord… Alors, arrête tes essuie-glaces, c'est pas dehors qu'il pleut !

Demain soir, je mange avec le président de la République. Tu le vois le grand écart ? De la pizzeria de Tourette-sur-Loup aux cuisines de Brégançon. De Janine, la fan énamourée boutonneuse et obèse mendiant une photo, à Valérie, la maîtresse de palais. De la dernière dame à la première dame ? Sûrement pas. Les classements ont été inventés par des imbéciles. Je puiserai la même chose dans le regard de l'une et de l'autre. De quoi conforter mes certitudes d'humaniste. C'est le moine qui fait l'habit. Mais seulement l'habit. De la tunique boudinante de Janine à la robe de marque de Valérie, il n'y a qu'une différence de tissu. Les deux « tweetent » par amour. L'une d'être seule, l'autre d'être deux. Leurs solitudes se rejoignent. L'une derrière son flash, l'autre devant. Nous sommes tous égaux devant l'injustice.

Ils nous ont accueillis en « normaux », Nana et moi, sur le seuil du château. Tout sourires. Bronzés comme des Sarkozy. Bon, je ne vais pas te raconter la soirée. C'est de l'intime. Mais ce fut un vrai bonheur partagé, sans faste inutile, sans retenue. La vraie vie. Je m'attarderai juste sur les prémices de la visite. Parce qu'il fallait bien que je marque le coup en farceur.

À peine arrivé, j'ai sorti du coffre de la voiture une grosse boîte verte.

— Il fallait pas ! s'est exclamé François.

— Mais si, ai-je répondu poli et amusé. Je sais que c'est ton anniversaire bientôt, alors j'ai apporté un cadeau utile. J'ai lu dans *Gala* qu'il n'y avait pas de piscine ici, c'est vrai ?

— C'est vrai.

— Alors, comme tu vas me prendre 75 % de ce que je gagne, je me suis débrouillé avec les 25 % qui restent. C'est une piscine gonflable avec le petit canard qui va avec.

Ils ont ri, bien sûr. Et moi tout fier évidemment. La farce de gosse à l'état brut. Le petit croche-pied au solennel qui m'a toujours ravi. L'idée de départ était d'offrir un pédalo, mais on n'a pas trouvé. J'adore ces petits moments de jouissance futile. Une fois de plus, ils me ramènent à l'enfance. Ne pas grandir. Surtout ne pas grandir ! Et puis, avant de dîner, on a visité le Saint Lieu. Et là, mon adolescence est venue me percuter plein fer. Je suis resté un long moment perdu dans mes pensées devant le bureau présidentiel.

— C'est sur ce bureau qu'il a certainement signé ta dispense, m'a glissé François.

En août 1970, j'étais sur le point de me marier. J'avais seize ans et la majorité était à vingt et un. Seul le président de la République pouvait accorder l'autorisation de convoler. J'ai reçu la lettre début septembre. Pompidou l'avait signée au fort de Brégançon. Donc, là. Dans ce bureau vieillot où, de De Gaulle à mon hôte du jour, ils se sont tous assis. Et me voilà à presque soixante piges, au bout du chemin, planté dans l'inaccessible, le président me faisant faire la visite en copain. Alors, forcément, ça se bouscule dans ma petite tête. Et bien plus dans mon cœur. Je ne suis pas impressionné. Juste nostalgique. Face à ce bureau, je ne revois pas défiler l'histoire, la grande. Je revois juste ma petite à moi. Et en flashes, cette fin d'été 1970 féerique. Si tu es de ma génération, viens rêver avec moi. Sinon, tu peux passer à la suite, tu ne comprendras pas tout. Mais je te jure qu'en sortant de la pièce, j'avais les larmes aux yeux.

— C'est si émouvant ? m'a demandé Valérie.

— Oh, oui.

— Je comprends. Il y a de l'histoire de France dans chaque recoin.

— C'est surtout une histoire de danse.

— Quoi ?

— Rien, juste un peu de nostalgie. Le souvenir d'un tampon.

— Ah, le sceau de la présidence de la République sur le papier de la dispense !

— Non, un tampon sur le bras.

Ça s'appelait « L'étang bleu », « Le plateau de Beniés », « Saint-Viance », « Varetz ». Les Saints-Lieux de ma jeunesse. En fait, des patelins disséminés aux alentours de Brive. Et partout plantées, nos cathédrales : des dancings. On appelait ça aussi des parquets. Rose et bleu. Les filles y venaient en convoi et en minijupe. On apercevait souvent un coin de ciel blanc ou rose. Petite culotte d'adolescente plus mode qu'impudique. Et de temps en temps, bien moins provocateur, la lisière d'un panty. Je vous parle d'un temps que les moins de cinquante ans ne peuvent pas connaître. Ah, le panty ! Mi-gaine, mi-short, qui faisait dire aux humoristes d'alors :

— Après l'amour, la femme de quarante ans se reculotte et celle de dix-huit se « repanty » !

Allez, je te la fais en vrac la photo d'époque : on buvait du Pam-Pam devant les parents, de la vodka orange derrière. Les visages étaient à boutons et les chemises à fleurs. L'orchestre jouait Dassin, Cloclo, Johnny, Vartan, Vilard, Stone et Charden. Et puis de temps en temps quelques paso doble pour les vieilles venues en cerbères surveiller leur progéniture en goguette. Les banquettes des dancings étaient pleines de fausses grandes aux talons compensés qui gardaient le sac de leur copine. Il faisait toujours beau. Si, si ! Toujours.

La bagarre traditionnelle éclatait vers une heure du matin. Deux éclats de voix, trois bourre-pifs et pas de vainqueur. Le slow langoureux venait éteindre les velléités. Travaux d'approche, mains dans les cheveux et cuisses collées, jusqu'au sésame obligatoire :

— On sort faire un tour ?

C'était la meule de foin, le carré d'herbe ou, pour les acrobates, la banquette de la Fiat 500, portières ouvertes pour laisser dépasser les jambes. Des petits coups à la va-vite sans importance ? Ah, non. Tant d'enfants sont nés de ces amours de paille. Tant de quarantenaires d'aujourd'hui doivent leur existence aux notes aphrodisiaques de *Whiter Shade of Pale*, *C'est extra*, ou *Rain and Tears*. Je ne me souviens plus sur quel slow nous nous sommes connus, Martine et moi. Nous avons fait l'amour deux fois de suite. Sans préservatif. Je me suis retiré chaque fois. On appelait ça : « sauter en marche ». Nos connaissances gynécologiques limitées, hélas, avaient occulté le fait qu'au deuxième passage les résidus du premier pouvaient très bien provoquer une grossesse. À quoi ça tient, une vie ?

Et la voilà, belle et grosse de moi, tenant dans la main la lettre estampillée « République française ».

— Ça y est, la dispense est arrivée. On va pouvoir se marier !

On s'enlace. On s'aime. On se dit que c'est pour la vie. On sera heureux, c'est sûr. Un petit boulot, une petite maison, trois enfants, la pêche le dimanche, des repas d'amis. Le bonheur simple. Une vie normale quoi ! Et puis, badaboum ! Le train déraille. Le destin a saboté l'aiguillage. Le divorce à l'amiable. La tendresse intacte. Elle, seule avec le petit. Et moi parti en fusée, là-haut. Riche et célèbre. Et Dassin et Cloclo sont morts. Et il n'y a plus de dancing à « L'étang bleu », ni de panty, ni de Pam-Pam. Et Patrick Boutot imagine la Maman de notre petit Sébastien assise à la place de De Gaulle derrière le bureau présidentiel du fort de Brégançon. Spectre souriant en robe de mariée, elle demande à l'artiste :

— Tu es sûr que tu es heureux ?

— Bien sûr, répond-il avec forfanterie. Tu te rends compte, je suis connu, aimé, j'ai une belle maison, une belle voiture et je vais dîner avec le président de la République en copain. J'ai réussi ma vie, non ?

— Pourtant, tu n'as pas de Rolex.

— Non. Je ne voulais pas qu'elle cache le tampon. Tu sais, celui qu'on nous posait sur le poignet à l'entrée du dancing.

— Excuse-moi d'insister, mais tu es vraiment sûr que tu es heureux ?

À ce moment-là, le président m'a sorti de mon rêve en demandant :

— Tu prends l'apéritif ?

J'ai répondu aux deux questions :

— Non.

La mariée a souri, et Maman a glissé à mon oreille :

— Le bout du tunnel n'est pas loin, pour le voir, il suffit de se retourner.

Nostalgie ferroviaire... Et j'entends siffler le temps.

Et c'est l'âme pleine des odeurs de miel de ma jeunesse, mêlées aux effluves sucrés du parfum de la première dame assise à table à ma droite, que j'ai passé une soirée tout en arômes. La dernière fragrance a été le souffle épicé du vent marin venu de Porquerolles. Il s'est engouffré dans la venelle sous le porche et nous a accompagnés, avec nos hôtes, jusqu'au seuil du château. Un dernier salut de la main (gauche, bien entendu) et nous avons filé. Malgré mes relents entêtants d'adolescence, je suis reparti de Brégançon le cœur léger quand même, en me disant que je venais de fabriquer ma nostalgie de demain.

Rien ne s'achève, tout recommence.

Deux jours plus tard, je me donnais à nouveau en spectacle à un peuple ignorant que j'avais passé une soirée délicieuse avec son chef. Pas d'incidence ou si peu. À peine le réajustement de ma parodie de lui. Une caricature, plus qu'une imitation, d'un François sautillant et ébahi qui a fait se tordre de rire la salle entière. Je n'ai montré qu'aux intimes la photo prise dans les cuisines du fort, où, grimé en lui, nous posions face à face en clones. Je me suis dit que relater ce petit moment d'intimité privilégié constituerait une excellente nourriture pour mon enfant-livre. Sûrement les paragraphes les plus intéressants de mon deuxième mois de grossesse. Je ne savais pas que j'allais rencontrer la « princesse », et que son histoire serait bien plus riche que la rencontre présidentielle. François et Valérie, c'était : « Un homme et une femme chabadabada... », version Lelouch. Eugène et Christine, ce serait du Tarantino. Les films que les mamans voient ont-ils une influence sur leurs fœtus ? Il paraît que oui.

Alors, l'enfant sera implacable et cruel.

C'était bien après la fin du spectacle. J'avais chanté, ri et joui de plaisir partagé. Et après les autographes habituels, j'étais déjà au volant de ma voiture, quand elle a tapé à la vitre. Je l'ai baissée, aimable, en fouillant mes poches pour y attraper un stylo. Et, devançant sa demande d'autographe, j'ai demandé :

— Pour quel prénom ?

— Christine, a-t-elle répondu, avec un demi-sourire.

Puis elle a ajouté :

— La fille d'Eugène...

Et après un silence, en me regardant droit dans les yeux :

— Le « Turc ».

— Oh, putain ! ai-je lâché dans un grand éclat de rire.

Il m'a semblé qu'elle se forçait à sourire. Et puis elle s'est penchée à mon oreille en murmurant :

— Il aimerait tant te voir. Ça fait si longtemps. Mais il ne peut pas se déplacer. C'est pas loin. Je te guide. Tu me suis, je suis garée juste là.

Et les images ont défilé au rythme des platanes pendant le quart d'heure de trajet. Comme la pellicule rayée d'un vieux film des années quatre-vingt. Dans le rôle principal : Eugène, dit le « Turc », patron du Blue Note, la boîte à la mode de la région. En fait, il ne s'appelle pas Eugène, et s'il était véritablement patron de boîte, elle ne s'appelait pas le Blue Note. Mais je suis bien obligé de maquiller les vraies identités puisque Eugène est un assassin.

Un tueur qui n'a pas été condamné par la justice.

Ni par moi.

Par contre, le « Turc » était le surnom que je lui avais donné. Réellement. Pour sa force, évidemment, un soir où je l'avais vu démâter à lui seul trois rugbymen irascibles. Notre rencontre avait été professionnelle. Au début des années quatre-vingt, je devais chanter dans sa boîte. Quinze réservations seulement. Il m'avait accueilli désolé, mais beau joueur.

— On va annuler le spectacle, mais je respecte le contrat, je te paye quand même.

Je lui ai tapé sur l'épaule en souriant.

— Arrête tes conneries ! Je suis pas comme ça. Je veux pas prendre de la thune à rien faire. Tu me payes un bon repas avec toi et ça roule.

Et voilà. Le début d'une amitié à l'ancienne. Sur un coup d'honneur. À la voyou d'époque. Mon sixième sens avait reniflé le marginal, le costaud pas très net mais à la parole d'homme. Le seigneur, donc, comme il y en avait encore il y a vingt ans avant que la racaille devienne dingue, incontrôlable et sans âme.

La boîte d'Eugène a été mon port d'attache chaque fois que mes spectacles m'emmenaient dans la région. Quelle région précisément ? Je ne peux pas le dire non plus. Il n'y a peut-être pas prescription. En tout cas, il y avait du soleil. Et puis des filles, des rires, des partages et une protection sans faille. Le petit malin qui avait voulu me braquer sur le parking du Blue Note pour me piquer mon cachet du jour doit s'en souvenir encore. Pas éliminé, non ! Élimé seulement, à deux lettres près. Lessivé, nettoyé, serpillière. Avec comme dernière sentence d'Eugène, en le soulevant bras tendus avant de le précipiter au-dessus du parapet sur des graviers à trois mètres en contrebas :

— Quand on sait pas voler, on vole pas !

Ça bien sûr, et le reste. La tendresse mutuelle. Et puis sa foi catholique étonnante, à la limite de l'intégrisme. Et son obstination à me convaincre de le suivre pour prier à l'église, que j'ai toujours repoussée d'un rigolard :

— C'est pas mon truc. Je suis baptisé parce qu'on m'a mis de l'eau sur la gueule un jour où je pouvais pas me défendre. J'irai quand ils mettront du Ricard dans le bénitier !

— T'as tort, disait-il, sans colère. Le bon Dieu, il existe.

— T'as des preuves ?

— Et les flics, ils en ont des preuves contre moi ? Non... Et pourtant, j'existe !

Et puis, trois jours après que mon fils se soit tué en moto, j'étais chez lui. Alors, bien entendu, l'évidence :

— Il était où, ton bon Dieu ?

Il a planté ses yeux pleins de larmes dans les miens, et il a soupiré :

— Je crois qu'il y est pour rien... Mais je suis pas sûr... Parce que moi aussi il m'a pris ma gosse.

— Un accident ?

— Non, disparue depuis deux mois. Pas de nouvelles. Rien.

J'en étais là de mon rétrocinéma quand la voiture de Christine s'est arrêtée devant une petite maison de campagne, isolée au bout d'un long chemin bordé d'oliviers.

Cloué dans son lit, Eugène ressemblait moins à un Turc qu'à un clandestin albanais après une traversée dans les soutes d'un passeur malhonnête. Eva, sa femme, livide presque par mimétisme, lui tenait la main. Taiseuse comme elle l'avait toujours été, elle se contenta d'un : « Bonjour, Patrick » à peine audible. Et elle sortit de la chambre furtivement, comme elle quittait la table des conversations d'hommes au temps des conciliabules de seigneurs.

J'ai retrouvé les odeurs d'éther et de larmes de l'hôpital, plus celle du pistou qui montait d'une assiette de soupe froide. Une Vierge de plâtre blanc veillait sur lui. Christine m'avait conduit dans la chambre le visage grave, les yeux cernés presque noirs. Je pensais que c'était du chagrin, j'apprendrai plus tard que c'était aussi des séquelles. Les affres du passé bien plus que du présent. Je me suis avancé sans un mot et j'ai serré contre ma poitrine son cancer du poumon. Il m'a souri.

— Eh oui, je sais, ça remue. Saleté de crabe !... T'en veux une ? a-t-il demandé, goguenard, en me tendant un paquet de Gauloises.

En me voyant bloqué, il a ajouté :

— De toute façon, perdu pour perdu !

Et puis on a parlé de tout. Et aussi de rien. C'est-à-dire, à quelques jours près, du temps que les toubibs lui avaient donné. Au bout d'un quart d'heure, après une longue quinte de toux, il a dit à Christine :

— Va dehors, ma grande, je veux qu'on parle entre hommes !

Et il m'a tout raconté. Comme on parle au dernier prêtre. Le pourquoi des cernes. La sale histoire de Christine.

— Six mois avant sa disparition, elle était tombée amoureuse. Raide dingue. Un beau mec, mais une ordure. Je le savais, mais tu sais, les filles c'est compliqué. J'ai jamais bien su m'en servir !

— Oh, je t'ai connu tombeur.

— Tomber, oui, mais c'est pour les relever que j'ai du mal. Toujours est-il qu'il me l'a embarquée, le fumier. Plus de nouvelles. Rien. Pendant trois ans. Au début, je croyais juste qu'elle était fâchée. Et puis j'ai commencé à me dire que peut-être elle était morte. J'en dormais plus. C'est sûrement là que le cancer a débuté. Tu sais, ces trucs-là, c'est pas que le tabac. C'est l'angoisse aussi.

— Et alors ?

— Alors, un jour, un copain de Marseille est venu me dire qu'il était sûr de l'avoir vue à Paris.

— Ça a dû te soulager.

— Une minute seulement. Il l'avait reconnue sur un trottoir près de la gare Saint-Lazare. L'enfer. Tu sais, je connais bien la filière. La pire. L'abattage. Le turf de rue. Cinquante clients par jour plus crades les uns que les autres.

À ce moment-là m'est revenu en mémoire le : « Oh, putain ! » jovial que j'avais lancé, au moment de partir du spectacle, quand Christine m'avait dit qui elle était. Je comprenais qu'elle se soit forcée à sourire. J'ai murmuré :

— Faudra que je m'excuse.

— De quoi ?

— Rien, un mot déplacé sans le vouloir.

— Oh, c'est rien, les mots ! Quand je pense à tous ceux que j'ai balancés à l'autre là-haut quand je priais.

— Tu n'y crois plus ?

— Si, mais je lui en veux. Si j'y croyais pas, je lui en voudrais pas.

Il a encore eu une longue quinte de toux. Et il a repris, les yeux dans le vague :

— Ce fumier... Enfin, je parle pas de Dieu, je parle de son mec. Eh ben, il me l'a mise chandelle au tapin. Le pire de tous, avec les coups de poing, de couteau, les dégueulasses en file indienne. Un cauchemar.

J'ai cherché un long moment les mots et je me suis lancé :

— Tu l'as récupérée, c'est l'essentiel. Moi, je retrouverai jamais le mien.

Il a eu un silence, puis, en me caressant la joue, il m'a murmuré dans un sanglot :

— C'est toi qui as raison, mon ami.

Je lui ai fait tirer une longue bouffée de ma cigarette et j'ai demandé :

— Et le mec ?

— Je l'ai cramé.

— Ah...

— Vraiment cramé. Dix litres d'essence, une allumette et hop ! Et tu sais quoi ? Avec plaisir. Et puis j'ai disparu un peu de la circulation, c'est pour ça que tu n'avais plus de nouvelles de moi.

— Les flics t'ont pas cherché ?

— Eux, non. C'est même eux qui m'ont aidé à me planquer. Tu sais, quand on les débarrasse des vraies ordures, y en a des bons. Mais les potes du cramé, c'est des vrais fous. D'ailleurs, ils peuvent encore me serrer, mais franchement, là, une balle dans la tête, ça changerait pas grand-chose. Ça me ferait juste arriver là-haut un peu en avance... Enfin là-haut, ou en bas.

Il y eut encore un long silence, et il a tourné la tête vers le crucifix au mur en me demandant :

— Tu crois que je vais aller en enfer ?

Après une hésitation, j'ai répondu :

— Pour le reste peut-être... Pour ça, non !

Et après avoir étreint une dernière fois mon ami, je suis sorti respirer d'autres parfums. Dehors, le vent portait le thym, comme dans un roman de Pagnol. Normal, la fille perdue que revient chercher son père, c'est du Pagnol grand cru. Allez, sans préciser, mais pour l'histoire quand même, on en était pas très loin des collines du grand Marcel. Christine m'attendait dehors. L'association d'idées m'a fait penser qu'elle ressemblait à Orane Demazis, l'égérie de Pagnol. Surtout la voix. Cette façon de parler faux, comme une plainte essoufflée. Mais elle, elle avait des raisons. Je me suis assis près d'elle sur le banc de pierre. Elle m'a proposé de partager le joint qu'elle fumait.

— C'est pas mon truc, merci.

— Moi, heureusement que j'ai ça.

D'habitude, je prêche. J'essaie d'expliquer que ce n'est pas aussi inoffensif qu'on le croit. Que ça peut mener à des drogues plus dures. En l'occurrence, j'ai bien senti que ce pétard-là était l'après, pas l'avant. Le tout doux après le très dur. Alors, bien sûr, je me suis abstenu.

— Il t'a raconté, je suppose, m'a-t-elle demandé les yeux baissés.

— Ouais.

— Je peux poser la tête sur ton épaule ?

— Ouais.

Et puis dix minutes de presque silence. Juste le vent dans les feuilles. Et, d'un coup, elle s'est lâchée. En torrent. Elle m'a raconté tout, même l'inavouable. Je ne la coupais que de quelques : « Oui, bien sûr », « Je comprends ». Elle répondait à mes questions avant que je les pose. Tout a défilé. L'horreur, l'humiliation, les traumatismes, les détails sordides. Parfois inimaginables. Comme cette copine qui avait tatoué sur son ventre : « Je suis ta mère », croyant décourager les clients, s'imaginant que ça les bloquerait. Illusion ridicule et naïve. Ça avait même eu l'effet contraire. On croit que la nature humaine est capable du pire, c'est vraiment la sous-estimer, elle peut aller largement au-delà. Et puis au troisième pétard, elle a éclaté de rire en me disant :

— Quand tu as connu papa, j'étais gamine, j'adorais quand tu imitais Bourvil, tu me le fais ?

Je crois que c'est l'exercice le plus incongru qu'on m'ait demandé. Et me voilà à trois heures du matin, dans une campagne perdue, à déclamer la « causerie antialcoolique » à deux pas d'un ami agonisant, à une femme cassée qui pleure toutes les larmes de son corps parce que ça lui rappelle ses années bonheur. Tu parles d'un show ! J'ai essuyé ses larmes, je l'ai serrée fort et j'ai dit en m'excusant :

— Faut que j'y aille, il me tarde de retrouver ma fille.

Elle m'a demandé, attendrie :

— Elle a quel âge ?

— Quatre ans. On l'a adoptée. On est allés la chercher à la naissance à Tahiti. Enfin, Nana y est allée. Je ne prends plus l'avion.

D'habitude, quand je dis ça, on me demande pourquoi et j'explique ma claustrophobie. Là, les yeux dans le vide, elle a juste murmuré :

— Empêche-la d'être amoureuse.

J'ai répondu : « Bien sûr. » Mais je n'en pensais pas un mot. Je ne l'empêcherai pas d'être amoureuse. Qui le peut ? Et, avant de partir, j'ai demandé :

— J'écris un livre, tu crois que je peux y raconter ton histoire ? Sans dévoiler ton identité, bien entendu.

— Bien sûr, et même si tu la dévoilais, ça ne me gênerait pas. La honte de ce qu'on peut dire de moi, c'est bien léger par rapport à celle de ce qu'on m'a fait.

— Je voulais parler du meurtre.

— Même ça. J'en suis fière. C'est moi qui ai craqué l'allumette.

Et voilà. Un bout de vraie vie. Quelque part chez les vraies gens, entre les cigales et les salauds. Si loin de mon cabaret flamboyant tout en sourires, en étoiles et en bons sentiments. Là-haut ils sont programmateurs, membres de conseils d'administration, journalistes reconnus, tous décorés d'une « légion » de quelque chose, et ils m'exècrent, me méprisent, m'effacent. Ici, ils sont voyous, putains, drogués, assassins, leurs cicatrices à la boutonnière. Des poissons dans l'herbe. Hors courant. Et, eux, ils m'aiment. Tu choisirais quel camp, toi ? Je me contenterai donc, plus que jamais, de l'amour de ceux-là.

Sur la route du retour vers le Cap Bénat, je n'avais qu'une envie : serrer ma Lily dans mes bras. Quand je suis arrivé dans sa chambre, il y avait un dessin pour moi. La reproduction maladroite des héros de son film animé préféré : Eugène et Raiponce. Son obsession du moment. Elle l'a déjà vue cent fois, l'histoire de cette princesse blonde enlevée par une sorcière qui finalement se mariera avec le prince des voleurs. Eugène, ce n'est pas une synchronicité. C'est moi qui ai choisi, en me mettant à l'écriture pour raconter ma soirée, de donner ce pseudonyme à mon vieil ami mourant. Parce que Raiponce, c'est ma princesse Lily, et que si une ordure lui faisait le moindre mal, moi aussi, je le cramerais avec plaisir.

Ah, je les entends, les moralisateurs ! Les mêmes qui avaient fait le procès de Sardou quand il chantait : « Je suis pour. » Je m'en souviens tellement bien. À l'époque, je faisais sa première partie. Tous les soirs, on avait des manifestants, des alertes à la bombe. Ils étaient déchaînés, les vautours :

— Non à la loi du talion ! Facho ! Les vengeurs sont des barbares ! Il faut laisser la justice faire son travail ! Assassin !

OK ! Va pour assassin. Je le serai s'il le faut. Sans honte et sans remords. Oh, je sais bien que ce que j'écris là sera vomi par la caste bien-pensante, les censeurs de tout bord. Mais tu sais, chez nous, les autres, on a la bonne conscience qu'on peut. Et on fait avec.

— Tu crois que je dois rayer ce que je viens d'écrire, Maman ?

— Surtout pas. Je pense pareil. Et la plupart de ceux qui t'aiment aussi. Et puis, tu sais, moi aussi, si on t'avait vraiment fait un mal irréversible, j'aurais pu être impitoyable.

— Tuer pour moi ?

— Ou le faire faire par mes vrais amis.

— Tu l'as fait ?

Elle ne répond pas. Je répète :

— Tu l'as fait ?

Elle ne répond toujours pas. Alors, je formule autrement :

— Tu es en enfer ou au paradis ?

Cette fois, elle répond :

— Ni l'un ni l'autre, je suis sur ton épaule.

Et le mois d'août a fini de s'effilocher entre spectacles et rencontres de hasard. Dans la deuxième quinzaine, j'ai mis un peu l'enfant-livre en sommeil. Pour ne pas l'épuiser trop vite. Il y a tant de jours encore à tenter de le nourrir. Hier, j'ai fait la première échographie. La première relecture. Ça me paraît pas trop mal. Un peu trop gris peut-être. Réaliste, maladroit, implacable, lucide, naïf et cruel, mais c'est une bonne base. De toute façon, je n'y changerai rien puisque je me suis donné comme règle de ne pas raturer, sauf énormité. C'est à double tranchant. Ça a l'inconvénient des mauvais enthousiasmes, des colères irréfléchies souvent primaires. Mais ça a l'avantage de la sincérité, de l'émotion telle qu'elle est sans embellissements ni fioritures. Alors, l'un dans l'autre, il faudra faire avec. Et puis je ne cherche pas à convaincre. Juste à partager.

Manque quand même un peu de farce ! Je le veux joyeux aussi, ce mioche. Alors, j'ai échafaudé un scénario à vivre. Une de ces arnaques que j'adore tenter à l'aveugle et qui ne font rire que moi. Je voulais terminer le deuxième mois avec ça, mais la police de la route ne m'en a pas donné l'occasion. Promis, je ferai tout pour le tenter début septembre. Histoire d'offrir un gros shoot de bonne humeur à mon bébé de papier à l'aube de son troisième mois.

Une connerie gratuite. Un bluff. Une mascarade inutile et futile.

Et si c'était seulement ça, la vie ?

28 août. Dix-neuf heures trente.

J'ai retrouvé Lélia, comme convenu, au bord de la Dordogne face aux falaises de Gluges. Mon paysage préféré. Sa dame de compagnie attendait dans la voiture à l'écart. La vieille dame était posée sur un banc. Toujours aussi apprêtée. Pantalon gris, veste blanche sur un chemisier saumon, elle grignotait du bout des doigts un carré de chocolat.

— Ce qu'on peut être gourmande ! ai-je lancé dans son dos, en guise de bonjour.

— Ce qu'on peut être en retard, répondit-elle en souriant. On avait dit cinq heures.

J'ai choisi l'humour acide.

— Comme vous n'avez pas de montre, je pensais que vous ne vous en apercevriez pas.

— La cloche de l'église a sonné cinq fois depuis un bon moment.

— À peine dix minutes, ai-je atténué. Excusez-moi.

— Ce n'est pas grave, dit-elle, avec une infinie douceur. À éviter de renouveler, mais pas grave. L'exactitude n'est pas que la politesse des rois. Pour moi, ce devrait être celle de tous. Nous sommes en démocratie ou pas ?

J'ai souri et, cette fois, j'ai osé le baisemain. Je me suis installé à sa droite et, comme pour rattraper mon retard, j'ai attaqué sans préliminaires :

— Alors, on commence par quoi ? Le décor ou mes divagations ?

— Le décor, il paraît que c'est la bonne heure pour la lumière.

— Tout à fait.

Et j'ai commencé à lui décrire l'anse que fait la rivière, en insistant sur le débit tranquille du courant et les remous qui le font par endroits partir à contresens. Ensuite, je lui ai dessiné avec soin la falaise d'en face dans le moindre détail. Sa couleur, son inclinaison étonnante qui emprisonne la route, dessous. Je lui ai même signalé le feu de broussailles qui enfumait l'horizon au loin. C'est là qu'elle m'a coupé brutalement. À la Cyrano :

— Ah, non ! C'est un peu court, jeune homme ! Je ne veux pas d'un guide touristique. Je veux du Patrick bien plus imaginatif.

Après un moment d'hésitation, j'ai dit :

— D'accord. Laissez-moi deux minutes de réflexion.

Et après avoir tout bien observé, je me suis lancé.

Au début, j'ai inventé une cascade d'eau bouillonnante mais silencieuse qui tombait de la falaise d'en face. À son pied s'ébattaient des jeunes gens nus, riant et s'aspergeant.

— Voilà, fit-elle, ça, c'est bien. Ils sont combien ?

— Une dizaine. Des filles superbes et des garçons magnifiques. Oh, tiens, il y en a deux qui s'embrassent !

— Un garçon et une fille ?

— Ben, non, deux filles... Et deux garçons aussi. Sinon, vous n'auriez pas posé la question, non ?

— Évidemment.

— Coquine.

— Non, nostalgique.

Ensuite, j'ai décrit un martin-pêcheur qui tournoyait. Et dessous les poissons imbéciles inconscients du danger.

— Il n'y en a jamais un qui lève la tête pour surveiller, c'est fou, ça ! Bon, c'est vrai que le créateur ne les a pas gâtés. S'ils avaient des bras, le guetteur pourrait montrer le ciel du doigt en hurlant : « Gaffe, les copains, un prédateur ! » Quoique, même avec des bras, il leur faudrait aussi la parole. Trop compliqué. Dieu avait autre chose à faire. Alors, il a bâclé le boulot. Il leur a mis des écailles comme il a collé des strass aux danseuses du Lido en disant : « Contentez-vous de briller et fermez-la ! »

Elle a éclaté de rire. Alors, j'ai attrapé une pierre et je l'ai jetée dans l'eau près de la rive.

— Vous avez entendu, le martin-pêcheur est tombé à pic et il a plongé… Ça y est, il remonte. Il a un grand poisson argenté dans le bec. Le poisson se débat, mais il tient bon. Une truite à votre avis ?

— Je dirais plutôt un sandre.

— Attendez, je vérifie, il vient de se poser devant nous… Vous avez raison, c'est un sandre.

Et puis je lui ai peint des roseaux, et des ballets de libellules en chaussures de danse. Et même une barque de marchand de fleurs, débordante de marguerites, qui descendait approvisionner une foire aux célibataires en Gironde. Les instruments de mesure indispensables pour savoir s'ils s'aimeront, un peu, beaucoup, passionnément ou à la folie.

Au bout d'une demi-heure de peinture orale baroque, entrecoupée de silences pour que mon imagination reprenne son souffle, j'ai osé le bouquet final :

— Je me suis trompé, tout à l'heure, ce n'était pas un feu de broussailles. C'est un Indien qui envoie des signaux de fumée.

— Et il dit quoi ?

— Attendez, c'est pas facile parce qu'il bégaie un peu… Ah, voilà, ça y est. Il dit : « Bon anniversaire, Lélia. »

— Ce n'est pas mon anniversaire.

— En tout cas, c'en est un, j'en suis certain.

— Qu'est-ce qui te fait dire ça ?

— La petite gourmette en or à votre poignet. Il y a écrit 29-08-1933. Soixante-dix-neuf ans à un jour près.

Elle rabattit brusquement la main sur le bijou pour le cacher. Son visage se crispa et elle murmura d'une voix tremblante :

— Ce n'est pas mon anniversaire… Allez, ça suffit pour aujourd'hui.

Un long silence, et j'ai vu une larme rouler jusqu'à la pointe de son nez. J'ai pris sa main, et j'ai murmuré, embarrassé :

— Pardon si je vous ai blessée.

— Tu ne m'as pas blessée, bien au contraire, dit-elle en souriant. Ce n'est pas parce qu'on pleure qu'on est forcément triste… Allez, à toi, maintenant, lis-moi tes œuvres.

Et j'ai débité posément tout ce que tu as lu de mon mois d'août, du Cap Bénat à la farce annoncée de début septembre, en terminant par : « Et si c'était seulement ça, la vie ? » Elle a réfléchi un instant, a passé la main dans ses cheveux, puis attrapé dans son sac un petit morceau de chocolat et, en le grignotant lentement, m'a dit :

— Ton président aura bien du souci dans les mois qui viennent. L'humanisme et l'économie ne vont pas ensemble. Ne t'emballe pas et évite de te vanter de cette relation particulière. Ni toi ni lui n'y avez intérêt. Ton amitié est sincère, mais je crains que la sienne ne soit un peu plus... comment dire ?... un peu plus pratique que la tienne. Un passage obligé. Pas vraiment menti, mais accessoire. N'oublie pas que tu n'es qu'un clown. Ce n'est pas péjoratif, c'est juste un autre monde.

— Et puis ?

— Et puis, nos enfants s'appartiennent, tu as raison. Mais nous confondons trop tendresse et protection. Il vaut mieux qu'ils nous détestent pour notre sévérité que pour notre lâcheté. Pour le reste, ton propos est parfois primaire, tu le reconnais toi-même, mais ce n'est pas la peine de te flageller. Ça peut devenir agaçant. Quant à ton ami vengeur, paix à son âme qui va s'envoler bientôt. Il n'a pas à craindre l'enfer puisqu'il n'existe que sur terre... Voilà, ça te convient ?

— Oui, et vous ?

— C'était parfait. Vivement le mois prochain, même si, comme toi, je n'aime pas bien septembre. Il est souvent triste, si ce n'est la couleur des arbres, paraît-il. Alors, tu as raison, ajoute du sourire, de la légèreté.

— Promis.

Elle s'est levée. Je me suis levé à mon tour pour l'accompagner. J'ai voulu prendre son bras, mais elle m'a repoussé gentiment.

— Ça ira. J'ai compté le nombre de pas jusqu'à la voiture.

— Très bien.

Je me suis rassis, et je l'ai regardée s'éloigner. Au bout de quelques mètres, elle s'est retournée, et elle est revenue vers moi. En posant la main sur mon épaule, elle a demandé :

— Avant de nous quitter, est-ce que je peux te poser une dernière question ?

— Avec plaisir.

— Pourquoi travailles-tu autant ?

— Parce que, comme je vous l'ai lu, si je ne travaille pas, je m'ennuie. Et puis, on m'a éduqué à ça.

— Alors, tu es un saint.

— Il ne faut pas exagérer.

— Je n'exagère pas. Tous ceux qui travaillent beaucoup sont des saints. La preuve : c'est la sueur qui fait les auréoles !

J'ai souri, en applaudissant discrètement.

— Bravo ! Joli mot d'esprit. Vous avez beaucoup d'humour.

— Suffisamment. Mais, surtout, j'observe.

— Sans y voir ?

— Tu sais, les yeux ne sont pas si essentiels que ça. Par exemple, si nous allions à la mer ensemble, je la devinerais bien avant que tu la voies... Les embruns.

— Donc, pour en revenir aux travailleurs, c'est ce qu'on appelle l'odeur de sainteté !

— C'est ça.

Elle a attrapé ma main et l'a caressée doucement. Et puis elle s'est penchée pour me murmurer à l'oreille :

— J'ai adoré faire l'humour avec toi.

Je me suis levé à mon tour du petit banc et, en faisant une révérence qu'elle n'a pas vue, mais qu'elle a dû deviner, j'ai dit :

— Sûrement pas autant que moi, Lélia... Sûrement pas autant que moi.

Septembre 2012. Troisième mois.

Une farce donc. Une galéjade, comme ils disent en bas. Histoire de démarrer le septembre présumé gris en pastel. Avant de retrouver la nasse, là-haut à Paris. Et dedans les silures, les requins, les murènes et, oserai-je ? (mais oui), les têtes de congres. C'est mon Verlaine récurrent. Ma langueur monotone et ses violons d'automne. La perspective de la rentrée cathodique m'a toujours démoralisé. Pas pour le travail lui-même, mais pour tout ce qui l'accompagne. Les heures de bureau, d'abord. Je suis fils du vent, pas de la clim ! Et puis les embouteillages, le bruit. Et surtout, surtout les parasites. Cet essaim de faux culs, profiteurs, orgueilleux, planqués, suffisants et inutiles qui constituent l'essentiel de la ruche médiatique. Je pourrais m'en priver, mais, hélas ! communication oblige, je suis bien forcé de passer par eux pour arriver jusqu'à toi. Je ne pleure surtout pas sur mon sort, il est plus qu'enviable, mais, comme on se dit tout, je ne peux pas la passer sous silence, cette énième nausée. Normal, on attaque le troisième mois. Mais bon, on va faire avec. Le bébé commence à se dessiner. Allez, comme promis, je lui colle son premier vrai sourire.

C'était sur la route du retour sur Paris. Un léger excès de vitesse et les gyrophares. Ils m'ont reconnu, bien sûr qu'ils m'ont reconnu, mais, protocole oblige, ils m'ont demandé de présenter mes papiers. C'est là que j'ai enclenché le simulacre. Élocution pâteuse, regard flou, gestes maladroits :

— OK… Pas de broblème… Je vous donne les piapiers… Où qui sont ?

Le comportement parfait du mec en état d'ébriété avancée.

Le plus grand, souriant et condescendant, m'a ordonné doucement :

— Allez, monsieur Sébastien, on descend du véhicule.

— D'accord… Je descends… Cranquillement…

Il m'a tendu l'alcootest.

— On souffle bien à fond.

En titubant juste ce qu'il fallait, j'ai vidé mes poumons dans l'appareil. Résultat négatif, bien entendu. Et là, goguenard, j'ai balbutié :

— Il est ca... Il est cassé...

L'homme en bleu, dubitatif, a marmonné :

— Bien, eh ben, on va en tester un autre.

Et là, je me suis redressé d'un coup. Stable, l'œil vif, et j'ai articulé parfaitement :

— De toute façon, je ne bois plus depuis très longtemps, ça m'étonnerait que vous trouviez quoi que ce soit.

Il m'a regardé en silence, puis en croisant les bras très haut, comme pour m'indiquer que la force c'était lui, il m'a balancé, sur un ton militaire :

— Vous savez que ça peut vous coûter cher ?

Et, bien entendu, j'ai sorti l'argument imparable :

— Ah bon !... Vous êtes là pour appliquer la loi, non ?

— Affirmatif.

— Est-ce qu'il y a une loi qui interdit de faire semblant d'être bourré ?

Un temps de réflexion, et il a eu un sourire malin et satisfait.

— Certainement pas. Mais il y en a une contre ceux qui se foutent de notre gueule. Ça s'appelle « insultes à agent ».

Ça, je ne l'avais pas prévu. Il fallait réfléchir vite. Dans ce genre de canular, il faut avoir l'improvisation extrêmement rapide. Ça a mis dix secondes. Je me suis fendu de mon air le plus sympathique, et, en écartant les bras comme un Christ humanisant, j'ai dit :

— Excusez-moi, vraiment, excusez-moi, c'était surtout pas le but. Je vais vous expliquer la vérité. En fait, je viens d'écrire une pièce de théâtre où je joue le rôle d'un mec bourré. Je voulais juste voir si j'étais crédible... On y croit, non ?

Quelques hochements de tête, et puis miracle ! Les deux ont souri, en me tendant mes papiers.

— Allez, c'est bon, pour la blague ! Mais pour l'excès de vitesse, on garde.

— Évidemment.

— À moins qu'on soit invités à la pièce de théâtre.

— Avec plaisir.

Et voilà ! La farce et l'indulgence en bonus. À part qu'avec ces conneries, il ne me reste plus qu'à l'écrire, la pièce !

Voilà, pour dégriser ce septembre de rentrée. Pour illuminer aussi mon mioche de papier. Tiens, d'ailleurs, j'ai décidé de ne lui instiller que ça pour son troisième mois. Des sourires et des tendresses. Quelques contrariétés bien sûr, mais pas de maladie, pas de mort. Histoire de desserrer l'étau. Comme je te l'avais expliqué dans le précédent livre : « Les joyeux guérissent toujours. » Comme je le fais chaque fois qu'il commence à pleuvoir. Comme me l'a appris mon vieux prof de philo, qui se baladait toujours avec un arc-en-ciel dans la poche. Un vrai. Une courbe multicolore en carton, qu'il serrait dans la main à chaque coup de mou pour se souvenir qu'il faut s'inventer le soleil. Une question de survie. Hasard ou synchronicité, il est mort d'une insolation. Ce que Dieu peut être farceur, quand même !

Donc, en ce mois de septembre, qui est à l'année ce que le lundi est à la semaine, je vais te raconter d'autres septembres. Les plus doux et les plus tendres. Avant que la vie me happe et me zappe. Quand je ne vivais qu'au contact de ceux qui me donnent l'amour dont je me contente. Une virée chez avant-hier, histoire de « nostalgier » un peu plus l'enfant-livre. L'avenir n'est jamais qu'un passé remodelé. Pour bien savoir où on va, il ne faut pas oublier d'où on vient.

Tu pourras, si tu veux, bloquer les pages de temps en temps, fermer les yeux et te souvenir de tes beaux septembres à toi. Je suis certain que ça embellira ton présent. Allez, on embarque ! Enfin, pas tout de suite, dans quelques pages seulement. Je voudrais faire un dernier crochet par le Lot avant de te retrouver à Paris. Parce que c'est le lien parfait entre en bas et en haut. Entre les rêves ordinaires et ce que les paillettes en font. C'était il y a deux jours, au moment de prendre la route. Juste avant la fantaisie policière qui en a eu d'autant plus de valeur. Il me fallait un grand bol de sucré pour faire passer l'amertume du dégoût.

Quand j'ai passé le portail de la propriété, je les ai aperçues au bout du chemin. J'ai cru qu'on me livrait le sapin de Noël avec trois mois d'avance. La petite, en minijupe argent, perchée sur des talons or. La grande, en jean constellé de clous, veste à franges, piercings divers et les cheveux rouges parsemés de mèches blanches. Tu parles d'un père Noël ! La mère et la fille. On va appeler la petite Britney. Et la grande « Elle », avec des guillemets et de la retenue. Parce que même en lui donnant un prénom ridicule à la mode, il serait de toute façon dépareillé.

Il arrive souvent que des curieux m'attendent en bordure du chemin qui mène à mon antre. Pour une dédicace, une photo. Le plus souvent, l'entretien est amical. Plus rarement, ça tourne à l'altercation, quand le culot en a poussé certains à l'intérieur de la propriété. J'ai beau leur expliquer que c'est mon domaine privé et qu'il y a des barrières qu'on ne doit pas franchir, question de respect, ils insistent. Persuadés que c'est un dû. Et que ma célébrité les autorise à tout. Avec, comme argument final :

— Vous n'avez qu'à pas être connu !

Dans ces cas-là, il m'est arrivé d'être franchement désagréable. Insultant même, sans aucune honte. Et ils repartent en me promettant de colporter ma grossièreté et ma fausse gentillesse. C'est la gloire des vrais cons. Masquer la vulgarité de leur impolitesse par l'écho de celle des autres. Et combien sont-ils à m'avoir classé définitivement odieux juste pour avoir osé protéger mon intimité ? Encore un revers de médaille. À vrai dire, je m'en fous royalement. Ce n'est pas ce côté-là qui brille.

Là, la maman du sapin de Noël était souriante et polie. Tremblante aussi. Touchante.

— S'il vous plaît, monsieur Sébastien, donnez-moi cinq minutes.

— À propos de quoi ?

— C'est ma fille. Elle a un talent fou. Il faut nous aider.

Et avant même que j'aie pu répondre, elle a grimpé sa petite sur le capot de la voiture et s'est précipitée à l'intérieur pour mettre le lecteur de CD en marche. J'ai protesté gentiment.

— Attendez, c'est pas vraiment le bon moment et...

« Elle » m'a coupé :

— S'il vous plaît, juste cinq minutes, vous allez voir, elle est extraordinaire... Allez, vas-y, ma puce !

Et la « puce » s'est transformée instantanément en singe savant. Elle a commencé à se déhancher avec des poses de Crazy Horse. Un coup les fesses tendues, un coup les jambes écartées, elle chantait d'une voix mal assurée un tube de la « Spears », l'icône des gamines d'aujourd'hui. Enfin, d'hier peut-être, puisqu'il y en a sûrement une encore plus excentrique qui a dû déjà la pousser au grenier des prétendus prodiges. À la fin de la démonstration, « Elle » a applaudi et s'est tournée vers le « jury ».

— Alors, qu'est-ce que je vous avais dit ?

J'ai menti, par politesse :

— Oui, c'est pas mal. Et vous attendez quoi de moi ?

— Ben, il faut me la faire passer à la télé. Ça sera une star, c'est sûr.

J'ai essayé de choisir mes mots. Je ne pouvais pas livrer le fond de ma pensée devant la petite. Elle n'y était pour rien, elle. Ou pour si peu. Derrière ses paupières indécemment maquillées, le regard était redevenu triste. Toutes les étincelles bien répétées d'avant avaient disparu d'un coup. Du moins, c'est l'impression que j'avais. « Elle » me l'a confirmé en quelques mots :

— Bon, elle est pas complètement au point, mais ça va venir. Elle fera tout. Je vous rassure, c'est une bosseuse. C'est sûr qu'elle préférerait s'amuser avec ses copines, mais elle sait que si on veut réussir, il faut travailler. Vous le dites assez souvent dans vos émissions.

C'est vrai qu'à chaque *Plus Grand Cabaret du Monde*, j'insiste sur le travail qu'il y a derrière chaque performance. L'arroseur arrosé. J'ai dû argumenter en professeur.

— Le travail ne suffit pas. Il faut la passion. Et puis surtout, il faut du temps. Elle a quel âge ?

— Neuf ans, mais vous avez vu, elle en fait au moins treize.

Elle en faisait même vingt-cinq au fil de ses postures de strip-teaseuse. Alors, j'ai balancé mon couplet sur la sagesse qui doit l'emporter sur la précipitation. Les études à privilégier. Les dangers de ce métier. J'avais beau argumenter, elle me coupait sans arrêt en me répétant ses certitudes. Quand elle m'a avancé que, malgré sa situation précaire, elle avait investi tant d'argent dans les parures et les cours de chant, j'ai un peu durci le ton :

— Vous n'avez pas le droit de lui voler son enfance !

Ça l'a bloquée net. Elle a ordonné sèchement à la petite :

— Attends-moi dans la voiture !

Et, elle m'a pris par le bras pour m'emmener à l'écart. Elle a fondu en larmes. Et j'ai eu droit au grand numéro d'apitoiement dont je ne sais même pas si un seul mot était vrai tant elle me l'a joué trop pathétique. Le père de Britney l'avait abandonnée après l'avoir battue pendant des années. Il ne versait pas de pension, bien évidemment. Heureusement qu'il y avait « les Restos du cœur ». Elle en a profité pour glisser sournoisement que Coluche, « lui au moins », avait de la compassion pour ceux qui souffraient. Je me suis retenu de demander si le 4 × 4 neuf dans lequel attendait sa Britney était aussi un cadeau des « Restos ». Et puis, la vengeance justifiée est devenue l'argument final :

— Avec tout ce que ce salaud m'a fait, on va lui montrer !

C'était donc ça. C'était « on » qui voulait réussir. C'était « on » qui voulait le succès, la gloire et les millions. C'était « on » qui voulait être célèbre par procuration. Comme tant d'autres. Comme tous ces éleveurs d'acteurs, de chanteurs, de sportifs qui exhibent leur progéniture en guise d'exutoire. Je la regardais sans aucun soupçon de la pitié qu'elle tentait de m'inspirer. Elle a insisté encore sur l'urgence. Elle a même passé à la vitesse supérieure en m'affirmant que j'étais sa dernière chance. Au moment où elle sous-entendait un possible suicide si rien ne se passait très vite, Britney est descendue de la voiture et a lancé :

— Allez, on s'en va, maman !

Elle a hurlé :

— J't'ai dit de rester dans la voiture, merde ! C'est pour toi que je fais tout ça, alors, laisse-moi discuter.

La petite a obéi. Alors, je me suis lâché à mi-voix pour ne pas qu'elle risque de m'entendre :

— Comment peut-on être aussi dégueulasse ? C'est pas un jouet, ta gosse ! Ton soi-disant martyre, ça t'autorise pas tout. Il paraît que t'as pris des claques. Franchement, là, je me retiens de t'en coller une de plus. Tu vas faire quoi si ça marche pas ? La mettre sur le trottoir ?

Je m'attendais soit à me faire traiter de tout, soit à l'effondrement. À ma grande surprise, il y a eu une troisième voie. Elle a souri.

— Elle non, mais moi, je suis disponible. On sait comment ça marche dans le show-biz, et puis t'es plutôt chaud de ce côté-là. On peut faire un marché. La gamine attend dans la voiture et on va sous les arbres un peu plus loin.

Je l'ai juste regardée longuement, sans un mot, en secouant la tête de dépit. Et c'est à ce moment-là que l'effondrement est survenu. Elle s'est écroulée sur mon épaule. En vraies larmes, cette fois, j'en suis sûr.

Je lui ai murmuré :

— C'est vrai tout ce que tu m'as dit ?

— Pas tout, mais presque... Je vous demande pardon. J'ai tellement envie de montrer à cette ordure qu'il a eu tort de nous laisser tomber.

— OK ! Mais ne te sers pas de ta petite. Elle y est pour rien. Si ça se trouve, ce sera une grande chanteuse un jour. Mais surtout pas en t'y prenant comme ça. D'accord ?

— D'accord.

Et « Elle » est montée dans son 4 × 4 neuf, direction son herbe à poissons. Et moi dans ma Mercedes pour filer vers ma nasse. Deux voitures de luxe pour des destinations à contrecœur. Comme disait le petit Gégé, mon pote de comptoir, le plâtrier philosophe : « Même s'il a une belle coquille, ça n'empêche rien, il en bave, l'escargot ! » « Elle » est donc repartie sans m'en vouloir. Je pense l'avoir convaincue. En tout cas, provisoirement. Va savoir si un jour, là-haut, dans la nasse, un requin ne m'appellera pas en me disant :

— Il faut que tu me prennes absolument une petite dans ton émission. Ça peut être la nouvelle Britney Spears. Enfin, c'est pas sûr, mais la mère est très bonne. Elle ferait n'importe quoi pour que sa fille devienne une star... Tu vois ce que je veux dire ? Tu pourras en croquer aussi, elle est pas farouche. Et puis, avec du bol, si ça marche un peu pour la gamine, non seulement je vais faire de la monnaie, mais d'ici quatre, cinq ans, on pourra la poinçonner aussi !

— Ils ne sont quand même pas tous comme ça là-haut ?

— Pas tous, non. Mais certains, oui. Et beaucoup plus souvent qu'on croit.

— Et toi, alors ?

Moi, jamais. Ce n'est pas une question d'auréole, c'est une question de principes. Et je m'y accroche tellement que ceux-là ne me supportent pas. T'imagines : un plouc qui fume même pas un pétard, qui marche pas dans les combines, qui est vulgaire, mal fringué, grande gueule et qui dure quand même, ça les hérisse. Tu comprends qu'à chaque retour vers la capitale j'ai toujours vu la porte d'Orléans comme une porte de prison. Mais bon, j'y suis, j'y suis. Comme va le dire bientôt ma nouvelle chanson : « C'est bien fait pour ta gueule, il fallait pas y aller ! » Ce que je peux être visionnaire, parfois !

19 septembre 2012. Paris. Seizième arrondissement.

Mes pensées s'envolent « à tire-d'elle », vers la mariée du 19 septembre 1970 dont je te racontais le sourire dans le chapitre précédent. Brive. Enceinte de sept mois. Premier arrondissement. Et autour d'elle, les convives du repas de noces. Alors, forcément, je zigzague entre la petite auberge sur les hauteurs de Brive de ce temps-là, et la terrasse parisienne du restaurant à la mode où je suis attablé aujourd'hui en 2012. Là-bas, la tradition plouc et simple des agapes obligatoires. Ici, le « m'as-tu-vu » ridicule des vraies stars et des faux parvenus. Et, bien entendu, le rapport de coût à la limite de l'indécence. Rien que la cuisse de mon poulet sauce thaï d'aujourd'hui vaut au moins toutes les assiettes de macédoine de la tablée de trente invités, plus le rôti et la pièce montée de l'époque.

Là-bas, c'était la sape de gala populaire, trop ample ou trop serrée, criarde et bas de gamme par nécessité. Les habits du dimanche. Ici, c'est de la fringue de concours, du bout du col imitation froissé aux jeans troués pour faire mode. Le must de la pauvreté chic. La chaussure luisante au dessous impeccable. Même les étrons de caniche de la rue de la Pompe ne s'y aventurent pas.

Là-bas, le derme rougeaud, veineux des hommes de la terre, quelques touffes de rasage oubliées sur le visage gai. La paluche large et calleuse des manuels. Ici, le teint blafard du surmené, l'œil étincelant mais vide du reste de coke de la nuit. Et la poignée de main molle, tu sais, celle qui suinte comme l'âme.

Là-bas, le fond de teint étalé à la truelle sur les joues des séductrices de canton, le lobe de l'oreille en surcharge de clinquant de bazar. Les jambes gainées d'un collant incertain, emprisonnant des sexes forestiers touffus comme on n'en fait plus. Ici, le hâle artificiel des salons de beauté et, plantée pleine face tendue, la bouche de mérou standard des rectifiées de peu, tout juste cicatrisées. Le nez refait à peine plus épais qu'un clitoris au garde-à-vous. Et, bien entendu, pubis élagué et poitrine surgonflée, le regard hautain des épouses de la carte Gold de « mamour », le mari gavé et si fier de jouer encore à la poupée entre deux opérations boursières.

D'une époque à l'autre, d'accord. De 1970 à 2012. La différence du siècle. Mais même à égalité de date, d'aujourd'hui à aujourd'hui, le fossé reste large. Un des seuls points d'approche étant peut-être la généralisation nationale de la déforestation pubienne que nous déplorons tant, moi et mes amis explorateurs. Mais pour le reste, c'est l'autosuffisance et la parure en étendard dans les contrées d'en haut, contre la bonhomie bougonne et la tendance crue Saucisson-Monoprix, l'étendard des terres d'en bas. C'est le même pays, le même peuple, mais il y a un monde d'écart.

Sur le trottoir, au bord de la terrasse du restaurant chic parisien, ils étaient quatre à piailler des « génial », « intemporel », « oscarisable » à propos du film qu'ils venaient de voir en projection privée. En passant devant ma table, le plus fat m'a effleuré du regard en lançant narquois à sa compagne :

— J'espère qu'il ne va pas faire tourner sa serviette !

Et à l'unisson avec Nana, on s'est fait un clin d'œil en disant :

— C'est là !

C'est notre expression fétiche dans ces situations. Un raccourci poli pour nous dire qu'on est chez les cons haut de gamme. Et puis, on a continué notre dîner en souriant. Une nouveauté depuis que j'ai décidé de ne plus réagir aux provocations de cette racaille de luxe. En d'autres temps, j'aurais bondi. Nana aussi.

Je me souviens d'une soirée dans le restaurant de mon pote Pierrot à Cannes en plein festival. On était de passage par hasard. Vraiment par hasard. L'autocongratulation cinématographique me donne des boutons. Cette vanité-là m'insupporte. Surtout quand je les vois scénariser la misère du monde pour la transformer en palme d'or et en soirées sur des yachts de platine. L'indécente alchimie. L'histoire de la femme tchétchène amputée pleurant un enfant mort à la guerre sur fond d'épidémie, ça en a généré de la thune pour décorer cocaïne et scotch les carrés VIP des nuits de festival ! Le contraire du foot. Des riches qui s'assoient pour regarder jouer des pauvres. Enfin, tant que c'est de l'art !

Nous dînions donc, tranquillement, Nana et moi, quand une bande de crétins empailletés, style la terrasse d'aujourd'hui, a fait une entrée bruyante dans le restaurant. En passant devant moi, une sorte de flan à lunettes en jupe Chanel dégriffée m'a lancé :

— Il va arrêter de nous polluer nos écrans, celui-là !

Alors que je brûlais de lui dire d'aller se faire enfiler, ce qui aurait sûrement été une aubaine, je me suis contenté de répondre en lui lançant un baiser du bout des lèvres. J'avais ce soir-là l'humeur badine, cool et tranquille. Le groupe s'est engagé dans l'escalier qui conduisait au premier étage. Pour moi, l'incident était clos. C'est alors que j'ai vu Nana bondir. Pas le temps de la retenir. J'ai lancé :

— Laisse tomber, ça sert à rien !

Pierrot m'a dit en souriant :

— Je pense qu'elle va lui causer.

Aux premiers éclats de voix descendant du premier étage, on a décidé d'aller assister à la joute verbale. Tu parles d'un salon de dialogue ! Un ring, plutôt.

Un vrai baston. Pas du crêpage de chignon. Ah, non ! Nana, c'est du lourd, de la teigneuse du Sud-Ouest. L'insolente à lunettes a pris en rafale une volée de droites en plein lifting. En cinq secondes au tapis. Comptée dix ! Et du coup, forcément, brouhaha général. Les pantins s'offusquaient :

— Quelle honte ! C'est un scandale !

Ce à quoi Nana répondait élégamment :

— Et en plus elle m'a traitée de salope, cette pétasse !

— Vous lui avez cassé ses lunettes !

— Eh ben, elle verra plus sa gueule dans la glace, ça lui évitera les cauchemars !

Du style et de la réplique. Un vrai petit guerrier. Et, comme les mâles chétifs commençaient à se précipiter sur elle, Pierrot à son tour est rentré dans la mêlée. Pas pour la défendre, elle (elle les aurait massacrés), mais pour les protéger, eux. Elle est belle, Nana, très belle. Mais sportive de haut niveau, ça craint dégun, comme on dit chez nous. Tu penses, cinq ans de restauration dans le Sud-Ouest à servir des troisièmes mi-temps à des rugbymen en folie, elle en a déménagé de la viande soûle à bras-le-corps. Diplômée ès carmouche ! Major de promotion à l'école de la vie. Tu comprends que j'en ai fait mon garde du cœur ?

Pour en revenir à l'embrouille cannoise, tout ce beau monde a dévalé les escaliers, accompagné par Pierrot à coups de pompe dans le train. Après que les malpolis aient été éjectés sur le trottoir, je lui ai glissé :

— C'est pas très commercial.

Il m'a répondu, poings serrés, un laconique :

— Je regrette.

— T'as raison… T'aurais pas dû.

— Non, je regrette de pas avoir mis un coup de boule au grand con !

Alors, je sais bien, la brutalité, la sauvagerie en réponse à la suffisance agressive, c'est pas dans les codes de la société nouvelle. Mais bon, parfois, l'instinct ressurgit. Et Dieu qu'il m'en faut aujourd'hui de la maîtrise pour garder les poings dans mes poches ! Il y a deux raisons à ça : d'abord, comme je te l'ai dit et te le répéterai tout au long de ce livre, je ne m'occupe plus de ceux qui ne m'aiment pas pour ne me consacrer qu'à ceux qui m'aiment. Et deuxièmement, mes muscles s'étant effilochés, je suis de plus en plus sujet à en recevoir qu'à en donner, des tartes dans la gueule. Si on veut être complet et honnête, je dirais que ma diplomatie doit plus à la lâcheté qu'à la mesure. Mais j'ai au moins le courage de me l'avouer, et ce n'est pas le moindre. Accepter son déclin n'atténue pas la pente, mais ça a l'avantage de ne pas la savonner. C'est une autre des leçons de cet enfant-livre. J'espère qu'elle te sera profitable.

Je t'aime.

C'est fou comme je dis « je t'aime » facilement, moi ! En guise de bonjour, d'au revoir, à l'envi et à l'envie. En cri du cœur. Le seul cri de l'homme qui n'époumone pas. Mon plus beau « je t'aime » ? Tiens, c'était en septembre justement. Pas un « je t'aime » que j'ai dit, un que j'ai reçu en plein cœur. Le « je t'aime » d'un homme. Une brute, un soudard. Un « je t'aime » ni amoureux ni sexuel. Un « je t'aime » pour dire merci autrement. Et toi, ton plus beau « je t'aime » ? Cherche, pendant que je te raconte le mien.

Encore une fois, je vais changer la véritable identité du soudard, romancer un peu, mais c'est une histoire vraie. Quand je dis brute et soudard, c'était quand il foulait les terrains de rugby, l'homme dans le civil est plus que respectable.

Nous dînions ensemble un soir de 1992. Anciens combattants courbatus, on se remémorait nos vingt ans quand nous usions nos crampons sur les mêmes pelouses.

— Tu te souviens de ton K-O à Limoges ? me demanda-t-il ?

Si je m'en souvenais ? Évidemment. Un coup de pied dans la tête. Lumière éteinte. Je m'étais réveillé sous la douche. Et je m'en souviens encore aujourd'hui, d'autant plus qu'il m'en est resté à vie une vision : une fenêtre ouverte et en contrebas une piscine. Une photo précise sortie de ce coma que j'ai toujours interprétée comme étant la dernière que je verrais avant de mourir. J'en suis toujours persuadé aujourd'hui. Pourquoi cette association d'idées ? Je ne sais pas. C'est une prémonition dont je suis absolument certain. Au point que toute ma vie, j'ai eu un pincement au cœur, chaque fois que la topographie du lieu où je résidais me proposait cette perspective : une fenêtre ouverte et une piscine en contrebas. Et soudain, là, au moment où j'écris dans mon antre de Martel, je m'aperçois que la fenêtre ouverte de mon nouveau bureau tout neuf donne sur la piscine en contrebas. Je mourrai donc là ? Ça me va. Rendez-vous post mortem. La prémonition était-elle exacte ? L'avenir te le dira. Moi, hélas, je ne saurai jamais. À moins que tu m'envoies un mail : p.boutot@purgatoire.com.

Mais revenons au dîner avec Jean-Pierre, dit « Bombardier » pour la force et la précision de ses frappes. Un cogneur redoutable du temps où le rugby des campagnes foisonnait de ces règlements de comptes sous la mêlée qui en ont laissé plus d'un avec ce qu'il leur restait du nez dans le gazon.

— C'est moi qui t'avais vengé ce jour-là, fanfaronnait-il. Celui qui t'avait fracassé, je l'avais bien endormi.

— Tu te bats encore ?

— Oh, non, et puis tu sais bien...

— Je sais bien quoi ?

Le regard s'est voilé.

— Tu sais bien...

— Non, je vois pas.

— Mais si... le match où le type a fini dans un fauteuil.

Ça m'est revenu. Un dimanche triste de novembre. Un match dans la boue et des bagarres en veux-tu en voilà. Et, d'un coup, l'accident. Le deuxième ligne d'en face au sol, totalement immobile. Le coup avait fracturé les cervicales. Il restera paraplégique. Un cauchemar.

— Un cauchemar, fit-il en écho à ma mémoire. J'ai appris il y a six mois qu'au bout de vingt ans de fauteuil, il s'est suicidé. C'est le drame de ma vie, tu sais. Ça fait vingt ans que je prends des cachets pour dormir. Et depuis le suicide, j'ai doublé la dose.

— Pourquoi ?

Il a ouvert de grands yeux.

— Comment ça, pourquoi ? Ben, c'est moi qui lui ai mis le marron.

— Mais c'est pas ça qui l'a démonté.

— Qu'est-ce que tu racontes ?

— Je m'en souviens très bien. Tu as mis ton coup de poing et tu as continué l'action. Tu tournais le dos. Moi, j'étais derrière, j'ai tout vu. Il a titubé, il est tombé à genoux, un peu secoué, mais c'est tout. C'est au moment où il allait se relever que « La meule » lui a mis un grand coup de pied dans la tête.

— « La meule » ?

— Ben oui.

Un silence pesant. « La meule » portait bien son surnom. C'était un écraseur redoutable doublé d'un imbécile de gros calibre. Un de ces fous furieux dont le rugby de l'époque faisait ses héros. Solide comme un roc, et con comme un galet. Brutal par tradition.

Jean-Pierre a balbutié :

— Alors, tu veux dire que c'est pas moi qui…

— J'en suis absolument sûr. Je croyais que tu le savais.

Il a balbutié encore :

— Ben... Euh... Non.

Et puis, sans refouler ses larmes, il m'a dit :

— Ça fait vingt ans que j'ai honte de moi. Vingt ans que je baisse les yeux devant mes gosses pour qu'ils n'y voient pas la culpabilité. Vingt ans que je fais croire à ma femme que les cachets, c'est pour le ventre... Dis-moi, t'es vraiment sûr que j'y suis pour rien ?

— Absolument, je peux te le jurer sur la tête de mes gosses à moi.

Et c'est à ce moment-là que j'ai entendu le plus beau « Je t'aime » de ma vie.

Parmi tous ceux que j'ai dits, moi, il en manque un. Essentiel. Je viens de m'en apercevoir à l'instant, quand, pour faire une pause d'écriture, je suis allé visionner quelques rushes du documentaire qui va passer à la télé en octobre et qui s'appelle « Sébastien, l'imitateur caméléon ». Une rétrospective des multiples transformations de ma carrière de copieur. Dans la dernière séquence, à la fin de l'interview, j'évoque ma bâtardise. J'explique que je dois sûrement ma carrière et ce goût pour l'imitation au fait que mon père ne m'a pas reconnu. Au besoin, en manque de reconnaissance d'identité, de m'en fabriquer plein d'autres. Et je termine, face caméra, en avouant :

— Si mon père m'avait reconnu, je n'aurais jamais fait cette carrière. Donc, je ne lui en veux pas...

Un silence bref, et j'ajoute, avec un sourire coquin :

— Enculé !

Une insulte que je ne me serais sans doute pas permise si Maman était encore vivante. Elle aurait détesté.

— Je te confirme, je déteste, lance-t-elle derrière mon épaule.

— Écoute, Maman, le jour où, à trente-sept ans, je lui ai posé la question pour la première fois, s'il m'avait dit : « C'est moi », je te promets que je lui aurais dit le seul « je t'aime » qui manque à ma collection.

— Je ne t'en demandais pas tant. Mais l'autre mot, là, que tu dis dans le documentaire et que je n'ai pas envie de prononcer, ce n'est pas digne de toi. Retire-le.

— Désolé, Maman, mais aujourd'hui je le pense vraiment. Je le garde.

— Alors, ton documentaire ne marchera pas.

— Tu me ferais ça ?

— Je vais me gêner !

— Laisse-moi quand même un minimum... Je sais pas, moi... Quatre millions de téléspectateurs ?

— Deux... Allez, deux et demi... Et encore, c'est parce que tu t'es donné du mal. Mais pas plus.

— OK... Ça m'ira.

Je plaisante, bien sûr. Tu ne crois quand même pas que Maman fait l'Audimat ? Remarque, va savoir ? Parce que ce succès qui perdure malgré les rides, les redites et ma ringardise (*dixit* les observateurs cathodiques), il a quelque chose de surnaturel, non ? Je plaisante encore. Rien de surnaturel, ce n'est que de la télévision. Mais je dois t'avouer que cette longévité me surprend moi-même. Même si on me l'avait prédite. Tiens, ça me fait penser que c'est le moment de rendre visite à Frédérique, la « panthère blanche ». Je vais faire une pause pour y aller et je te raconterai en rentrant. Dans deux, trois jours pour moi. Pour toi dans deux interlignes.

Voilà, c'est fait. Je suis rentré ce soir. En fait, Frédérique m'a écrit il y a quelques semaines. Au bout de presque quarante ans de silence. La lettre commençait par : « J'espère que tu te souviendras de moi. » Comment t'oublier, « panthère blanche » ? Bien sûr que je me souviens. De tout. Et comme ça tombe bien, au moment où je veux nourrir cet enfant-livre de ceux qui m'aiment et que j'aime. Ces présumés zéros. Héros exemplaires que tu ne rencontres ni dans les magazines ni sur ton écran de télé. Dans la vraie vie seulement. Ces anonymes dans la foule au destin incroyable. Ces quelconques dont la postérité ne retiendra rien. Mais qui valent mille Loana, un million de Paris Hilton, ces stars fantoches de papier glacé dont on nous serine le moindre panaris, la moindre grossesse nerveuse. Comme si le ciel n'était pas assez brillant et qu'on s'acharnait à y accrocher des étoiles en plastique. Saletés de médias qui portent aux nues les faux-semblants et enterrent chaque jour la vérité ! Normal, ça vient du latin. Médium : un doigt tendu. Média : les deux !

La lettre de Frédérique disait aussi : « Je suis rentrée dans la Lozère de mes parents au bout de trente-sept ans d'un voyage merveilleux. J'ai constaté que mes prédictions te concernant s'étaient toutes réalisées. J'aimerais, si ça ne prend pas trop sur ton temps, en parler avec toi autour d'un verre d'eau fraîche, si tu n'en as pas oublié les effets. »

Comment aurais-je pu oublier ce verre d'eau qui m'a appris tant de choses sur le bonheur ?

C'était une nuit d'ivresse de 1975. Tout juste arrivé à Paris, on avait terminé en bande dans un bar à plaisir, après mon passage dans les multiples cabarets où je prenais mon envol. Oiseau de nuit déjà, aiglon seulement, je voletais de branche en branche. À me nourrir de verres et de vers. Entre les envolées poétiques d'un Bernard Dimey bienveillant et la tournée des petits ducs, les nobles du Paris nocturne. Des artistes débutants comme moi qui partageaient mes vols de nuit. À la recherche d'un nid douillet, d'une colombe à aimer le temps d'une roucoulade. Une becquée par-ci, une becquée par-là. Phonétiquement prémonitoire au moment de rencontrer la Béké merveilleuse, la « panthère blanche », qui s'effeuillait langoureusement chaque soir dans un cabaret de Montparnasse.

Elle était fille de Martinique. Mélange blond ocre blanc d'un marchand de l'Aubrac et d'une servante de la Trinité. Le marchand avait rapatrié la petite famille au pays du tourain en 1965, lassé par les mille agressions racistes envers la mère. Pas pour la couleur de sa peau, pour la couleur de son cœur qu'elle avait donné au Blanc en transit. Il y a des cons partout. Ou nulle part, ça dépend de nos solitudes choisies. Là où j'écris, j'y suis le seul, et c'est bien suffisant !

Le corps était sublime. Les yeux d'un bleu translucide. Et si peu vulgaire dans son numéro que nous avions tous pour elle le regard plein d'un désir totalement impossible à concrétiser. Du respect même. Et un sixième sens qui nous soufflait que, belle à ce point-là, ce n'était pas pour nous. On l'imaginait maquée à un très beau, sûrement très riche. Nous avions vu son numéro une dizaine de fois sans jamais entendre le son de sa voix. Et aux plus téméraires qui avaient osé demander au patron si elle accepterait de partager un verre, il répondait :

— C'est pas pour vous, les mômes. De toute façon, elle part dès que son numéro est fini. Pas d'amis, pas d'amants. Cette fille, c'est une énigme. Superbe énigme, mais un putain de mystère ! On se demande ce qu'elle fout là. Moi, je m'en balance, du moment qu'elle me fait du monde !

Et puis, un soir, alors que j'avais décidé d'abréger la soirée, fatigué, pour rejoindre ma chambre de bonne, la « panthère blanche » a surgi devant moi au coin de la rue.

— Tu me raccompagnes ?

Devant mon regard interloqué et ma bouche bée, elle a enchaîné avec un sourire étincelant :

— Ne te fais pas d'idées, je ne suis pas une pute. Juste un peu médium, et chaque fois que tu es dans la salle, je ressens quelque chose que je voudrais te faire connaître. On y va ? C'est pas loin.

Un instant, j'ai quand même eu une grosse bouffée de méfiance. Parce que enfin, pourquoi moi ? La déesse insaisissable qui m'attend, m'envoûte et m'invite, ça sentait un peu le traquenard. Et si, une fois chez elle, je me faisais agresser ? Oui, mais pour me prendre quoi ? J'étais un minot désargenté sans valeur particulière. Le règlement de comptes d'un mari jaloux ? Une tueuse perverse ? Tout m'est passé par la tête. Et puis l'instinct m'a conseillé de suivre. L'instinct, mais surtout le désir. J'ai fini par me dire :

— Fonce, mon gars ! Des belles comme ça, t'en trouveras pas à tous les coins de rue. On sait jamais, peut-être tu lui as vraiment tapé dans l'œil. Le côté provincial brut de pomme et sain dans un monde d'artifices.

Elle logeait dans une chambre de bonne guère plus grande que la mienne. Mais elle en paraissait le double. La disposition des objets, l'odeur d'encens, l'éclairage. Et puis ce sentiment diffus d'être incroyablement détendu. On appelle ça des bonnes ondes. En chemin, elle m'avait déjà tout dit de sa vie. La Lozère, la Martinique. À peine avais-je grimpé les premières marches de l'escalier qui menait au sixième que j'avais eu cette sensation étrange, que nous avons tous parfois, de connaître depuis toujours un inconnu de quelques instants. Et cela, même si la plus grande part de mon cerveau était hypnotisée par son déhanchement à hauteur d'œil, puisqu'elle avait eu la bonne idée de me précéder de trois marches dans l'ascension.

Je ne pouvais m'empêcher de penser à la sentence populaire : « Le meilleur moment, c'est quand on monte l'escalier ! » Je ne soupçonnais pas que cet aphorisme grivois allait se transformer en longue réflexion philosophique dont je garderais les échos toute ma vie. Si je m'attendais à trouver quelqu'un derrière la porte, ce n'était certainement pas Schopenhauer !

À peine son sac déposé sur le lit, le seul meuble de l'endroit, elle m'a lancé :

— Je te préviens tout de suite, je ne fais jamais l'amour.

C'était clair et sans ambiguïté. J'ai demandé le plus idiotement du monde :

— On fait quoi alors ?

— On va parler. De toi surtout... Attends un peu.

Elle a alors sorti une grande assiette dans laquelle elle a commencé à faire brûler des petits sarments d'un bois qui sentait les épices. Et puis un bol avec cinq petits œufs de caille qu'elle m'a tendus.

— Prends-les dans tes mains. Ils vont s'imprégner de tes ondes, et après je vais les jeter dans le feu. Chacun correspond à une part de toi. Selon la façon dont ils se consumeront ou pas, j'apprendrai des choses que tu ne sais même pas toi-même.

Voyant mon regard dubitatif, elle expliqua :

— N'aie pas peur, je ne suis pas folle, dit-elle doucement comme si elle avait lu dans mes pensées.

Et elle ajouta, confirmant cette impression :

— Tu as envie de demander : « Pourquoi moi ? » Je vais te répondre avant que tu poses la question. Parce que j'ai ressenti, comme je te l'ai dit tout à l'heure, quelque chose d'étrange en ta présence. Je pense que tu as une destinée hors du commun. Je voudrais t'en tracer les grandes lignes.

— T'es voyante ?

— On peut dire ça... Un peu plus même. Je te rassure, la consultation est gratuite. Et pour répondre à beaucoup d'autres questions que tu te poses encore, sache que, pour moi, l'esprit est mille fois plus passionnant que le corps. Et surtout que faire le bonheur des autres est la plus belle mission qui nous est permise sur cette terre. Et je pense que ce que je te dirai t'aidera à faire le tien.

Comme je ne répondais pas, elle ajouta :

— Je sais que tu te dis encore : « Pourquoi moi ? », non ?

— Oui.

— La réponse est : parce que je suis certaine que tu le mérites.

Il faudrait un livre entier pour raconter ce qui s'est passé ensuite. Je n'en dirai que l'essentiel. Cette femme m'a prédit à peu près tout ce qui m'est arrivé par la suite. Le succès, sa longévité, les trois mariages, la télévision et même la caricature de moi, cette étiquette de beauf péjorative si loin de ma vraie nature, qu'elle m'a encouragé à cultiver pour mille raisons inexplicables ici, mais qui rattachent au bonheur.

Sur les cinq œufs de caille, qu'après avoir cassés elle avait jetés dans le feu de sarments, quatre avaient grillé et, étonnamment, un seul était resté intact. Une aberration de la physique pour moi. Pour elle, un signe dont elle a refusé de me donner le sens. Mais j'ai vu son regard se voiler. Et puis, jusqu'au jour levant on a parlé du bonheur. J'en ai retenu surtout ses citations de Schopenhauer, et ses certitudes sur la souffrance de manquer et l'ennui de posséder. Et puis ce fameux verre d'eau.

— Le bonheur n'est pas de boire un verre d'eau quand tu as soif. C'est d'avoir le verre d'eau dans la main et de savoir que tu peux le boire.

Cette allégorie philosophique nous a ramenés à son abstinence sexuelle si contradictoire avec son métier de strip-teaseuse.

— Je suis le verre d'eau. Le désir. Le bonheur, ce n'est pas l'acte, c'est juste avant.

— Quand tu montes l'escalier, ai-je dit en souriant.

— En quelque sorte… Tiens, regarde !

Et après avoir enclenché une musique langoureuse, elle a refait son numéro de strip-tease à cinquante centimètres de mon visage.

— Tu es heureux ?

— Oh, oui !

Et à la fin, après avoir bu le verre d'eau :

— Si on faisait l'amour, ton désir serait éteint et le bonheur d'après bien moins fort que le souvenir que tu garderas du bonheur d'avant. N'oublie jamais ça dans ta vie. Pour tout.

Et je ne l'ai jamais oublié. J'y ai même repensé très fort le soir où, après avoir gagné la coupe d'Europe de rugby, j'ai eu un blues d'une tristesse infinie. Tu avais raison, panthère : « Le vrai bonheur, c'est quand on monte l'escalier. » Et trente-sept ans après, il y a trois jours, pas d'escalier. Seulement un plain-pied. La cour d'une maisonnette perdue au fin fond de la Lozère. Elle m'a ouvert la porte étonnamment intacte. Pas la porte, elle. À peine vieillie. Juste ridée au coin des yeux, aux mains et au cou. Le sourire lumineux. Le corps d'avant moulé dans une robe blanche d'aujourd'hui. Des fleurs dans les cheveux. Dans les yeux aussi. Toujours ce regard translucide et bienveillant qui me réconfortait tant pendant les trois mois qu'avait duré notre liaison particulière. En juillet 1975, elle m'avait dit :

— On ne se verra plus, je pars.

— Où ?

— Partout... Nulle part, je ne sais pas. Mais j'y serai mieux qu'ici.

— T'en es sûre ?

— Absolument pas. Mais il faut toujours tenter l'improbable si on veut avoir une chance de toucher l'exceptionnel. C'est comme toi. T'es monté avec des doutes et au final… Enfin, tu verras, je te laisse la surprise.

J'avais plaisanté :

— Y a des verres d'eau qui t'attendent ?

Elle avait éclaté de rire.

— Des cascades.

L'intérieur de la maisonnette familiale de Lozère était la copie conforme de sa chambre de bonne de la rue de la Gaîté. Et la même sensation de plénitude. J'y ai passé la nuit à écouter ses souvenirs d'ailleurs. Ses mille aventures. Ses mille verres d'eau. Des princes arabes du désert aux chamans amazoniens. Des trafiquants mexicains aux pirates des mers d'Afrique. Et toujours vierge.

— Même pas violée ? ai-je plaisanté.

— Même pas.

Et puis elle m'a parlé de moi. De toutes les prédictions qui s'étaient réalisées, de tous mes succès, de mes embûches. Et forcément, depuis le temps que ça me travaillait, j'ai demandé :

— L'œuf de caille qui n'avait pas brûlé, c'était l'accident de moto de mon petit ?

Elle a eu le même voile dans les yeux.

— Bien sûr. Mais je ne pouvais pas te le dire.

— Je comprends.

Au milieu de la nuit, elle m'a proposé un strip-tease. Comme ça. Comme un verre d'eau. Le corps était un peu usé, mais le bonheur fut le même. Et lorsque j'ai quitté la maison après n'avoir dormi qu'une heure, j'étais reposé comme si j'en avais dormi douze. Au moment de nous séparer, j'ai demandé :

— Je peux raconter ça dans mon livre ?

— Bien sûr. Et à la fin, tu pourras même confier qu'à mon enterrement tu n'as pas versé une larme.

— Qu'est-ce que tu racontes ?

— Mon chemin dont je connais déjà le dernier carrefour. Dans trois mois.

— Ça, c'est pas sûr. Dans tes prédictions, tu t'es aussi trompée.

— Je ne crois pas.

— Ah, si… Rarement, mais si… Par exemple, tu m'avais prévu une relation avec une princesse de haut rang que je n'ai jamais eue.

— Ah bon ?

— Ben oui, donc, tu peux te tromper. Alors, rendez-vous dans six mois, tu seras la première à lire les épreuves de mon livre… À propos, tu n'aurais pas un scoop, une prédiction pour ceux qui me lisent ? Un truc solide qu'ils pourraient vérifier pour certifier un peu plus que tout ce que je raconte est bien vrai.

Elle a réfléchi un moment, puis, avec un sourire mystérieux, m'a dit :

— J'ai quelque chose.

— Quoi ?

— À la prochaine élection, ou au pire à celle d'après, je peux te dire que le président sera…

Bon, là, j'ai mis des points de suspension exprès. Pas pour te frustrer. Non, juste pour le plaisir de l'attente. Je te confierai la suite au tout début du chapitre suivant, promis. Juste le temps d'espérer. Juste le temps du verre d'eau. Analyse bien ton ressenti à l'instant, et celui d'après quand tu sauras.

Tu comprendras encore mieux que le bonheur, c'est maintenant.

Tu le sais bien puisque, quand on te promettait le changement en mai 2012, ça sentait l'espoir, le bonheur… L'encens, quoi ! Et qu'après, hein ? Enfumés, ça s'appelle, non ? Je me « désholllandise », tu crois ? Un peu. Comme toi à l'instant où j'écris. En fait, j'attends juste le prochain verre d'eau pour avoir encore une fois la sensation d'être heureux. Juste la sensation.

La politique, c'est le strip-tease de la « panthère blanche ».

Le bonheur, c'est la veille des élections, le lendemain, c'est déjà trop tard.

26 septembre. Quatorze heures vingt… Deux heures vingt là-bas.

Cette fois, c'est moi qui étais en avance. De peu. Cinq minutes à peine. Avant même de me dire bonjour, Lélia attaqua par un reproche souriant, mais un reproche quand même :

— Encore le bord de la Dordogne ! Je pensais que tu choisirais quelque chose de plus dépaysant.

J'ai répondu, sûr de moi :

— On va voyager bien plus loin. Il y a une barque en bas. Vous voulez que je vous porte ? La pente pour y accéder est un peu escarpée.

Elle s'est cabrée :

— Tu plaisantes ! Donne-moi juste le bras.

Nous avons embarqué sur la large barque en bois que m'avait prêtée un ami. C'était presque encore l'été. La belle arrière-saison de chez nous, déjà ocre en feuilles de hêtre. Vingt-cinq degrés, le ciel bleu-blanc et un soleil doux. À cet endroit, vers Carennac, un bras mort de la rivière ressemblait à un petit lac étroit. J'ai commencé à ramer lentement. Plus nous avancions, plus les arbres se resserraient au-dessus de nous. C'était parfait pour ce que j'avais derrière la tête. Il fallait surtout qu'elle ne sente plus la chaleur du soleil. Assise à l'arrière, elle ne disait rien. Un instant, j'ai cru que le glissement silencieux l'avait endormie. J'ai juste entendu dans mon dos le « clic » d'un briquet. Et l'odeur de fumée d'une cigarette de luxe est venue me caresser. Sans me retourner, j'ai dit :

— C'est rare qu'on fume encore à votre âge.

Elle ne répondit pas à ma remarque. Elle demanda juste :

— Nous allons où ?

— Nous y sommes déjà. Nous traversons le lagon. Nous avons quitté une plage de Moréa, et dans quelques instants nous allons faire une halte sur un motu.

— La Polynésie, donc ?

— C'est ça, la Polynésie.

L'idée m'était venue deux jours plus tôt en regardant dormir ma Lily de Tahiti. Elle voulait que je sois imaginatif, soit ! La dernière fois, on était restés à quai, là, j'avais décidé de la faire voyager bien plus loin que le Causse quercynois. J'avais embarqué dans mon « sac d'illusionniste » tout ce qui me paraissait utile à mon voyage imaginaire. Tout ce qui pourrait aviver les quatre sens qui lui restaient. Des fruits exotiques, quelques bougies parfumées à tout hasard, et puis le lecteur de CD. J'avais galéré sur Internet pour trouver les ambiances sonores adéquates, et finalement mes copains musiciens m'avaient arrangé le coup.

Quand la barque a touché l'autre rive du bras mort, j'ai ordonné gentiment :

— Attendez-moi, j'en ai pour cinq minutes. Je vais vérifier si c'est sans danger. On ne sait jamais. Avec toutes ces bestioles venimeuses. Déjà que les moustiques nous poursuivent !

L'universalité de cet insecte piqueur était une aubaine. Lotois ou polynésien, le bourdonnement était le même. Après avoir vidé mon « sac d'illusionniste » de tout son contenu, j'ai déplié sur un coin de terre et d'herbe un plaid. Et puis j'ai commencé à disperser tout autour mes bougies allumées. Histoire de parfumer l'air de senteurs épicées. Je ne connaissais pas les couleurs de l'air de là-bas, mais bon, elle non plus ! Il fallait juste tenter de couvrir un peu les arômes d'humus du terroir.

Et puis, un peu plus loin, j'ai posé le lecteur de CD. Je l'ai enclenché, et les ukulélés et les chants ont commencé à résonner, lointains. Comme s'ils venaient d'un faré voisin. C'est bon, tout était en place.

Quand je l'ai prise par la main pour l'aider à descendre de la barque, j'ai senti que son imaginaire, lui, n'avait pas encore tout à fait accosté. J'ai installé un peu mieux le décor :

— Il y a une pirogue qui arrive. J'espère qu'ils ne viendront pas nous déranger.

— Combien d'hommes dedans ?

— Six… Et une femme, j'ai l'impression.

— Habillée comment ?

— Normalement, il me semble. Sans paréo ni collier de fleurs.

— C'est bien, Patrick. La carte postale m'aurait déçue.

Et elle ajouta, comme pour m'éprouver une dernière fois :

— On devrait crever de chaleur, or il fait très bon, mais sans plus. Tu es sûr qu'on est bien où tu m'as dit qu'on était ?

J'ai eu un petit frisson de fierté. La satisfaction d'avoir aussi pensé à ça. Il était évident qu'aucun artifice n'aurait pu récréer la chaleur étouffante des îles en milieu de journée. J'avais la parade. J'ai dit :

— Ah, mais c'est normal. Le décalage horaire. Ici, il est deux heures et demie du matin. C'est la nuit. Elle est d'ailleurs magnifique, la lune est pleine. Les étoiles sont étincelantes. Bon, je n'ai pas encore vu de filantes, mais vous pouvez faire un vœu quand même.

Le hasard, encore une fois, me donna un sérieux coup de main. Comme si elle avait anticipé mes subterfuges, elle demanda :

— Je mangerais bien un fruit !

J'avais tout. Ananas et petite banane du Centre Leclerc de Souillac. Pour la papaye, j'avais dû aller à Brive. Je n'avais pas fait le voyage pour rien, c'était son préféré.

— Alors ? me demanda-t-elle, une fois bien calée sur le plaid en la dégustant goulûment.

— Alors, je devine à quelques mètres du bord un banc de raies. Il y a des remous qui ne trompent pas... Tiens, les lumières de la pirogue ont disparu. Peut-être sont-ils allés à la fête d'où provient la musique. Je me suis renseigné, c'est un mariage. Une fille de Papeete avec un popah qui...

Elle me coupa :

— Parle-moi plutôt de la végétation autour de nous. C'est pleine lune. Ça doit être magnifique dans une pénombre lumineuse. Il y a des fleurs de tiaré ? Il me semble en sentir le parfum.

Décidément, tous mes trucs fonctionnaient. Je venais de m'enduire les mains d'une huile solaire bon marché. Un monoï de piètre qualité, mais qui avait fait l'effet escompté. Enhardi par le fonctionnement de mon théâtre rêvé, j'ai enchaîné :

— Juste à notre droite, il y a une plante magnifique. Une sorte de bananier. La légende dit que ses grandes feuilles ont des pouvoirs magiques, elles peuvent guérir de...

Elle me coupa encore. Et, en s'allongeant sur le plaid, elle dit d'une voix nostalgique :

— Ce n'est pas un bananier, c'est l'arbre du voyageur. Il ressemble à un paon. Effectivement, ses feuilles font penser au bananier. Je ne sais pas si elles ont un pouvoir médical, mais il y a des souvenirs qu'elles ne guériront jamais. Pas parce qu'ils étaient mauvais, oh, non ! Ils étaient merveilleux.

Tout étonné, j'ai balbutié :

— Je ne savais pas que...

— Chut ! Ne dis plus rien. Allonge-toi près de moi, c'est moi qui vais te faire voyager là-bas.

Et sans entrer dans aucun des détails intimes de ces souvenirs merveilleux, c'est elle qui me fit une visite guidée. La barrière de corail, les poissons, les collines, jusqu'à la forme des nuages quand le vent les pousse vers les Tuamotu. J'ai même eu droit à un peu d'histoire sur la dynastie des Pomaré. J'ai tout écouté sans un mot. À la fin, j'ai murmuré :

— Vous y êtes donc allée ?

En se redressant, elle répondit, plus pour elle que pour moi :

— Où ne suis-je pas allée ?

Un temps de relâchement, la tête penchée en arrière, et sa vivacité reprit le dessus :

— C'était bien quand même. Tu t'es donné du mal pour la mise en scène, ça me touche beaucoup. J'avoue que même si quelques bruits de voitures au loin m'ont un peu sortie du voyage, ça a réveillé des choses bien agréables.

Et puis, elle a attrapé doucement ma main, en disant à mi-voix :

— Et puis l'essentiel, c'est quand même d'avoir ce rendez-vous avec toi. Tu sais, je suis plutôt sauvage, cruelle même parfois. Mais toi, c'est pas pareil. Peut-être, je te dirai un jour vraiment pourquoi... Mais bon, allez, à toi maintenant.

Alors, elle eut droit, comme toi, à mon septembre. À mes fractures sociales, du restaurant parisien au repas de noces de campagne. À Nana ma guerrière, à mes « je t'aime ». Je l'ai sentie particulièrement sensible à la « panthère blanche ». Elle m'a même interrompu :

— Des œufs de caille ?

— Oui, des œufs de caille, pourquoi ?

— Comme ça. J'ai connu le même processus avec des œufs de poule tout simples... Mais continue.

J'ai enchaîné. Le verre d'eau, bien sûr, et j'ai fini sur le pronostic présidentiel que je ne lui ai pas révélé à elle non plus. Elle aussi attendra le prochain rendez-vous.

Elle attaqua par une question :

— Es-tu bien sûr que les gens d'en haut sont si différents des gens d'en bas ?

— En tout cas, je sens un mépris incontestable.

— Et si c'était tout simplement de la bêtise ? Et à ce petit jeu-là, ceux d'en bas ne sont pas en reste.

Et, d'un coup, elle se leva et ordonna :

— Allez, on rentre.

Un peu frustré, j'ai dit :

— C'est tout ?

— Je te dirai le reste pendant la traversée.

Et nous avons remonté le « lagon » à l'envers. Tout au long du voyage, elle laissa traîner sa main dans l'eau. Elle posa encore une question :

— Cette « panthère blanche » existe vraiment ?

— Bien sûr. Tous les portraits que je fais sont ceux de vraies gens. Je romance un peu, bien sûr, mais ils existent.

— Pourquoi écris-tu tout ça ?

— Pour resserrer un peu plus le lien entre ceux que j'aime et qui m'aiment. Pour leur montrer qu'on se ressemble. Je pense que mon exemple, ce que je ressens, ce que j'ai vécu, peut les aider dans leurs doutes ou dans leur solitude.

— Alors, ton bébé sera beau, mais encore une fois, ne te flagelle pas trop. Il y a des gens d'« en haut » comme tu dis qui t'apprécient beaucoup plus que tu le crois. Et tu serais surpris de constater comme tu es aussi important pour eux...

Elle laissa un silence et lâcha, la voix voilée :

— Mon Victorien t'aimait beaucoup, et il était de ceux-là.

— C'était...

— Non, me coupa-t-elle sèchement, je te dirai plus tard. Quand on se reverra... ou pas.

Je l'ai soudain sentie nerveuse. Comme si elle s'en voulait de s'être laissée aller à dévoiler une part de ses secrets. Comme si elle m'en voulait aussi. Arrivée près de sa voiture, elle lâcha violemment sa colère sur la dame de compagnie pour un prétexte futile. La portière insuffisamment ouverte.

Quand le véhicule s'éloigna, elle sortit la main par la vitre pour m'envoyer un dernier salut. Son mouchoir s'agitait en guise d'au revoir. Comme sur un quai de gare. J'ai tout de suite pensé que ce mouchoir avait d'abord dû sécher ses larmes. Et j'ai eu le pressentiment que je ne la reverrais plus.

Ça n'a duré que quelques minutes.

Jusqu'à la vibration dans ma poche.

Le SMS était bref.

« Pardon. Au mois prochain, sans faute. »

Octobre 2012. Quatrième mois.

Alors, la « panthère blanche » a dit :

— À la prochaine élection, ou au pire à celle d'après, je peux te dire que le président sera une présidente !

Tu n'as plus qu'à conserver ce livre pendant quatre ans, ou, au pire, neuf ans, pour être certain que tu ne t'es pas fait arnaquer en l'achetant. Quant à moi, je vais attendre trois mois pour savoir si mon mensonge sur la prédiction de sa dernière heure n'a servi à rien : j'ai effectivement eu une relation avec une princesse de haut vol.

Octobre donc.

Et, au quatrième mois, l'extrême limite pour avorter. Pour classer cet enfant-livre inachevé. Laisser tomber. J'en ai souvent envie. Comme on hésite à se débarrasser d'un fœtus dont on sait qu'à la naissance il sera handicapé. Parce qu'il le sera forcément. Autiste. Enfermé dans son monde. Replié sur lui-même.

Moi, moi, moi et puis moi.

Alors, le perdre et en fabriquer un autre. Un vrai roman par exemple, qui ne parlerait que des autres. Dans lequel je m'oublierais tout à fait. Même mes plus fidèles me le conseillent de plus en plus. Mais existe-t-il un seul roman qui ne soit pas autobiographique ? Quel mousquetaire était Dumas ? Quel moine était Umberto Eco ? Et Camus était-il si étranger que ça à son étranger ? Et même dans la littérature de gare, mon maître Dard, n'était-il pas à la fois San-Antonio et Bérurier ? Et surtout Félicie, sa « brave femme de mère ». J'irai même plus loin : je pense que chaque écrivain est sa propre mère. Absente, aimante, enfuie, frivole, sévère ou juste, c'est elle qui accouche de leurs œuvres. C'est pour cela que j'ai choisi l'allégorie d'une grossesse, et puis…

Et là, à cet instant, Maman me souffle :

— Pourquoi avorter ?

— Parce que je crains de les lasser à force d'ego rabâché. Et puis rien d'extraordinaire à raconter. Pas d'expéditions au pôle Nord, de guérillas dans la jungle, de secrets d'Église, de raids où j'aurais risqué ma vie, de patience d'otage. Toutes ces aventures si loin de leur quotidien qui, au pire, les font voyager, au mieux les appâtent en tête de gondole. Je n'ai que des rencontres d'ordinaires comme eux, des secrets futiles de ma gloriole de saltimbanque, et surtout la confidence d'états d'âme primaires à la portée de n'importe quel écrivaillon.

— C'est un peu vrai. Mais continue.

— Pourquoi ?

— Parce que, comme tu viens de le dire, à moins que je ne te l'aie soufflé, c'est moi qui accouche et j'ai encore beaucoup de choses à leur dire.

— Eh bien, profites-en, parce que là, je sèche. Quoi, par exemple ?

— Tu dois avoir une bonne dizaine de chaînes dans cet hôtel où tu écris ce soir entre deux spectacles, non ?

— Sûrement.

— Alors, fais une pause, allume la télé et zappe, tu comprendras.

J'ai pris la télécommande et j'ai allumé l'écran. Juré, je suis tombé sur une bande-annonce de ma prochaine émission. J'ai éteint tout de suite.

— Si c'est pour encore parler de moi et de mes galères à la télé, non merci !

— Non, recommence. Je veux que tu parles… Enfin, je veux dire, « je » veux parler de l'ingratitude. Parce que ceux qui te lisent en souffrent chaque jour et que tu es l'exemple type de l'inutilité d'en faire cas.

— Ça veut dire ?

— Ça veut dire que tes ingratitudes ont des noms célèbres. Ils sont les exemples idéaux pour que « je » leur explique la clé de la sérénité dans ce cas-là.

— C'est-à-dire ?

— C'est-à-dire que si celui que tu as nourri te gifle, il aura bien plus mal à la main que tu n'auras mal à la joue ! Ça leur fera du bien de le savoir.

— D'accord. On écrit alors. Pas besoin de télé ?

— Si. Parce qu'en zappant tu vas tomber sur eux, et ça va t'aider.

— T'es sûre ?

— Certaine.

Alors, j'ai rallumé la télé de la chambre 558 du Novotel de Montpellier. Celle de mon escale de saltimbanque. Après un énième spectacle dans une salle des fêtes pleine de vous, de vos vivas et de vos rires. Après deux cents kilomètres sous une pluie battante, seul au volant, avec mes échos d'applaudimètre et mes manques de Lily. Une étape dans ma vie de clown ordinaire. Et j'ai zappé dans le vrai luxe, la célébrité mondiale, le box-office, si loin de ma richesse franchouillarde de pacotille. Hasard, penseras-tu ? Certainement pas. Maman avait dû faire le programme. Je me suis même demandé si sur les autres télés, partout chez toi, les images étaient les mêmes à cette heure-là. Je parierais bien que non.

J'ai zappé deux fois et, comme elle l'avait promis, à chaque zapping, il y avait une star. Je te le jure. Plus précisément, hasard de ce casting de rêve, des stars auxquelles j'ai mis le pied à l'étrier. Oh, pour ce qui est de l'ingratitude, je n'ai jamais reçu de ruade en retour, mais ils galopent si loin maintenant. L'image n'est pas malvenue. C'est bien une écurie. Je les ai presque vus naître, aidés à faire leurs premiers pas, leur premier trot et aujourd'hui.... Mais détaillons d'abord le pedigree de ces pur-sang. Et tant pis si à la lecture des mots qui vont suivre, ils s'offusquent. Que puis-je perdre de leur reconnaissance ? Puisqu'elle est filtrée depuis longtemps par une foule de producteurs, attachés de presse et conseillers en image qui leur déconseillent ma fréquentation.

Ils te diront le plus sincèrement du monde qu'ils me doivent quelque chose. Et ils n'ont pas souhaité participer à mes émissions depuis bien longtemps. Question de disponibilité, s'excusent-ils. Pourtant, à leurs débuts, tout petits, ils me couvraient de : « Merci de m'avoir donné ma chance ! » Ça te rappelle quelque chose ? Bien sûr. Un parent, un ami, un frère que tu as aidé, nourri peut-être, et qui aujourd'hui ne t'appelle plus parce qu'il n'a plus faim. Ou parce que ton assiette n'est pas assez propre. Alors, on va y aller, je vais te raconter. Et surtout, je t'apprendrai comment ne surtout pas en faire un drame. Sache qu'on doit toujours aider quelqu'un sans espoir de retour. La seule condition pour ne jamais être déçu.

Automne 1979.

Les cheveux longs et la moustache lui couvraient presque le visage entier. Le sourire était éclatant. Le verbe chantait. Je l'avais choisi pour faire ma première partie en tournée. Dans l'autoradio de ma voiture que l'on partageait, il avait glissé sa nouvelle maquette :

« ... Moi je n'étais rien et voilà qu'aujourd'hui... je l'aime à mourir. »

Je me suis arrêté tellement c'était beau.

— Putain, c'est extraordinaire ! Je vais à la radio ce soir chez mon copain Foulquier, ce sera le premier à la passer.

Et ce fut le premier. Et chaque jour de tournée, je me planquais en coulisses pour écouter le prodige. Et après le spectacle, le partage, les sourires, les secrets. Oh, bien sûr d'immenses différences. Lui, le poète enfant de Dylan, moi, frère de Carlos. Mais bon, une belle amitié quand même. Et puis, j'étais en plein chagrin d'amour. Et lui, tous les soirs : « Petite Marie... » Manque de chance, elle s'appelait justement Marie. Alors, je pleurais, il compatissait. Ça crée des liens, le désespoir et sa consolante.

Des histoires d'hommes, quoi !

À ce moment-là, pour lui, la gloire lumineuse et aveuglante n'était pas encore là. Cette tournée était juste une petite porte entrouverte, un rai de lumière sur lequel s'envolaient ses premières notes de vrai show-biz. La perspective d'une carrière lui interdisait la solitude détachée d'aujourd'hui. Le Robinson du Lot-et-Garonne qu'il est à présent n'aurait eu que quelques Vendredi pour l'écouter. Il faut bien se faire connaître si on veut se faire oublier ! Et cette tournée a, sans aucun doute, un peu participé, de fait, à cette reconnaissance-là.

2012. Chambre 558. Premier zapping. France 3. Une heure trente.

Un portrait du baladin d'Astaffort. Couvert d'éloges et de disques de platine, déifié par les puristes, on explique le pourquoi de son ermitage. Son dégoût de ce show-biz, plus biz que show, et comme je le comprends. Absolument sincère. Et puis lui, au moins, à la différence d'autres isolés anti-système, il a une excuse : le talent. Je l'ai toujours dit, et je continue à l'affirmer chaque jour : ce garçon est pour moi le plus formidable auteur-compositeur des trente dernières années. Mais depuis les vingt qui viennent de passer, il me fuit. Mon image sans doute. Trop grasse, trop populo. Ou moi, peut-être. Impudique quand il est discret, hurleur quand il murmure. Ou peut-être un faux-pas, un acte manqué qui l'aurait outré et dont je n'ai pas saisi la portée. Et puis n'oublions pas qu'il fait rimer « je t'aime » et « dilemme ». Moi « serviettes » et « girouettes » seulement. Ça, ça vaut bien un fossé culturel. Pire, un abysse intellectuel. Et surtout une fin de non-recevoir à chacune de mes invitations. Donc, pire encore, une rupture amicale.

Mais je ne lui en veux pas. Je te le jure sur Lily. Je suis juste triste. Je n'irai pas jusqu'à dire qu'entre lui et moi, plus il y a d'espace, moins je respire, mais un signe d'amitié aurait dégagé mes poumons. Même sans réponse à mes invitations cathodiques. Je ne parle pas de reconnaissance. Contrairement à d'autres, il ne me doit rien ou vraiment pas grand-chose. La place que je lui ai offerte dans mon spectacle et dans mes toutes premières télés n'a rien apporté de significatif à sa gloire. Peut-être même juge-t-il s'y être fourvoyé. Non sans intérêt promotionnel, mais fourvoyé quand même.

Je veux, pour en finir avec ce premier zapping, ajouter que juste une réponse aux quelques messages d'amitié que je lui ai fait passer par émissaires interposés m'aurait apaisé. Il n'y en a jamais eu. Aujourd'hui, c'est trop tard. Je m'arrangerai toujours pour rester à plus d'une portée de sarbacane. Je suis bien plus indien que lui, et il y a bien longtemps que j'ai appris à fumer mon calumet tout seul.

— Personnellement, me glisse Maman, je t'ai toujours dit que je n'aimais pas beaucoup ce garçon.

— C'est vrai, toujours. Mais moi, si.

Et je continue à l'aimer quand même...

Dis, Robinson, c'est pas un beau début de chanson, ça ?

Hiver 1983.

Le visage n'était pas très gracieux. Les sourcils épais et les canines agressives. Mais elle n'avait que quinze ans. Ça s'arrangera avec le temps. La voix, en revanche, était étonnante. À vrai dire, pour moi, pas forcément exceptionnelle, mais suffisamment touchante pour que je lui propose une première partie dans mon spectacle à l'Olympia. Nous sommes partis un mois en tournée dans la France profonde pour le rodage. Bien peu ont le souvenir aujourd'hui d'avoir eu le privilège d'applaudir en apéritif de mes grimaces une des plus grandes stars mondiales d'aujourd'hui. René, son célèbre « Réné », était convaincu de l'après :

— Tu verras, elle fera une immense carrière.

Pour être tout à fait honnête, j'en doutais un peu. Une carrière, oui, mais à ce point-là ! D'un chapiteau modeste planté dans la Creuse à la proue du *Titanic*, j'aurais pas misé. J'ai le souvenir d'une petite fille adorable, d'un professionnalisme parfait. Comme tous les Québécois lorgnant vers l'Amérique voisine.

— Tu as peur, ma puce ?

— Oui, mais ma famille est là, je vais tout donner.

La maman et toute la fratrie avaient fait le voyage pour cette première fois à l'Olympia. Elle tremblait un peu, alors je l'ai serrée fort dans mes bras avant de la pousser dans l'arène. Devant le Tout-Paris, elle a fait un succès honorable en trois chansons. Elle est sortie les yeux mouillés et je l'ai serrée encore. Bienveillant et attendri. Je ne savais pas que vingt-cinq ans plus tard, à Monaco, non seulement je ne pourrais pas la serrer, mais j'aurais besoin de franchir cent barrières pour pouvoir l'approcher.

2012. Chambre 558. Deuxième zapping. M6. Une heure trente-cinq.

C'est un reportage sur la diva. Entre deux jackpots professionnels à Las Vegas, elle disserte encore une fois sur la maternité. Dans un décor kitch à souhait, elle joue à être elle. Et elle a bien raison. Elle est la star, l'unique. Tous les coiffeurs et les maquilleurs du monde n'ont pas réussi à en faire une poupée sublime, mais bon, la Callas n'était pas Raquel Welsh, et pourtant. Et pourtant, Dieu qu'elle me bouleverse quand elle chante ! Comme toi. Cette magie irréelle qui pince les poils pour les rebrousser.

Bravo et encore bravo !

Chacune de mes demandes depuis vingt ans pour qu'elle participe à une de mes émissions est restée lettre morte. Quand elle est passée au Sporting de Monaco, il y a quelques années, en vacances sur la Côte, j'ai envisagé de lui rendre visite. Envisagé seulement. Au premier coup de téléphone pour me renseigner sur un éventuel accès aux coulisses, on m'a fait comprendre que ce serait très complexe. Et comme je ne suis pas du genre à m'immiscer, j'ai renoncé.

— Oh, mon Patrick, quel plaisir de te revoir, c'est trop fun !

Je suis certain que si l'on s'était croisés sur le Rocher, elle se serait jetée dans mes bras en hurlant ça. Surtout s'il y avait eu du monde autour. Et puis, elle serait passée vite à autre chose. Question de timing, de surbook. D'image aussi. Même si elle avait souhaité s'attarder, les cerbères programmateurs de flashes l'auraient entraînée vers de l'Albert ou du Lagerfeld. Parce que la hiérarchie de la communication de base l'impose. Et que chez ces gens-là, monsieur, on ne pense pas. Non, on ne pense pas. On compte.

Comme le Robinson du Lot-et-Garonne, la sirène du Québec ne me doit rien ou si peu. « C'est pendant la tournée avec Patrick que je suis devenue adulte », déclarait-elle dans une de ses biographies. Je confirme. C'est déjà ça. Je l'ai connue enfant réservée et folle d'espérance. Aujourd'hui, c'est une adulte pressée et comblée. Tiens, revoilà notre verre d'eau. Et l'ennui de posséder. S'ennuie-t-elle ? Je pense que oui. Les coffres-forts ont remplacé les coffres à jouets. De temps en temps au fil de ses interviews, j'observe son regard faussement gai. Tu sais, tu t'en es aperçu aussi, cet œil trop pétillant qui d'un coup se mouille au détour d'une phrase, d'une émotion infime. Je pense que cette femme joue tout le temps. À être heureuse, à être triste, à être riche. Trop pour s'entendre vraiment avec elle-même. Trop d'or, trop de démesure. Largement mérités, mais trop. Trop de fourrures. Elle est née à Charlemagne au Québec. Qui a eu cette idée folle un jour d'inventer l'étole ?

La petite fille un peu fragile à la voix d'or qui sortait de sa caravane, fragile aussi, pour précipiter son espoir sur les planches poussiéreuses d'un chapiteau de province me touchait.

— Ça va êt'e bin difficile, ce soir, je crois, Pâtrick. Ils sont puss venu pour rire que pour écouter d'balles chinsons.

— Tu les auras, ma puce, tu les auras.

Et quand elle sortait sous les acclamations, c'est elle qui me serrait dans ses bras.

— T'as vu, je te l'avais dit.

— Merci.

Dans mon zapping, la grande fille est plantée dans un sofa d'un goût discutable. Elle s'agite en racontant aux médias de la planète entière les problèmes de sudation de son petit dernier. Ça sent l'or, la gloire, la poudre aux yeux et le désespoir. Ce qu'elle est, elle l'a bien mérité. C'est sûr, cette femme n'a de merci à dire à personne.

Non, vraiment personne.

Mais il ne faut jamais se moquer du triomphe, on n'en est pas à l'abri.

Voilà !

Deux zappings révélateurs.

Bien sûr que Maman n'y est pour rien. Mais il se trouve que réellement, ce soir, en rentrant dans ma chambre 558 du Novotel de Montpellier, au hasard de l'écran de ma petite télé, je suis tombé sur ces deux stars-là. Une aubaine pour la nourriture du gosse que je porte. Je vais même y apporter un supplément. Quelques autres, moins ingrats, mais parfois aussi distants. Juste pour te faire prendre la mesure des contraintes de l'amnésie amicale des stars afin de mieux t'aider à accepter celle des tiens.

Pour les deux précédents, tu as remarqué que je n'ai pas cité leurs noms. Même si tu les as devinés à la première ligne. Symboliquement. Parce que je les ai effacés définitivement de mon paysage proche. Et même si l'un deux, on ne sait jamais, à la lecture de ces confessions, voulait renouer quelque chose, je refuserais. Je suis trop vieux. Il ne me restera déjà pas assez de temps pour combler ceux qui m'aiment vraiment, alors tu penses bien que je ne vais pas le gâcher dans la rédemption éventuelle de ceux-là. Et puis...

Au moment où je tapais les derniers mots de la phrase précédente, et où je m'apprêtais à enchaîner sur les

Dujardin, Boon, Dupontel et autres Bruel, le téléphone a sonné.

Une star.

Encore plus grande.

L'unique en son genre. Delon. Le bel Alain. À jamais. Quelles que soient les rides que lui a dessinées le temps. Certainement un des plus beaux coups de téléphone de ma vie. Tu as de la chance, bébé-livre ! Il y a quelques jours, je lui ai écrit. Pour réaliser un vieux rêve. Dans l'émission *De l'autre côté du miroir*, j'organisais des face-à-face improvisés entre des familiers d'une vedette disparue et moi, grimé en cette vedette. Ça a donné des moments merveilleux d'émotion dont on me parle encore souvent. Il m'en manquait un. Le face-à-face Gabin-Delon. Le vieux et le môme. À l'époque, je n'avais pas osé le solliciter. Comme si une petite voix me disait : « Plus tard. Ce face-à-face-là mérite bien plus. Et puis, tu n'es peut-être pas prêt. »

— C'était toi, la petite voix, Maman ?

— Évidemment.

— Pourquoi maintenant ?

— Parce que chaque chose doit attendre son heure. C'est encore une leçon pour tes lecteurs. Ne jamais précipiter l'extase. L'après viendra bien assez vite.

— Encore le verre d'eau ?

— Toujours le verre d'eau !

Au début, je n'ai pas reconnu sa voix. Âpre. Chaude.

— J'ai lu ta gentille lettre. Je voulais te dire que je veux faire ça avec toi. Ce serait un bonheur formidable.

Mon cœur a failli exploser. J'ai dit, en contenant mon enthousiasme :

— Je ne sais pas dans quel cadre on le diffusera. Peut-être même qu'on ne le montrera jamais. Mais c'est un vieux rêve, j'y tiens plus que tout.

La phrase qui a suivi restera à jamais gravée dans ma mémoire.

— Ça n'a aucune importance. On le fera... (la voix s'est voilée un peu plus)... J'ai tant de choses à lui dire.

Peut-être, quand tu liras ce livre, auras-tu déjà vu cette séquence. Ou pas, elle n'est encore qu'un espoir. Mais je peux te dire qu'au moment où je t'écris, je plane.

— Tu te rends compte, Maman, moi Gabin et le vrai Delon en face. Toute ma mémoire, toute la tienne !

Elle ne répond pas, mais je sais qu'elle est là. Je sais que c'est grâce à elle.

J'enchaîne :

— À propos, tant que je te tiens. Merci pour le documentaire. Finalement, on a fait trois millions et demi de téléspectateurs. Et je n'arrête pas de recevoir des compliments.

Elle ne répond toujours pas. Elle doit déjà être dans mon Gabin, à chercher les mots, les bonnes questions. Bon Dieu, que ça me tarde !... Allez, finissons-en avec l'ingratitude, ou plutôt son sous-produit, la distance. Un ersatz bien moins pervers. Donc mille fois pardonnable. L'envers de l'instant que je viens de vivre.

En 1985, Bruel n'était pas encore Patriiiick. En 1990, Dupontel n'était pas encore Bernie. En 1993, Dany n'était pas encore le « Ch'ti ». En 1999, Dujardin n'était pas encore The Artist. À chaque fois, je les ai reniflés, pressentis et pris sous mon aile, les oisillons. Persuadé qu'ils seraient des aigles. Des mômes bourrés de talent et d'envie. Des anonymes remplis d'espoir auxquels tu as envie de dire la seule phrase qu'on devrait écrire en lettres d'or au-dessus du lit de tous ceux qui veulent devenir quelqu'un : « Vous n'avez aucune chance. Alors, saisissez-la ! »

Patrick sautillait sur des chansons improbables, gueulant à tue-tête qu'il en avait marre de cette nana-là. Dany piétinait dans des festivals d'humoristes. Jean et ses potes de la « Bande du Carré blanc » faisaient sourire les nocturnes de Pigalle et Albert mangeait du dentifrice sur du pain pour survivre. À tous, je leur ai dit que je n'étais pas là pour leur dire ce qu'il fallait faire, mais plutôt :

— Fais ce dont tu as envie. Moi, je suis juste là pour aider à le faire savoir. Tu as le talent, j'ai la bienveillance, ça ne peut pas ne pas marcher.

Il y a eu de si beaux moments d'intimité. Quel plus beau cadeau que de partager l'espoir ? De se dire : « Un jour, tu verras ! » D'échafauder dans des brasseries incertaines des projets d'Olympia, de disques d'or, de films à succès. Des nuits entières à parler avec Dany de sa chambre de bonne, de ses déboires conjugaux, des combats de boxe de papa, de la fierté de Maman. Et puis envisager de jouer un petit rôle dans une petite comédie qui ferait un million d'entrées. Qui sait ?

Des nuits entières à parler avec Albert de ses cours chez Vitez, de l'humour des Monty Python, de ses bagarres multiples, de ses gardes à vue où il jouait déjà des sketches aux flics, d'un rôle chez Bertrand Blier. Et puis, envisager après de passer à la réalisation. Qui sait ?

— Deux millions d'entrées ?

— Je m'en branle. Faire du cinoche, c'est tout. Et n'y faire que ce que j'aime.

Des nuits entières à parler avec Patrick des filles bien sûr, de Sardou, son modèle, de la tendresse pour maman qui l'a grandi seule. Et puis, envisager une place de premier au Top 50. Juste une fois au moins. Qui sait ?

— Le cinéma ?

— Bien sûr, mais la chanson surtout. Rien ne remplace le frisson de la scène.

Des nuits entières à parler avec Jean des prochains sketches avec les Nous Ç Nous dans mon émission *Fiesta*.

— Je vous ai fait fabriquer un petit théâtre à la télé rien que pour vous. Quatre sketches par émission. Heureux ?

— Y a pas mieux. Ça vaut un oscar.

— Qui sait ?

Ils se sont tous envolés bien plus haut que les nuages, bien plus haut que leurs rêves. Je suis resté sur le tarmac. Je les regarde planer tout là-haut. Ils ont toujours un mot gentil. Bien sûr, ils ne viennent pratiquement plus jamais dans les studios de Bry-sur-Marne où ils sont presque nés. L'emploi du temps, les contraintes et les conseillers de ci ou de ça qui leur suggèrent qu'il y a bien mieux à faire. Parfois, je me braque :

— J'aurais bien aimé avoir celui-là.

— Appelle-le.

— Je n'ai pas son numéro.

Ce n'est pas de l'ingratitude. C'est de la distance, juste de la distance. Ceux-là me doivent beaucoup. Je ne leur demande rien en retour. Si ce n'est de continuer à m'épater, m'émouvoir, me surprendre. De sans cesse alimenter cette petite parcelle de fierté à chacun de leurs exploits.

TF1. Journal de vingt heures.

« La Bruelmania fait des ravages. On a été obligé d'appeler les pompiers pour le dégager de ses fans dans une pizzeria. »

Et moi, au bar d'une bodega du Sud, je glisse un œil amusé :

— Tu le connais ? me bredouille l'aviné à ma droite.

— Un peu.

Canal+. Dix-neuf heures trente.

« Après le succès phénoménal des *Ch'tis*, Dany Boon est en train de grimper les marches du festival. C'est le héros de la soirée. »

Et moi, assis devant ma télé entre deux préparations d'émission dans mon bureau :

— Magnifique, dit Nana émue. T'es fier ?

— Bien sûr, c'est superbe. Mais ils ne le lui pardonneront jamais... On mange quoi, ce soir ?

— Du Maroilles.

— Tu déconnes ?

— Oui.

France 3. Dix-neuf heures quarante-cinq.

« Albert Dupontel, furieux que le journaliste qui l'interviewait n'ait pas vu son film, l'a insulté et a quitté le plateau. »

Et moi, dans les bureaux de France Télévisions, pour un entretien sur mon avenir, je jubile.

— Quel con, ce type ! s'offusque le directeur de je ne sais quoi comme ils le sont tous.

Alors, forcément, ma réplique :

— C'est de vous que vous parlez ?

Velléité de réponse et puis, finalement, lâcheté habituelle :

— Ah, pardon, j'oubliais, c'est votre pote.

— Non, mon ami, seulement.

Canal+. Tard dans la nuit.

« L'oscar est attribué à... Jean Dujardin ! »

Et moi, tout seul dans mon lit, à Martel, je pleure. Bien sûr que je pleure. Tellement heureux pour lui. Et puis j'appelle Denise, mon âme sœur des nuits libertines.

— T'as vu, c'est génial, non ?

— Oui, encore un bébé à toi... Moi, c'était Rocco Siffredi. Dans un autre genre, c'est pas mal non plus !

Allez, je te le redis. N'oublie pas, toi, le petit qui espère. N'oublie surtout pas :

— Tu n'as aucune chance. Alors, saisis-la !

Qu'est-ce qui m'a vraiment poussé, en septembre 1974, à prendre le train pour Paris, les poches vides ? Je ne le comprends toujours pas. Et y a-t-il quelque chose à comprendre ? Ce que je sais, c'est que je ne suis pas parti pour la gloire et l'argent. Je me suis envolé pour vivre haut et libre. Ce n'est probablement pas ça qui m'a fait réussir, mais c'est, à coup sûr, ce qui m'a permis de durer. Parce que, pendant tout le parcours, le seul miroir important a été celui de ma salle de bains. Pas celui d'un écran de télé ou d'une loge de star. Et ce miroir me répète chaque matin :

— Tu n'avais aucune chance, tu l'as saisie, très bien. Mais n'oublie jamais que « self-made man » est l'expression la plus stupide qui soit. On ne se fait jamais tout seul. Sauf dans les toilettes, et le résultat part avec la chasse d'eau. Parenthèse scatologique certes, mais bien moins innocente qu'on pourrait le croire, avant de revenir à l'essentiel : en cas de succès, la moindre des choses est d'être reconnaissant envers ceux qui t'ont bâti. Ceux qui t'ont mis le pied à l'étrier bien entendu, mais au-delà, envers tous ceux qui te permettent de galoper encore. Ton confort, c'est eux. Ta maison, c'est eux. Ta voiture, c'est eux. C'est à ceux-là que tu dois le plus.

Là, je parle plus que jamais de toi. L'anonyme. Le spectateur. Le client, comme disent les marchands. Parce que après l'ingratitude particulière je veux absolument te parler de l'ingratitude générale. Celle-là est impardonnable. À la rigueur, pour le manque de mémoire des « célèbres » cités plus haut, il se peut que j'y aie une part de responsabilité. L'amnésie partielle peut avoir des causes spécifiques très personnelles et relativement excusables. Incompatibilité d'humeur ou d'humour. Reniement de circonstance. Mais comment justifier l'Alzheimer de masse ? Comment certains manants de ma caste artistique peuvent-ils ignorer à ce point le peuple qui les a faits rois ? Pour exprimer cela plus clairement, comme disait mon pote Nono au comptoir de la bodega :

— Il a la tronche qui passe plus dans les murs celui-là. C'est nous qu'on achète ses disques ! Y pourrait nous faire un sourire, ce con ! C'est quand même un peu de ma redevance télé qui lui paye l'essence du 4 × 4 !

J'écris ça, encore une fois à l'instant, et à l'instinct. Et il est en colère, mon instinct. Très beaucoup, comme le dit souvent Lily. Les pléonasmes enfantins, même grammaticalement incorrects, sont parfois bien plus proches de la réalité que n'importe quel superlatif de circonstance. Alors, ce soir, je te le dis sans précaution de style :

— Elle m'a gonflé très beaucoup la « Vedette ». À gerber du vomi. À m'arracher les cheveux de la tête, avant de me la taper contre le mur du mur. De dégoût dégoûtant et de honte honteusement honteuse.

C'était hier soir, après l'enregistrement du *Plus Grand Cabaret du Monde*. Une parenthèse parisienne entre mes galas de province. Pour bien comprendre cette colère, il faut d'abord que je t'explique les « piafs tondus ». Ils sont six ou sept à chaque émission. Pas tous tondus d'ailleurs, mais la plupart. Des mômes plantés sur un sale quai de gare par ce putain de cancer, en attente du dernier train. Bien sûr l'image est facile, la formule ampoulée. Mais tu veux que je dise quoi ? Que ces petits vont crever bientôt ? Condamnés à mort pour avoir commis le seul crime d'être nés ? Que la chimio leur fait des yeux tristes et cernés impossibles à fixer sans avoir envie de chialer ? Qu'en voyant ça, si Dieu se pointait au bout du couloir, on lui exploserait sa gueule ? Non, je préfère la métaphore ferroviaire. Elle sous-entend un minimum d'espoir. Une rémission peut-être. Avec cette SNCF-là, c'est possible ! Un quai de gare donc, où, pour les faire patienter, on remplit leurs rêves de clowns et de magiciens.

Depuis des années, des accompagnateurs formidables les emmènent, à mon invitation, au spectacle à chaque émission. Ils ont leur place réservée. En plus de cent *Plus Grand Cabaret du Monde*, j'en ai vu passer des dizaines dont une infime partie seulement est encore en vie. La tradition veut qu'à la fin, dans le couloir des loges, je fasse des photos, je leur signe des autographes. Et que surtout je les gave de sourires, de blagues, de tendresse et, bien plus encore, d'espoir, en leur disant qu'ils seront les bienvenus à une prochaine émission quand ils voudront. Si ça ne tenait qu'à moi !

Elle est toujours formidablement émouvante, cette cérémonie de masques. Le leur, fatigué mais si émerveillé au bout de la belle soirée. Le mien, exagérément gai. Celui des parents qui les accompagnent, dégoulinant de tristesse cachée et de reconnaissance muette. Avec cette impossibilité de dire devant leurs petits les mots qui les démangent :

— Merci de lui avoir donné cette dernière part de rêve avant que, peut-être, il s'en aille.

Ce soir encore, épuisé par les deux jours de tournage, je suis resté longtemps près d'eux. La moindre des choses. Une parenthèse essentielle pour moi. Une parenthèse dérangeante et inutile pour celui qu'on va appeler la « Vedette ». Je vais pas te le balancer, bien sûr.

C'était un de mes invités du soir. Connu, reconnu, glorieux, admiré, toujours là en cas de solidarité caritative à la télé. Un si gentil garçon. Normal que les « piafs tondus » l'aient sollicité quand il est passé dans le couloir. Malheureusement, il était pressé. Affreusement pressé.

— Désolé, mon taxi m'attend. Je suis épuisé, et j'ai un truc important demain matin.

— Et le petit tout triste et déçu qui t'a vu t'enfuir, est-ce qu'il sera encore vivant demain matin, connard ! Je ne t'accorde même pas les circonstances exténuantes. Épuisé ou pas, tu aurais pu prendre quelques minutes pour eux, pauvre type !

Voilà ce que j'aurais dû dire à la « Vedette ». Mais à quoi bon ? Je me suis contenté d'exprimer mon dégoût d'un hochement de tête.

— On s'appelle, on mange ensemble, m'a-t-il lancé, en s'engouffrant dans son taxi.

Non, on ne mangera pas ensemble. Pour entendre quoi ? Ce que j'avais déjà entendu dans sa loge avant l'émission. Sa fierté d'être lui. Et ses revendications indécentes de martyr de la fiscalité. Sa plainte offusquée contre le nouveau gouvernement qui va le taxer à 75 % au-delà d'un million d'euros de bénéfices.

— Tu te rends compte, geignait-il, je travaille déjà jusqu'à octobre pour l'État.

J'ai argumenté :

— Oui, mais pour gagner ce qu'il te reste pendant trois mois, certains devraient bosser dix ans.

Argument non retenu. La colère était vive. Presque contre moi aussi. Comment pouvais-je cautionner ce racket ? Parce que c'est vrai que c'en est un. Et alors ? À titre personnel, je ne me suis jamais révolté contre les voleurs de Bercy. Je ne me plains jamais de ce qu'on me prend, je me contente de ce qui me reste. Si ça peut profiter à ceux qui n'ont pas eu ma chance. Attention, je ne suis pas un ange de compassion. Tout bien analysé, il y a aussi une part d'égoïsme dans cette générosité. Le reflet dans mon miroir, bien sûr. Et puis une raison bien plus circonstancielle propre à une douleur tout à fait personnelle. La mort de mon enfant m'a tatoué de tristesse et de malheur. En faisant de mon mieux pour atténuer la souffrance des autres, c'est moi que j'aide. À chaque solidarité aux tourments des autres, je me déleste un peu des miens. Essaie, tu verras !

Au-delà du constat de l'inélégance d'âme de certains de mes collègues, ce sera ça le message d'octobre à mon enfant-livre. Une phrase qui n'est pas de moi, mais que j'ai toujours répétée à ceux que j'aime : « Quand on partage une joie, elle est toujours plus grande, quand on partage une peine, elle est toujours plus petite ! » Au quatrième mois, un vrai fœtus commence à sucer son pouce, avaler sa salive, se nourrir du liquide amniotique, bouger les lèvres et surtout serrer les poings. C'est le moment d'apprendre au mien à les desserrer, à ouvrir les mains et les bras pour consoler et partager. Ça lui permettra de jouir encore mieux des transformations du cinquième mois. Celui où les cinq sens se mettent définitivement en marche. On va donc pouvoir sereinement passer à novembre.

Un dernier portrait avant. Tu as remarqué, sans doute, que ce chapitre était exclusivement professionnel. Des poissons du show-biz. Mais pas un dans l'herbe. Tous dans le courant : Bruel, Dujardin, Boon, Dupontel, Cabrel, Dion. Et plutôt en tête de course. Alors, il m'en fallait bien un sur la rive. Toujours dans l'univers du spectacle, mais échoué bien loin du lit de la rivière. Et pourtant, Dieu sait qu'il y a fait des bonds. Il y a longtemps, quand il scintillait de toutes ses écailles dans son costume à paillettes.

Je ne te donnerai que le minimum de détails sur lui. Ça ne sert à rien que tu mettes un nom sur cette étoile filante des années soixante-dix. Je veux démontrer, pas dénoncer. Et puis, il a eu des enfants et, même s'il les a abandonnés, ils doivent avoir suffisamment de mépris pour ne pas, en plus, le rendre public. Surtout qu'il n'a été coupable que de vanité. Un péché courant chez les idoles ou prétendues telles. Et la vie le lui a fait payer suffisamment cher. Et aussi par respect pour sa mémoire. Il est mort il y a quatre ou cinq ans, je ne sais pas précisément. Je l'ai appris fortuitement il y a peu de temps. Pas une ligne dans les journaux. Comme un symbole, après avoir eu, au temps de sa gloire, des unes de presse spécialisée à foison.

À la fin d'un de mes spectacles, il y a huit ans, il est entré dans ma loge. Méconnaissable. Vieilli, usé, au bras d'une plus vieille. Lui qui, à trente ans, ne collectionnait que les adolescentes en chaleur s'appuyait sur le bras d'une compagne canne, froide, flétrie et bienveillante. J'ai pensé à une affiche déchirée. Tu sais, celles qui s'effilochent le long des murs, en lambeaux, délavées par la pluie. C'était d'autant plus émouvant pour moi que son affiche, la vraie, la luisante, avait occupé le mur de ma chambre pendant mes années d'adolescent. Et bien plus, parce que cette affiche est toujours chez moi. Rangée dans un coin de mon grenier à trésor, dans la tour de mon antre.

— C'était très bien, m'a-t-il dit d'une voix usée. Et puis ça m'a rappelé tant de souvenirs. Tu te rappelles quand on faisait des télés ensemble ? Danièle Gilbert, Guy Lux ?

— Bien sûr, ai-je répondu. Je débutais.

— J'étais sûr que tu deviendrais un grand.

C'est fou ce que nos mémoires peuvent être chirurgicales. Comme elles amputent de vastes pans au gré de la stature de nos interlocuteurs. Il nous est tous arrivé d'oublier nos rancunes, nos détestations selon l'utilité soudaine de celui qui en faisait l'objet. Mais c'est la nature humaine. Elle est ainsi. Amnésique chronique sitôt que l'intérêt le demande. Je connais tant de pourfendeurs de Sarkozy que j'ai vus rappliquer ventre à terre au jour de son sacre. Les mêmes qui ont détalé à toutes jambes depuis sa retraite. Mais revenons à celui qu'on va appeler « Jo » pour ne pas le nommer vraiment. « Jo Chivas » pour le whisky qu'il exigeait du temps de sa splendeur. Au point d'en faire des colères terribles en cas d'oubli. Ou des humiliations en cas d'emprunt.

Ce fut mon cas. Assoiffé dans la loge voisine de la sienne, un soir d'enregistrement aux Buttes-Chaumont, j'avais demandé à mon pote Olivier de me trouver un petit coup pour le trac. Toujours efficace, il était revenu deux minutes plus tard avec le malt de secours. Fauché à « Jo », évidemment. L'idole a surgi dans ma loge en furie.

— Mais tu te prends pour qui, connard ? T'arrives dans le métier et tu te crois tout permis ? Je vais causer au père Lux, tu vas pas faire long feu. Tu vas y retourner vite fait dans ton pays de bouseux. Ton béret à la con pour faire Bourvil, tu vas pouvoir le porter tous les jours !

Tout ça, bien sûr, en prenant à témoin deux ou trois costauds qu'il trimballait en garde rapprochée. Plus deux gazelles énamourées à qui il fallait bien montrer que le mâle qui se chantait voyou l'était un petit peu quand même. Ça a été mon baptême du feu dans ce milieu-là. Oh, juste une petite cloque ! D'autres brûlures, plus tard, me laisseront des cicatrices bien plus profondes que celle-là. Pour « Jo », c'était la routine. Un de ses caprices à répétition. Normal. La gloire. L'argent. La tête qui tourne. Tant que trois ans plus tard, de coups d'arnaque en coups de frime, il a explosé en vol. Soupçonné aussi d'avoir malmené au fond d'une caravane la fille d'un important. À la casse, le sex-singer ! Et tout qui dérape. Définitivement seul. Il avait jeté par-dessus bord la femme qui avait accompagné ses débuts pour une sirène de passage. Et toute la famille avec, comme le veut l'adage, quand la croisière s'amuse et qu'il faut balancer du lest, pour se donner l'illusion du grand large : « La femme et les enfants d'abord. » Alors, forcément, le naufrage. Sans bouée.

Et il était là, ce soir de spectacle en 2004, face à moi, pitoyable et attachant. Qui peut prévoir le cours des choses ? Parce qu'à quinze ans, il me faisait danser, à vingt, il me faisait envie, à vingt-cinq, il me faisait vomir, et là, il me faisait pitié.

— Si tu repasses dans le coin un jour, viens prendre un verre. Voilà mon adresse. Ça m'a tellement fait plaisir de te revoir.

J'ai glissé, juste pour le plaisir :

— Un petit whisky ?

— Toi, oui, mais moi, je boirai autre chose. Tu sais, j'ai été très malade. Tout se paye.

Hélas, oui ! Bien sûr, j'ai gardé pour moi l'envie de lui dire qu'il ne l'avait pas volé. Mieux, je lui ai promis que je passerais le voir. Et je tiens toujours mes promesses. Et c'est ainsi que quelques mois plus tard, j'ai débarqué dans son cabanon amélioré perdu dans un coin d'Auvergne. J'ai repensé aux photos des magazines de l'époque. Il resplendissait à la terrasse du Martinez à Cannes. Et l'inévitable pose à New York, la tête levée vers les gratte-ciel, le manteau de fourrure et la botte posée sur le marchepied de la limousine.

J'ai bu du whisky, il a bu du café. Et puis sur deux accords de guitare, il a fredonné d'une voix fracassée les prémices de son come-back programmé pour l'année d'après, peut-être. Enfin, si quelqu'un voulait bien lui donner un coup de main. Moi, en l'occurrence. Je n'ai pas promis. J'ai envisagé seulement. Et j'ai déplié mon cadeau. Celui que j'allais me faire à moi, en sachant qu'il en serait un bien plus grand pour lui. Je lui ai tendu l'affiche du grenier en disant :

— Je l'ai gardée depuis mon adolescence. J'aimerais tant que tu me la signes.

Il s'est soudain redressé. Lazare. Presque ressuscité. Le regard brillant de fierté. Celui de Cannes et de New York. J'ai enchaîné :

— Tu sais, j'y tiens vraiment. Ce serait un honneur.

J'étais tout à fait sincère. Un cadeau à ma mémoire la plus vive. C'est sur une de ses chansons que nous avons fait Sébastien, Martine et moi, en avril 1970. Et face au lit, il y avait cette affiche. Je lui en ai fait la confidence. Il est devenu fontaine. Des larmes à n'en plus finir. Entre deux hoquets, il a balbutié :

— Tu ne peux pas savoir le bien que tu me fais.

— Oh, si.

Je l'ai serré dans mes bras et, pour abréger l'étreinte qui n'en finissait pas, j'ai demandé :

— Je peux boire un autre whisky ?

— Oh, oui... Tu peux même emporter la bouteille, si tu veux !

Le poisson n'était pas dans l'herbe.

Il était bien plus loin. Dans les arbres. Déjà envolé. Détruit. Décomposé, comme nous pouvons tous l'être un jour ou l'autre, nous les « stars ». En te confiant cette histoire, de la suffisance à la déchéance, j'ai voulu instiller à mon enfant-livre d'octobre une perfusion d'humilité. La gloire nous tresse des lauriers. Trop de soleil les fane irrémédiablement. Pour accéder à une scène de music-hall, un pupitre d'Assemblée nationale, un podium de champion, chaque marche montée est une marche à dégringoler à la moindre inattention. J'ai appris à regarder où je posais le moindre de mes pas. À ne jamais lâcher le bras de celui qui m'avait aidé à monter. Et surtout, j'ai appris à me dire que, quelle que soit la taille de l'escalier, on est toujours plus proche du sol que des étoiles. S'élever est un mot qu'il faut savoir prendre dans tous ses sens : grimper sans oublier de s'éduquer.

C'était la leçon d'octobre.

Un peu trop sentencieuse peut-être.

Alors, vite, novembre, qu'on rigole un peu !

Novembre, c'est l'anniversaire de la mort de Maman, le 22. C'est aussi celui de ma naissance, le 14. Ma petite mort à moi, tant les années qui passent me désolent, m'atténuent, me fripent, me chrysanthèment avant l'heure. Pas question de me coller au sapin avant qu'on ait fabriqué la boîte à poignées. C'est pourquoi je veux que ce cinquième mois soit celui des vivants, des gais, des heureux. Des ripailleurs, fêtards, buveurs, baiseurs, libres-penseurs. Des politiquement tout à fait incorrects. Ceux que l'on montre de l'index et qui répliquent avec le majeur. Pour instiller à mon bébé de papier l'art du savoir-vivre. Comme ça s'écrit : savoir et vivre.

Savoir goûter chaque lever de soleil comme si c'était le dernier. Savoir contempler, écouter, flairer, murmurer, caresser. Les cinq sens en éveil permanent. Plus le sixième, celui du futile, parce que la vie n'est qu'un flash. Un instantané. Autant avoir le sourire sur la photo. Savoir abuser, buissonner, délirer, se décalquer, s'exploser, enfin tous ces verbes du premier groupe, le groupe des survivants. Les libertaires, les hédonistes, les rabelaisiens au ventre tendu et au rire tonitruant. Les vivants. Tous ceux qui ont résisté aux poncifs, aux interdits, aux pudibonderies, aux bienséances hypocrites. Bref, les marginaux, les éclatés, les déconneurs de tout poil qui sont ceux que j'aime, premiers fournisseurs de l'amour dont je me contente.

En ce cinquième mois, au diable les censeurs, qui avancent, sexe en berne et cœur de marbre ! Plus que quatre mois avant l'éclosion. Alors, vite, une perfusion de sang neuf. De globules rouges comme le vin de soif. De globules blancs comme le sein des gazelles alanguies. Une injection de vitamines : A comme amitié, B comme bringue, C comme copains, D comme déglingue, et Q bien entendu, comme la morale le réprouve, mais comme le tout-venant s'en délecte.

Ils vont encore dire que je ne pense qu'à ça.

C'est faux.

Mais c'est pas souvent que je n'y pense pas !

27 *octobre. Dix-sept heures quinze.*

J'étais debout. Elle, assise sur un rocher.

— Vous êtes frileuse ?

Lélia répondit :

— Très.

Elle portait un manteau de la saison d'après et un foulard épais. Pourtant, ce bout d'automne était à peine frais. En face de nous s'étalait un des plus beaux panoramas de France : le rocher de Rocamadour. Nous étions sur la colline, juste en face, presque au bord de l'à-pic de cent cinquante mètres. La toiture lointaine du sanctuaire et les arêtes de pierre qui dégoulinaient jusqu'au village scintillaient sous le dernier soleil. La distance entre nous et le piton merveilleux équivalait à un vol de buse de deux cents mètres environ. Et c'est arrivé vraiment. Le rapace, parti du parapet de l'édifice religieux, vint se poser sur un arbre derrière nous. Le décor donnait le vertige. En me penchant à peine, je pouvais apercevoir toute la vallée profonde et ses promeneurs fourmis. Là, il y avait vraiment de quoi nourrir mon imagination.

— Roland a lancé son épée Durandal des Pyrénées et...

Elle me coupa net.

— Ah, non ! Encore une fois, pas la visite touristique ! Je connais la légende. L'épée est venue se planter dans le rocher, et bla bla bla... Et bla bla bla...

J'ai argumenté :

— Ah, mais non ! Ça, c'était le début... Je voulais juste vous faire rire. Vous dire qu'il y avait aussi, plantés dans le rocher, le panache d'Henri IV, le squelette d'un GI du débarquement de Normandie, et un avion de Ben Laden.

Elle esquissa un sourire.

— C'est vrai, c'est assez drôle. Mais pour une fois, commençons par ce que tu as écrit.

— Pourquoi ?

— Comme ça, pour changer. Et après tu me parleras du décor. Avec un défi, cependant.

— Lequel ?

— Une seule phrase... Je veux qu'en une seule phrase tu me résumes ce paysage qui mérite, d'après ce qu'on m'en a déjà dit, des livres entiers.

— D'accord ! Alors, je vous lis mon « octobre ».

Ce que je fis lentement. En laissant parfois de longs silences pour habiller quelques-uns de mes non-dits du bruit du vent. Pour lui laisser le temps de les deviner. Elle ne m'interrompit qu'à l'énoncé de l'ingratitude de la chanteuse québécoise.

— Je l'aime bien, moi, cette petite Céline. Sa chanson de *Titanic* me donne les frissons.

Et elle ajouta de manière tout à fait inattendue :

— Même si c'est l'histoire d'un drame horrible... Encore à cause des juifs !

— Pardon ?

— Ben oui, « iceberg », c'est juif, non ?

Moi si prompt à relever chaque pointe d'humour, je n'avais pas percuté. Pourtant, je la connaissais depuis des lustres, cette vieille plaisanterie. Mais alors, venant d'elle !

J'ai forcé mon rire par convenance.

— Elle est très drôle, votre blague.

— C'est la seule que je connaisse par cœur, alors chaque fois que je peux la placer, j'en profite.

J'ai osé demander :

— Vous êtes antisémite ?

— Parfois. Et j'en ai d'autant plus de mérite que je suis juive moi-même.

J'étais bouche bée. Elle enchaîna avec un sourire :

— C'est d'ailleurs pour ça que je m'autorise à me moquer. Mais je le supporte très mal venant des autres.

Là, le visage se ferma. Elle dit, la voix tremblante :

— Ce que j'ai vécu m'y autorise.

C'était étrange comme, d'un coup, elle semblait prête à livrer ce passé qu'elle avait prétendu avoir rangé dans un tiroir. Je me suis engouffré dans la brèche.

— La Shoah ?

Elle eut presque un sourire.

— C'est paradoxal comme ce mot est beau. Je veux dire phonétiquement. Shoah... Shoah... On dirait le nom d'un parfum. Ou d'un lait de toilette. Et pourtant, quelle abomination !

Et, comme si elle avait lu dans mes pensées, elle attrapa ma main et la caressa.

— Tu dois te demander ce qui me prend de te parler de choses dont je t'avais promis de ne rien te dire.

— Un peu, oui.

— C'est parce que j'ai confiance en toi. Tu vois, au début, j'étais juste curieuse. Aujourd'hui, je ressens quelque chose de bien plus subtil. Une osmose, une complicité rare. Ça ne te gêne pas ?

— Bien au contraire.

— Alors, finis de me lire ton chapitre.

— Attendez… Avant, à moins que ça vous dérange, je voudrais vous demander : pourquoi « antisémite, parfois » ?

— Parce que l'Holocauste est la pire chose qui soit arrivée à l'humanité. Il n'y a aucun mot assez fort pour en décrire les souffrances. Et mon peuple a raison de s'être plaint et de se plaindre encore. La peur est en nous pour toujours. Parce que nous ne sommes à l'abri de rien… Mais…

Elle s'interrompit et tourna la tête vers moi. Comme si sa nuit voulait fixer mon regard. Et, d'un coup, elle eut un large sourire. Et elle enchaîna :

— Mais… mais c'est pas une raison pour me vendre mes pantalons quatre fois le prix ! C'est pour ça que je suis antisémite « parfois ». La religion n'a rien à voir avec les soldes.

Et comme j'étais muet d'étonnement, elle me secoua le bras, en ordonnant :

— Allez, on parle d'autre chose, finis-moi ton chapitre.

Je me suis exécuté, sans autre commentaire. De toutes les célébrités citées, elle s'arrêta sur la moins connue, mais la plus chère à mon cœur.

— Tiens, revoilà notre Denise, fit-elle. J'ai adoré ton livre sur elle. *Vitriol Menthe*, c'est ça ?

— Oui.

— J'aimerais bien que tu me la présentes. Tu peux l'emmener avec toi, si tu veux, quand on se reverra.

— Si elle est disponible, avec joie. Je suis certain que vous lui plairez.

— À propos, la prochaine fois, je voudrais que ce soit moi qui choisisse le lieu. D'ailleurs, je l'ai déjà choisi. Et j'ai choisi la date aussi.

— Ah, bon ?

— Oui. Le cimetière où est enterrée ta Maman, le jour anniversaire de sa mort.

Elle me proposait un pèlerinage en quelque sorte. Je n'en avais pas vraiment envie. Anniversaire ou pas, d'ailleurs. Je n'ai besoin d'aucune sépulture, puisque depuis que Maman est sur mon épaule, le marbre m'indiffère. Il m'arrive d'aller de temps en temps dans le petit cimetière de Juillac où son corps, juste son corps, repose près de ceux de Camille et de mon petit. En balade, comme ça. Je ne m'y recueille pas, j'y passe, c'est tout. Une visite de contrôle. Histoire d'y lire les messages laissés par les fidèles, d'y rafraîchir les fleurs. Un peu d'entretien et de dignité, que diable ! Ce n'est pas parce que la maison est vide qu'il faut la laisser dépérir.

Je lui ai promis quand même, un peu à contrecœur :

— D'accord, rendez-vous là-bas le 22 novembre.

À ma grande surprise, elle a dit :

— Je t'attendrai sur le petit banc, presque en face de la tombe, à droite en entrant par la porte de côté.

J'ai froncé les sourcils.

— Vous y êtes déjà allée ?

Elle se leva lentement, commença à se diriger vers sa voiture et lança, sans se retourner :

— Comme je te l'ai déjà dit, où ne suis-je pas allée ?

Je l'ai rattrapée doucement, et en lui prêtant mon bras pour qu'elle s'y appuie, j'ai fait remarquer :

— On a oublié l'essentiel. La description du paysage en une phrase.

— Tu as raison. Moi, d'après mon ressenti, les ondes que je perçois, je dirais : « Le nez d'un navire de pierre échoué dans les terres. » Qu'est-ce que tu en penses ?

Et tel un candidat malchanceux des *Chiffres et des Lettres*, j'ai murmuré à son oreille :

— Pas mieux !

D'une voix aigrelette, elle imita le jingle du célèbre jeu télévisé. Et on éclata de rire. Elle avait raison. Mieux qu'une rencontre merveilleuse, c'était une osmose. Et puis, avant de prendre place dans sa voiture où l'attendait, toujours l'air aussi revêche, sa dame de compagnie, elle m'embrassa sur la joue pour la première fois. Et elle me dit, en me tirant doucement l'oreille, comme à un mauvais élève :

— Quand tu vas parler de tes histoires de fesses, le mois prochain, fais-moi plaisir. Tu es parfois un peu grossier, essaie de faire un effort.

— Je vais m'appliquer, Lélia, promis. Mais je ne suis pas sûr de pouvoir l'être davantage !

Novembre 2012. Cinquième mois.

C'était il y a trente ans. J'étais lové sur un canapé avec une vedette du show-biz, dont bien entendu la discrétion et la courtoisie m'interdisent de citer le nom. Ni même le prénom. Donc, Françoise était assise à califourchon sur moi. Son regard dans le mien, le ventre planté sur mon sexe. D'un coup, elle a perdu l'équilibre et basculé en arrière. Ça a fait « crac ». J'ai hurlé de douleur.

Un qui a hurlé aussi, mais de rire, c'est mon copain toubib.

— C'est une entorse.

— De la ... ?

— Ben, oui !

— Tu vas pas me mettre un plâtre, quand même ?

— Non, quand même, mais abstinence pendant au moins trois semaines.

Françoise n'était évidemment pas son vrai prénom. C'était pour plaisanter. Je sais me tenir. Et puis, surtout, je ne veux pas me fâcher avec Evelyne !

Et voilà, c'est parti pour le chapitre « Sex in the city ». Normal, le 14, je fais cinquante-neuf ans. « Sexa » dans un an. J'entends déjà les commentaires désobligeants :

— Quel blaireau, ce type, à toujours parler de ça ! C'est pas possible, il a un problème.

Ben non, justement ! C'est bien pour ça que j'en parle si librement. Ce qui n'est pas le cas de la plupart de ceux qui me méjugent. Oh, je les connais par cœur, ces parangons de vertu, le doigt sur la couture du slip, prêts à pourfendre, drapés dans leur dignité de prétendus respectables, l'égrillard et le salace. Tu veux que je te dise ? Ce sont les pires. Dans la vie, déjà. Leurs certitudes leur autorisent toutes les humiliations et les justifications qui vont avec.

Tu en connais au moins un, j'en suis sûr. Chef de ci, responsable de ça, tant irréprochable en apparence qu'il défoule sa rigidité morale en excès d'autorité. Cette rigidité morale, assez souvent d'ailleurs, diamétralement opposée à sa rigidité pénienne. Paradoxalement, c'est chez eux qu'on trouve les plus sournois, sexuellement. Au mieux adultérins ou violents, au pire incestueux et pédophiles. J'ai même des noms. Mais je ne vais pas les balancer. Ils se feront prendre un jour ou l'autre. En tout cas, quand moi et mes potes « méchants » sommes informés à coup sûr qu'il y a un « pointeur » dans l'entourage, on s'en occupe nous-mêmes. Ben, oui, encore la justice sauvage ! Question d'urgence. Et tant pis pour la morale républicaine. Franchement, la petite blondinette de dix ans qui un soir, à la fin d'un spectacle dans un village de l'Ariège, s'est accrochée à moi en tremblant parce qu'elle voulait que je l'emmène, elle n'en avait rien à battre de la morale républicaine.

Je l'ai repoussée tendrement :

— Je peux pas t'emmener, tu as un papa, une maman.

— Papa, il me fait mal.

J'ai blêmi.

— Il te tape ?

En me montrant son ventre, elle a murmuré :

— Non, là, il me fait mal.

Le père était à l'écart. Il parlait avec le maire du patelin. Pas question bien sûr de se précipiter sur lui sans preuves. Alors, j'ai appelé les « gardiens de ma paix », mes potes de l'ombre, mes « détectives » à moi. Quelques jours plus tard, ils ont coincé le bonhomme pour lui demander des explications. Il a nié au début, bien sûr. Juste le temps de comprendre à qui il avait affaire. Et quand mes « détectives » ont été certains à cent pour cent de la culpabilité du « prévenu », ils ne l'ont pas prévenu, justement, vu qu'il l'était déjà. Ils sont passés directement à la sentence.

C'est pas légal, je sais, mais ça gagne du temps. Et puis ça fait faire des économies à la nation. Les prisons sont déjà tellement surpeuplées. Celui-là ne pourra plus faire de mal à sa fille. Il pourra lui faire du bien, lui dire des mots gentils, l'aimer comme doit l'aimer un père. Mais pour le reste, il ne pourra plus. Cessation d'activité pour cause de flétrissure intime. Me suis-je bien fait comprendre ? Je pense que oui. Mais ne fantasme surtout pas. Oublie la caricature. Ce n'était pas un notable. Un puissant. Non, un maçon ordinaire. Comme quoi, même chez ceux dont je te vante la pureté de la simplicité, il y a de beaux salauds.

Ce sexe-là, c'est le plus immonde, le plus haïssable que je connaisse. Peut-être le seul cas où l'illégalité a une véritable excuse. Il arrive, hélas, que la luxure, ce soit ça aussi. Mais, comme disait Gabin dans *Le Président* : « Il y a aussi des poissons volants et ça ne constitue pas la majorité du genre. » Moi, j'aime et j'ai toujours aimé le sexe gai, respectueux, tendre ou festif, langoureux ou vif, mais chaque fois débarrassé d'une quelconque outrance malsaine ou indélicate. Et c'est pour cela que je le revendique sans aucune honte, le droit d'en parler sans tabou. Piste bien mes détracteurs sur ce sujet. C'est d'eux (ou d'elles) qu'il faut douter.

Le père Dard, saint parmi les seins, m'a toujours dit :

— Il ne faut pas se méfier de ceux qui baisent trop, il faut se méfier de ceux qui baisent pas !

Au moment où j'écris, *Cinquante nuances de Grey* caracole en tête des ventes de livres. C'est le best-seller érotico-sado-maso-brancho-bobo du moment. Le titre participe certainement un peu de ce succès. Ça s'appellerait : « Arrête de me fouetter, je vais jouir ! », les journaux télé du soir et les magazines féminins en feraient certainement une publicité moins voyante. Enfin, tout va pour le mieux dans le meilleur des mondes de l'érotisme, puisque ces dames ont enfin un jardin secret de papier qu'elles peuvent arroser sans la suspicion de leur mari, puisque même Pujadas a dit que c'était bien. Avec, en prime, l'avantage non négligeable d'avoir déjà le doigt mouillé au moment de tourner les pages ! Là, je sais que mon éditeur va faire des bonds. C'est pas de la grossièreté, Bernard ! C'est de l'observation et de la lucidité. Un peu de franchise, que diable !

Tout ça me rappelle un film événement des années soixante-dix. À l'époque, « Le Club », un petit cinéma caché dans une rue sombre de Brive, projetait chaque lundi du porno soft. Les rares aficionados s'y glissaient en douce, tête basse et le pas pressé pour éviter la vindicte bourgeoise. Un peu plus loin, sur la grande place,

« Le Splendid » était la salle de cinéma populaire où la foule se pressait en rangs serrés à chaque nouveau De Funès-Bourvil. Et c'est à l'affiche de celui-ci que s'étala un jour *Helga, l'éducation sexuelle*, le fameux film événement dont toute la France parlait.

Sous prétexte d'information pratique, ce n'était ni plus ni moins qu'un film érotique déguisé en leçon de sexe. Et toute la ville, du plus ouvrier au plus dentiste, s'y était ruée sans retenue puisque, bon, c'était pédagogique. Et nous, ados masturbateurs, nous contemplions avec un sourire en coin ce festival d'hypocrites formant devant l'entrée du cinéma, et c'est seulement en ça qu'on se rejoignait, une queue conséquente... Désolé, Bernard !

Rien de nouveau donc, quarante ans plus tard. Car dans notre beau pays, ma brave dame, le sexe, sa réalité et l'hypocrisie font un ménage à trois indéboulonnable. De l'omerta lointaine Mitterrand-Mazarine à l'indignation strausskahnienne récente, les médias font un incroyable numéro de funambule entre le non-dit et le tout-à-l'égout. Le cul passionne, fait vendre, mais il est de bon ton de s'en indigner. Et surtout de vouer aux gémonies ceux qui le vivent et en parlent librement. Moi donc, entre autres. Mais ce n'est pas ça qui me détournera de ma ligne de mauvaise (?) conduite. Je vais donc t'exhiber quelques histoires de fesses sans autre prétexte que le plaisir de te les raconter.

— Quel obsédé ! Il faut toujours qu'il étale ses conquêtes, hurlent les insatisfaits.

D'abord, à chaque fois, c'était moi le conquis, nuance ! Et puis, t'as vu ma gueule ? J'aurais du Pitt ou du Clooney, je comprendrais. Mais là, franchement. Mes vantardises ne sont que des enthousiasmes de passionné. Comme un philatéliste acharné parlerait de ses timbres. Collectionneur, alors ? Ah, oui. Mais sans forfanterie. Avec le respect qui se doit. Il n'y a pas un seul guide de musée qui méprise ses œuvres d'art.

J'ai grandi dans l'urgence de plaire et de concrétiser. La faute à un village où l'acte sexuel était le premier rempart contre l'ennui. Je suis moi-même le résultat d'un coït à la va-vite. Avec tendresse ou pas, qu'importe. Je suis là. Et tant mieux pour moi. Et je sais que partout, l'accouplement et ses déviances font partie d'un quotidien où le corps a ses raisons que la raison ne connaît pas. Alors, dans le cadre de cet enfant-livre consacré à l'amour de ceux dont je me contente, je sais que bien peu d'entre eux s'offusqueront de mes étalages grivois. C'est donc pour eux seuls que je vais me vautrer dans l'intime. Mais avec élégance quand même. En falsifiant les noms et en modifiant les lieux. « Cinquante nuances de groin ! » Histoire d'étaler mes cochonneries avec délicatesse.

Et puis, en fin de compte, non...

Je renonce.

Pas par contrition. Non, juste parce que ma petite Lily vient d'entrer dans la pièce. Elle s'est collée contre moi, m'a serré du plus fort que ses petits bras de cinq ans maintenant le peuvent, et m'a murmuré :

— Comme je t'aime, mon papa !

Alors, j'ai eu un gros accès de pudeur.

C'est ça, l'avantage d'écrire à l'instant et à l'instinct. Et mon instinct ne me souffle à l'instant que du tendre et de la retenue. Juste parce que Lily a des yeux de poupée. Et que l'association d'idées me révulse. La perspective de l'imaginer, robe relevée et souffle court, subissant les assauts d'un voleur de Barbie me glace. L'image de ma princesse enlevée par un bandeur de grand chemin, comme je l'ai tant été, m'est insupportable. C'est la punition des papas voyous. Avec cette obsession : « Pourvu qu'elle ne tombe pas sur un mec comme moi ! » Oh, il ne lui ferait pas de mal. J'ai toujours été prévenant dans mes cabrioles. Mais cette marelle où l'on saute à cloche-cœur jusqu'au ciel de lit n'est pas un jeu d'enfant. C'est pour ça que ces grands yeux de bébé attendris, là, à l'instant, ont bloqué net toutes mes velléités grivoises.

Alors, non ! On ne va pas parler de fesses, on va juste parler d'amour. Tiens, d'ailleurs, ma Lily, je vais te raconter cette chaise d'un restaurant de Saint-Tropez sur laquelle j'ai bien fait de rester assis, il y a quinze ans. Si je m'en étais levé, tu ne serais pas là, ma vahiné. Écoute, ma belle ! C'est le sauvetage in extremis de la belle histoire d'amour de ton papa et de ta maman. Dans cette affaire, on peut dire que, grammaticalement, le sexe n'était pas le sujet. C'était seulement le complément d'objet indirect. Et l'objet, ce fut moi.

J'étais pendu, perdu, au téléphone un soir de mars 1996.

— Non, Patrick, non, s'entêtait-elle en pleurant.

— Mais ça ne peut pas se finir comme ça ?

— Si.

Et Nana a raccroché sec. Au bout de cinq ans de partage. Cinq ans de conneries aussi pour moi. Pas seulement bien sûr, mais des absences, des égarements, et un manque de vigilance avec l'habitude. Tu sais, ce train-train sournois qui institue acquises des choses qui ne le seront jamais. La séparation fut douloureuse sans que je comprenne vraiment pourquoi. J'en avais vu d'autres. Mais tout de même. Ça brûlait fort. Alors, en parfait imbécile, comme nous le sommes tous dans ces cas-là, je me suis mis en quête d'un autre brasier. C'est spécifique à l'amour, cette stupidité incompréhensible. Après s'être fait coincer, la plupart d'entre nous ne pensent qu'à une chose : aller mettre les doigts dans une autre porte.

Elle s'appelait Shéhérazade. Enfin, on va l'appeler comme ça. Pour l'anonymat et la mémoire. Une princesse des sables brillante, élégante et racée. Femme de la haute société. Presque une inaccessible pour moi, le saltimbanque populaire. Au début, ce n'était qu'un ersatz bien sûr. Un produit de substitution. Une méthadone. Je n'avais plus de nouvelles de Nana. Et puis la rumeur est venue me la dénoncer quelque part dans le

Sud-Ouest, déjà recasée. Alors, j'ai ouvert les vannes. Moi, si prudent à ne donner, par précaution, que le minimum de ma sensibilité, j'ai lâché les chevaux. Et Shéhérazade, en parfaite princesse du désert, les a enfourchés à cru.

Parce qu'elle les méritait vraiment, toutes les tendresses, toutes les applications, toutes les élégances dont je suis capable, je les ai dévoilées au grand jour. Je lui ai offert toute cette part de moi que je mets encore aujourd'hui tant de soin à cacher derrière des outrances et des grossièretés. Question de sauvegarde. Mon bouclier. Il ne faut jamais étaler le meilleur de soi sans protection. C'est comme aller au soleil. On ne bronze pas, on cuit.

La belle aventure a duré trois mois. Une vraie histoire donc pour moi, qui n'avais envisagé au départ qu'une passade de quelques jours. Nana, lointaine, a fini par me redonner des nouvelles par bribes. Mais sans promesse de retour. Orgueil de femme ? Je ne sais pas. Mais je pense que le jour où elle est tombée sur mon nouveau répondeur, ça a précipité les choses. Shéhérazade avait tenu à l'adapter à ses sentiments exclusifs. Ça commençait par sa voix espiègle qui disait : « Ce répondeur et son propriétaire m'appartiennent... » Pour Nana, qui m'a avoué par la suite ne jamais avoir cessé de m'aimer, ça a été certainement un signal d'urgence. La leçon avait assez duré.

Un soir de mai, j'étais assis dans un restaurant face à Shéhérazade. J'ai hésité longtemps, et je me suis lancé.

— Voilà. Nana m'a rappelé. Elle veut revenir.

Elle a avalé péniblement sa salive.

— Je m'en doutais un peu. Et alors ?

— Alors, je ne sais plus.

Et c'était vrai. Pas une ruse de lâche comme nous le sommes tant, nous les hommes. Un vrai dilemme. À la Cabrel. Qui rime avec « je vous aime ». Les deux. Alors, j'ai fait tourner ma serviette comme une petite girouette. Non, je déconne ! Quoique, j'aurais pu. La girouette, je l'avais dans le cœur. C'est là que Shéhérazade a eu la phrase la plus inattendue.

— Alors, on va te partager.

J'ai ouvert de grands yeux.

— Pardon ?

— On va te partager, m'a-t-elle répété avec un grand sourire. Elle t'aime, je t'aime. Tu l'aimes, tu m'aimes, alors, on va te partager. Elle aura le lundi, le mardi et le mercredi. Moi le vendredi, le samedi et le dimanche. Ça te laisse le jeudi.

J'ai éclaté de rire :

— Tu plaisantes ?

Son visage est devenu sérieux.

— Pas du tout. Tu vois une autre solution ?

J'ai bredouillé :

— Ben... Euh...

— Alors, appelle-la tout de suite et propose-lui ça.

— Elle ne va jamais accepter une chose pareille.

— Appelle.

J'ai appelé. J'ai proposé. Il y a eu un long silence. Et j'ai entendu Nana, à ma grande surprise, dire :

— OK... On va faire comme ça. Mais si je peux me permettre, on va quand même discuter.

— Pourquoi ?

— Ben, elle s'emmerde pas, elle a pris les week-ends !

Rendez-vous a donc été pris, pour ce qui, j'en suis certain, restera la journée amoureuse la plus surréaliste de ma vie. C'était le début de l'été. Il était convenu que je logeais au Byblos à Saint-Tropez avec Shéhérazade le lundi soir jusqu'au mardi dix-huit heures précises. Là, elle partait et Nana arrivait sans qu'elles se croisent. Et ça s'est passé exactement comme ça. Sous l'œil égrillard du bagagiste opérant le transfert de valises des deux. Pour la grande explication, on avait réservé à vingt et une heures pour trois dans un restaurant de Ramatuelle.

Il y avait tout. La chaleur moite. L'orage menaçant. La petite table à l'écart. Quelques moustiques tourbillonnants. Et, juré, en fond musical, la musique d'Ennio Morricone. Un vrai western spaghetti. Face à face, Shéhérazade, robe de mousseline blanche, et Nana en cuir noir. À ma gauche, la coupe de champagne. À ma droite le verre de rosé. Et moi, au milieu, crétin comme je ne l'ai jamais été. Elles se sont tout juste saluées. Les regards se sont plantés et pas une n'a baissé les yeux. Un combat de femmes immobiles et silencieuses. Et évidemment j'ai prononcé la phrase la plus inappropriée qui soit. Il fallait bien détendre l'ambiance. Comme chaque fois quand la situation est grave, j'ai choisi l'humour. Pas le fin, l'élégant à la Guitry, non. Mais j'en suis capable. Tiens, écoute ! J'aurais pu déclamer, l'œil brillant, et le fume-cigarette aérien :

Mesdames, entre vous deux je ne sais qui choisir,
Recoller le passé, ou forcer l'avenir.
Mais, quel que soit l'arôme que l'amour me propose,
Je sais qu'il montera d'un pétale de rose.

Vous me voulez chacune, moi je n'en veux qu'à moi,
De ne pouvoir aimer les deux fleurs à la fois.
Mon cœur est ainsi fait, il bat à contretemps,
Un temps pour le passé, un temps pour le présent.

Chacune à votre tour au gré de la semaine,
Vous m'avez proposé tour à tour d'être miennes,
En laissant par ailleurs, je vous en remercie,
Un repos mérité à mon corps le jeudi.

Merci de l'attention, à vrai dire je craignais,
En connaissant le cœur que je dois m'appliquer
À mettre pour calmer vos multiples envies,
De mourir épuisé d'une rupture de lui.

Mais j'y pense soudain, on pourrait faire mieux.
Au lieu de sectionner notre semaine en deux,
Pourquoi dès le début ne serions-nous pas trois ?
Vous pourriez donc rester chaque nuit près de moi.

Je sais, c'est douloureux, mais je ne veux pas fuir
Je suis homme d'honneur, avant que de plaisir,
Et si jusqu'à la lie il faut boire le calice
Je suis prêt, par amour, à faire ce sacrifice.

J'ai préféré faire plus simple, plus direct, moins cynique et moins long :

— Bon, c'est pas tout, il faut choisir ce qu'on va manger. Je prendrais bien le duo de cailles sur canapé, moi !

Dire que ça ne les a pas fait sourire est un euphémisme. J'ai même vu leurs yeux se mouiller. J'ai rarement vécu un aussi grand moment de solitude. Avec une envie irrépressible d'être ailleurs. N'importe où, mais ailleurs. C'est Shéhérazade qui a pris la parole. Et là, j'ai pris une rafale d'une violence inouïe qui s'est terminée par :

— ... Tu m'avais promis l'absolu et on est dans le vaudeville. Mais je t'aime comme je n'ai jamais aimé quelqu'un. Et je n'ai jamais eu l'intention de partager. Elle non plus d'ailleurs, non ?

— Effectivement, a répondu Nana.

Tu le visualises, le coq vaniteux qui perd ses plumes ?

Cette métaphore de basse-cour est tout à fait appropriée. Parce qu'au début j'étais plutôt fier. Tu m'imagines ? Désiré par les deux plus belles poules de la basse-cour. La blanche et la noire. L'œil guerrier, la crête tendue, montées sur leurs ergots. À part que, là, j'ai dégringolé de dix paliers dans l'échelle des volatiles. Je me suis retrouvé dindon piteux sans même la force de glousser le moindre mot.

— Alors, voilà, a poursuivi Shéhérazade posément. Je vais me lever. Tu as trente secondes pour choisir ta vie. Tu me suis ou tu restes assis.

Et elle s'est levée sans un regard pour moi et s'est éloignée lentement. Je n'ai pas bougé. Évidemment, Nana la guerrière a sorti sa dernière arme. Imparable.

— Allez, vas-y, suis-la ! Elle t'aime vraiment. C'est avec elle qu'il faut faire ta vie.

Et je suis resté assis. Évidemment que je suis resté assis. Nana m'avouera plus tard qu'elle a su qu'elle avait gagné bien avant.

— La première qui parlait avait perdu.

Voilà, ma Lily, à quoi a tenu ta présence aujourd'hui près de nous. Si, ce jour-là, je m'étais levé de ma chaise, nous ne serions pas allés te cueillir à Tahiti. Mais c'était écrit, j'en suis sûr. Je n'en ai pas saisi le sens sur le moment, maintenant, je le sais. Au moment de prendre ma décision, mes yeux ont balayé le décor et se sont arrêtés sur le tableau qui ornait le mur d'en face. Un Gauguin. Suis-je resté assis parce que le futur était déjà tatoué dans mon inconscient ? Est-ce que ce sont ces vahinés de peinture qui m'ont conduit à la mienne ? Synchronicité prémonitoire ? Je ne peux pas affirmer que c'est le cas. N'en déplaise aux plus cartésiens d'entre vous, je ne veux pas l'exclure non plus. Je reste persuadé que nos destins sont préécrits à l'encre. Sympathique ou antipathique au gré de nos tourments et de nos bonheurs. C'est ainsi. Nous ne choisissons pas. « On » a déjà choisi pour nous.

Et Lily entre dans la pièce au moment où j'écris ces mots. Je te le jure sur elle. Elle se pose sur mon genou entre moi et la table où est installé l'ordinateur. Je continue à écrire, sa tête contre ma joue. Ses cheveux sentent le monoï. Histoire de rajouter une ligne à ma grossesse, une goutte d'eau pure dans le placenta, en continuant à taper les mots que tu lis à l'instant, je lui murmure :

— Dis-moi quelque chose.

— Je t'aime, mon papa... Tu écris quoi ?

— Que je t'aime aussi.

Voilà un peu de tendresse pour mon enfant-livre. Bien loin de la gauloiserie promise en début de chapitre. Mais, ne t'inquiète pas, on y reviendra certainement à un moment ou à un autre. Ce n'est pas parce que je me suis laissé aller au « un peu mieux » que je ne suis plus capable du pire.

Ce petit sera donc équilibré. Parce que je n'ai honte ni de mes ripailles orgiaques rouge vif ni de mes émotions moirées de jouvencelle. Ni de mes saillies ni de mes caresses dans le cou. Ni de mes gros mots ni de mes alexandrins. C'est la complémentarité qui fait l'équilibre. Je te la conseille. Ne te refuse ni la débauche ni le raffinement des sentiments. Ça fait faire des milliers d'euros d'économies en antidépresseurs et autres psychanalyses de hasard. Tout bien réfléchi, mon exemple n'est peut-être pas aussi méprisable que certains le laissent entendre. Et au bout du compte, je suis assez content de ce que j'ai choisi d'être et que j'ai réussi à rester malgré les mille jugements me poussant à moins d'extravagance. Encore de l'ego démesuré ? Non. De l'ego, oui, mais parfaitement mesuré. Juste la dose qu'il faut. Un quart moi, trois quarts les autres. Je m'aime bien. C'est pour ça que je vous aime beaucoup plus que moi.

Ça y est, il remue ! Je l'ai senti. C'est normal, le cinquième mois. Novembre, et comme je te l'ai dit au début du chapitre, les souvenirs du départ de Maman, il y a quatre ans déjà. Alors, ça bouge un peu plus que d'habitude. Il faut que je le calme. Que je revienne au pays des vivants. J'arrête donc d'écrire pour aujourd'hui. Demain, je pars refaire le saltimbanque en passant par Paris. Je vais laisser pour quelques jours mon antre de Martel à ses nouveaux anges gardiens. Je sais qu'ils en conserveront l'intégrité et la mémoire.

Ils s'appellent Annie et Jean-Pierre. C'est un couple de gens simples comme je les aime, qui sont venus suppléer les envols de mes précieux : Maman, papa, tata Pépée. Tous effacés en quelques mois. Les deux premiers par la mort, et « tata Pomponette » par une escapade amoureuse incroyable à quatre-vingts ans passés, comme je te l'ai raconté dans le livre précédent. En voilà deux encore qui sont l'illustration du fond de mon propos ici. Ces gens de maison sont si authentiques et si généreux. Tant qu'en quelques mois, ils m'ont refabriqué une famille. À coups d'attentions, de discrétion, de dévouement et d'émotions. L'exemplarité aussi de ce fossé entre ceux que je ne pourrai jamais aimer et ceux qui m'offrent l'amour dont je me contente.

À la première rencontre, ils étaient un peu réservés, presque inquiets.

— Je sais qu'il faudra faire à manger, mais, moi, je ne suis pas sûre d'être douée pour les choses compliquées, s'est excusée Annie.

Comme si ma célébrité devait imposer des menus tutoyant les cimes culinaires !

J'ai éclaté de rire.

— Alors là, ne vous inquiétez surtout pas. Plus simple que moi, y a pas. Mon caviar, c'est saucisse-purée !

J'ai entendu un grand soupir de soulagement. J'ai ajouté :

— En plus, vous faites partie de la famille. On mange tous ensemble, quels que soient mes invités. Et je vous rassure, ils sont rares et ce ne sont que des gens simples. Et puis, si j'ouvre une bouteille grand cru, elle est pour nous tous.

Pour moi, une évidence. J'en ai tant côtoyé qui cloisonnaient aussi ces plaisirs-là. J'ai même connu une maîtresse de maison de Neuilly qui interdisait la viande à ses employés. Question d'économie budgétaire. Mais c'était il y a longtemps et je pensais sincèrement que ces pratiques n'avaient plus cours. Jean-Pierre m'a abasourdi, quand, enfin certain d'être tombé chez des bienveillants, il m'a confié :

— Chez des gens où on était avant, on n'avait le droit de manger qu'après eux… et seulement les restes.

Tu te rends compte ! Au XXIe siècle. Je n'arrivais pas à le croire. Et j'ai toujours du mal à le concevoir. Malgré tous les progrès, les milliers d'écrits pour une société plus juste. Hélas, les paradoxes ont la peau plus dure que les meilleures volontés. Quand on pense qu'à Paris, c'est peut-être avenue Victor-Hugo qu'il y a le moins de misérables ! En tout cas, à Martel, il y a deux braves gens heureux. Me remerciant chaque jour de leur avoir inventé, dans ce cadre apaisant, une nouvelle famille. C'est réciproque et ma reconnaissance est sincère. Et je sais qu'il en est une preuve qui touche particulièrement Annie. Aujourd'hui, quand je pars pour Paris, c'est elle que j'appelle en arrivant !

Je l'ai appelée, justement, en arrivant à l'orée du bois. Au coin de la rue de Boulogne qui mène à ma maison de là-haut. Entre Sandra Boulaouane et Rosa Canelle. Les deux travestis plantés de part et d'autre du carrefour. Sandra l'Algérienne, une nouvelle, et Rosa l'Antillaise, mon vieux copain. José de son vrai prénom. Encore une aubaine pour mon enfant-livre tant son histoire est hors normes. Alors, pas vraiment de répit littéraire, ce soir, j'ai rallumé mon écran pour te raconter José-Rosa-Canelle.

Encore un marginal, un fantasque, je sais. Mais tu as compris que c'est irrémédiable. Tu croiseras dans ces lignes bien plus d'égarés que d'établis. Il faut dire que si on parle de préférences forestières, j'ai évidemment plus de goût pour le bois dont on fait les pipes que pour celui dont on fait les pupitres de l'Assemblée nationale. C'est bien connu. Et on me caricature suffisamment à ce sujet. Je ne m'en suis jamais défendu. Et ce ne sont même pas des affinités de voisinage. Le bois de Boulogne eût-il été à dix kilomètres de chez moi que j'y aurais eu les mêmes préférences. J'ai toujours assumé mes balades nocturnes dans ce temple de l'interdit. Ce qui n'est pas le cas de beaucoup de mes collègues de show-biz, d'une flopée de politiques de province en vadrouille le mardi soir, veille de Palais-Bourbon, et de bon nombre de chefs d'entreprise irréprochables. Encore et toujours la belle hypocrisie. Pas de noms bien sûr, mais j'ai une pile de dossiers impressionnante.

À bon entendeur, salut !

Il faut que je précise tout de même que le plus souvent, je me suis autorisé ces escapades sylvestres pour des motifs bien plus louables que la débauche ordinaire. Le Bois est avant tout pour moi un prisme de la société. On y devine toutes ses forces et ses faiblesses. Ses excès, ses puretés aussi. Ses anges et ses démons. Tellement enrichissant pour mon humanisme forcené. En trente ans, je m'y suis fait des amis. Des vrais. Leurs nuits ressemblent tellement à mes jours. Avec le même marché : argent contre plaisir donné. Et quand on y réfléchit bien, nous sommes quoi d'autre, nous, les artistes ? Nous qui fixons les prix de nos représentations au gré de la fréquentation. Et la jouissance du client au bout du show. Ajoutée au racolage de la promotion médiatique, ça fait quand même une belle gémellité. Avec tout de même une différence dans nos ressemblances. Chez nous, les coups de poignard sont quotidiens mais fictifs. Chez mes ami(e)s du trottoir, ils sont plus rares, mais bien réels. C'est d'ailleurs sur un méchant coup de surin qu'on s'est connus, José-Rosa et moi.

C'était une nuit de juin 1990. L'homme était allongé à deux mètres de la route dans une allée sombre. À plat ventre, un couteau planté dans le dos. J'ai ralenti, et ouvert ma vitre fumée en curieux. Voyeurisme primaire, comme tout le monde. Soudain, une belle grande blonde à la poitrine débordante s'est encadrée dans mon champ de vision.

— Barre-toi, Patrick, a-t-elle conseillé. C'est chaud, ce soir et…

C'est à ce moment-là que deux détonations ont claqué. Les fourrés se sont agités. La blonde a ouvert ma portière et s'est précipitée sur le siège en ordonnant :

— Démarre, vite !

J'ai filé sans ralentir en grillant quelques feux jusqu'à la lisière du bois, le boulevard extérieur de la porte d'Auteuil. Je me suis garé devant un arrêt de bus.

— C'est bon, tu peux me laisser là, m'a dit Rosa.

En chemin, elle m'avait avoué son prénom, son tarif et son état civil. L'état civil était facultatif, je l'avais deviné au premier regard. Rien de flagrant, mais une habitude qui me fait reconnaître un travesti à vingt mètres même s'il est parfaitement féminin. Et c'était le cas. Pas de barbe naissante, de collants plissés et de bottes chaussant 46 comme beaucoup. Non, une vraie application dans l'illusion. Rosa était grande certes, bien bâtie, mais la taille, la poitrine, les jambes longues, le visage fin et la tenue soignée bien que voyante en faisaient une « vraie femme ». De plus, elle n'avait pas le regard vague de la plupart des zombies du bois, défigurés par les excès d'alcool ou de came.

— Moi, je prends rien, m'a-t-elle avoué. Je tiens à mon boulot. En plus, il me plaît.

Voilà déjà une imagerie populaire qui tombait. Rosa travaillait aussi par plaisir. Encore une fois, je n'ai jamais caché, contrairement à beaucoup de mes congénères, mon goût pour un petit calumet de la paix en fin de nuit dans la réserve d'Indiens. Une routine occasionnelle. Comme une infusion de valériane avant d'aller dormir. Rosa, ce soir-là, a voulu me dédommager de mon assistance. Je te dirais bien que j'ai refusé, pour éviter que Morandini titre sur son site « eleganceetdiscretion.com » : « Révélation : Patrick Sébastien avoue des fellations tarifées. » Mais bon, même toi tu n'y croirais pas. Alors, mea culpa ! J'ai donc accepté avec plaisir le remerciement buccal offert.

Et puis on a continué à parler. Et ça fait maintenant plus de vingt ans qu'on parle. Au hasard comme ça, quand je passe tard en rentrant chez moi. Elle toujours là en statue, au coin de l'avenue de la Reine. Je m'arrête, je baisse la vitre et on papote. On discute de la clientèle, du temps qu'il fait, des confidences de ses clients dont, en parfaite conscience professionnelle, elle protège toujours l'anonymat. Et Dieu, que j'en apprends des choses sur la politique, le désespoir, le sens du vent. De la vie, donc.

Un soir de très froid, il y a quelques années, je l'ai même invitée à venir se réchauffer avec un café à la maison proche. En toute amitié. Quand Nana, effrayée, nous a vus débarquer, j'ai précisé tout de suite :

— C'est pas pour jouer, c'est pour parler !

Et Rosa nous a raconté José. Une histoire ahurissante.

À l'adolescence, le garçon caramel a quitté les Antilles pour la capitale. Déjà sûr de son envie d'habiter dans un autre moi, il a entrepris les travaux. Les seins, la bouche, les cheveux. Mais en gardant sa virilité pénienne. Un paradoxe ? Pas vraiment. Juste un choix. Être les deux. Femme en apparence dans la vie de tous les jours, et les deux au lit. Rosa aime les hommes, mais n'a aucune répulsion pour les femmes comme beaucoup de ses semblables. Bien au contraire. Au point qu'un jour, une femme, une vraie, s'est amourachée de cet homme mixte. Et, bien plus, elle l'a piégé(e). À cette époque, il (elle) faisait déjà profession de son corps et l'amoureuse en était parfaitement informée.

— Je suis enceinte de toi, a-t-elle annoncé fièrement.

Un vrai choc pour José-Rosa pour qui il n'était absolument pas question d'aller plus loin.

— Désolé, mais il va falloir faire sans.

— Il n'en est pas question. Je t'aime et je veux élever cet enfant avec toi. Si tu refuses, j'accouche quand même et je te l'abandonne.

Et c'est ainsi que loin, là-bas dans les îles, il y a maintenant plus de dix-huit ans, l'amoureuse a déposé chez les parents de José-Rosa une petite fille. Alors, lis consciencieusement la suite parce que la combinaison n'est pas simple. Pour élever cette petite fille sans questions et sans souci, on lui a fait croire que ses grands-parents étaient ses parents. Et José-Rosa est devenue sa grande sœur ! Tu le vois bien, le montage de sauvegarde ? Je te le décris autrement au cas où tu n'aurais pas bien saisi : ceux qu'elle appelait papa et maman étaient en réalité ses grands-parents et son père était devenu sa sœur. Je te jure que tout ça est authentique.

Le soir du café à la maison, quand José-Rosa nous a confié tout ça, un tas de questions me brûlaient évidemment les lèvres. Il (elle) a répondu à toutes sans détour. À cette époque-là, la petite fille avait quinze ans et on venait de lui apprendre la vérité.

— C'est quand même un putain de sujet de psychanalyse ! ai-je lancé. Ta gamine, elle doit être sacrément chamboulée.

— Même pas, m'a affirmé José-Rosa avec un grand sourire. Tu sais, c'est dans notre culture, là-bas, chez nous, de dédramatiser les choses. Le soleil et la nonchalance, ça efface beaucoup des tortures inutiles que vous vous imposez en métropole. Elle a grandi avec de l'amour et, quand elle a tout appris, ça n'a pas changé grand-chose à son bien-être.

— Tout de même.

— Bon, je ne te dis pas que ça a été tout simple. Il y a eu quelques tourments. Mais pas plus que dans une famille recomposée ordinaire comme il y en a tant aujourd'hui.

J'étais quand même dubitatif. Elle a ajouté :

— Aujourd'hui, nous sortons ensemble. Entre filles. On rit tout le temps. On se signale les beaux mecs. De toute façon, où est vraiment le mal ? Elle sait ce que je suis. Elle ne me juge pas. Je suis un peu absente, mais les valeurs essentielles, comme le respect et l'honnêteté, je les lui inculque. C'est une fille bien, équilibrée, qui travaille normalement, je veux dire qui s'est parfaitement insérée dans la société. Et puis quoi ? Elle a un père et une grande sœur qui la protègent et la comprennent. En un seul, d'accord, et alors ? C'est mieux que si elle n'avait personne. Je l'aime, elle m'aime, c'est déjà beaucoup, non ?

Ces confessions intimes ont tissé entre nous, depuis cette nuit-là, un rapport d'amitié et de confiance. Il n'est pas rare que je lui livre moi aussi mes doutes, mes projets, et des secrets que je ne dévoilerais à personne d'autre. Elle a connu tous mes deuils, mes échecs, mes succès. À chaque fois, elle a eu un regard détaché, une bienveillance désintéressée. Si loin de mon univers de paillettes, elle a toujours eu cette hauteur de vue indispensable à un bon jugement. Cette surveillance de mirador, en lisière de bois, m'est essentielle. Le mot « travestissement » est un paradoxe qui lui sied bien mal, tant elle est peut-être une des seules à ne pas me farder la vérité. Et, enfin, pour redevenir affreusement grivois, cette femme a des couilles ! Au propre comme au figuré. Et ce n'est pas la moindre de ses qualités.

Aujourd'hui, Rosa arpente encore les allées du bois. Toujours belle. Toujours libre, sans souteneur. Toujours saine, sans drogue ni alcool. Toujours sélective sur des clients fidèles et bien éduqués. Toujours heureuse de faire ce métier-là parce qu'il lui plaît vraiment.

Je me suis arrêté à sa hauteur en rentrant ce soir à Boulogne. On a encore papoté. Je lui ai demandé la permission de parler d'elle dans mon enfant-livre, sans dévoiler son véritable « nom de guerre », évidemment. Elle a accepté. Et elle est partie en se déhanchant, plus féminine que jamais. Sensuelle et magnifique sur ses escarpins rouges, elle s'est retournée et m'a lancé en riant :

— Quand tu penses que je vais bientôt être grand-père !

Hasard de l'actualité, en rentrant, je suis tombé, à la télé, sur la porte-parole du gouvernement en pleine croisade contre les clients de l'amour tarifé. L'idée étant de les faire passer du statut de bon vivant à celui de délinquant. Et si possible, dans la foulée, d'éradiquer totalement la prostitution. Ben voyons ! Si on veut empêcher les gens de se faire baiser pour de l'argent, c'est pas la prostitution qu'il faut interdire, c'est les radars ! D'accord, c'est facile, mais t'as encore besoin de grandir, petite Najat. Et puis surtout, mon vieux François, là, tu mets vraiment à côté de la plaque.

Les blindés du chéquier qui embarquent dans leurs suites à deux mille euros les échassières des hôtels de luxe, ça va pas leur rayer la peinture. Par contre, les vilains, les ingrats, les infréquentables d'en bas, ils vont faire comment ? Ceux qui n'ont, en guise de délivrance, que la petite turlute du samedi à 20 euros, ils vont le lâcher où, le trop-plein ? Socialiste, tu dis ? Je croyais qu'on devait faire un geste pour les oubliés. C'est quand même pas ta Marthe Richard *new wave* qui va les palucher elle-même ! Je sais, c'est brutal et outrancier, mais, franchement, c'est du grand n'importe quoi. OK pour la chasse aux ignobles, aux dresseurs de fillettes, aux dompteurs de pauvres gosses qui turbinent à la cravache. Mais il y a encore du turf élégant.

Crois-en ma vieille expérience que des années d'intimité avec ces dames ont forgée, elles sont bien plus que des vidangeuses de solitaires. Beaucoup d'esseulés y vont surtout pour parler et pour qu'on les écoute. Eh oui, mesdames, la pérennité de la prostitution ne tient la plupart du temps qu'à vos lèvres ! D'abord, techniquement. Si étonnant que cela paraisse, la plupart des clients vont payer des fantaisies buccales que leurs légitimes leur refusent depuis toujours. Et puis, psychologiquement. Ils peuvent se confier sans précaution et sans scrupules. Et les professionnelles ont le talent de les écouter, de les flatter un peu, et de leur donner parfaitement l'illusion de les comprendre.

Voilà pourquoi je trouve que cette idée d'envoyer au bûcher ces sorcières bienveillantes est, pour le cas, une hérésie. Et je ne parle pas de l'éternelle hypocrisie. J'en connais une qui grâce à des fellations régulières a pu se payer un loft, une Mégane, et du Zadig et Voltaire de haute qualité. Encore une qui lève les jambes pour ne pas baisser les bras. Bon, elle n'est pas vraiment gagneuse officielle, mais elle bosse à la télé grâce à ça. Alors, elle commence où, la prostitution ? C'est quoi, la lisière ? Le trottoir ou le bureau ? Le passant ou le patron ? Le pervers ou le mari ? La main aux fesses ou la bague au doigt ?

— Et là encore, tu parles d'ambitieuses de salon, approuve Maman. Dans nos campagnes d'avant, c'était la nécessité qui faisait la gourgandine.

— Ah bon ?

— J'ai connu une bonne mère de chez nous qui se faisait prendre sur le coin de la table en échange d'un gigot pour nourrir ses cinq gosses. C'était pas du commerce, c'était de la survie.

— Tu aurais pu le faire ?

— Jamais. C'est une question de respect de soi. C'est une chose que je comprends, que je tolère, mais c'est chacun ses choix, et ça n'a jamais été le mien. Mon cul, c'était pas une boutique !

— Eh ben dis donc ! Quel vocabulaire, on dirait moi !

— On va appeler ça l'hérédité montante. Cela dit, je suis totalement d'accord avec toi sur l'utilité de ces dames. Surtout pour les disgracieux qui n'ont ni la beauté ni les finances pour se payer une aventure. À part favoriser une recrudescence du viol, je vois pas bien l'intérêt. Et puis c'est comme les cons, y en aura toujours... La preuve !

Tout est dit.

Je veux préciser que malgré ma solidarité aux dames d'amour, il y a longtemps que je n'en fais plus usage. Pas par un retour soudain de conscience bienséante, mais parce que leur « professexionalisme » s'est délité. Les tapins du temps jadis offraient des fantaisies uniques et des atours exceptionnels. La conversation était conviviale, le tarif discutable et les prouesses éclectiques. En fait, l'interdit leur était réservé. Aujourd'hui, le porno Web abordable pour tous a multiplié les spécialistes amateurs. Au point que les pros se sont noyées dans la masse. Et vu la multitude d'expertes qui n'en font pas commerce, comme disait le vieil Eram : « Il faudrait être fou pour dépenser plus ! »

Brassens avait déjà dénoncé, il y a bien longtemps, la menace de la concurrence déloyale des légitimes aux filles des rues. Aujourd'hui, c'est acquis et définitif. La bourgeoise de base tient, et de loin, le haut du pavé sexuel. Ne laissant au trottoir que des travailleuses pressées, mécaniques, habillées en tout le monde et tout juste aimables. Des sentinelles des « bars américains », aux occasionnelles qui racolent sur Internet, c'est service-service. Elles sont toujours confesseuses, bien sûr, mais l'oreille est distraite et le temps compté. La rentabilité, d'abord, mon bon monsieur, comme partout.

Tout se perd !

Mais bon, je suis un nostalgique chronique à cheval sur les convenances. À l'instar du casino que j'ai abandonné quand la vulgarité tonitruante des machines à sous a détrôné la discrétion feutrée des salles de roulettes, j'ai déserté le stupre organisé pour cause d'ordinaire. Si on m'avait dit qu'un jour, la pérennité de mes vices serait alignée sur l'élégance, je n'y aurais pas cru. Tu parles d'une rédemption inattendue !

Quoi qu'il en soit, même repenti, je reste solidaire. Que ce commerce soit combattu sans relâche dans ce qu'il a de plus avilissant et de plus humiliant, c'est essentiel. Mais il faut absolument qu'il perdure. Parce qu'il reste une soupape hygiénique et psychique incontournable pour les mal-aimés. Et *in memoriam*, celui que j'ai été aurait bien mauvaise grâce à jeter la pierre à ceux dont je ne suis plus. En conclusion : vive la fesse libre ! Et que Najat ne s'occupe que des siennes, qu'elle a fort belles au demeurant. Et ne prends surtout pas mes propos pour du machisme courant. Ce n'est, encore une fois, que l'expression obsessionnelle de ma dévotion à ce qui est pour moi le plus beau mot de la langue française : « Liberté. »

Et je suis reparti faire mon « tapin » à moi, de Bordeaux à Aix-en-Provence et de Hyères à Berck... Berck, presque Beurk ! Une nausée de plus. Pas pour la ville et son public formidable, bien au contraire. Non, pour une association d'idées on ne peut plus parlante. Dans la salle du palais des sports, alignés en bordure du millier de spectateurs, il y avait soixante fauteuils de handicapés. Physiques, mentaux. Une armée de paras. Pas chutistes, plégiques. Un commando de fans venu du centre de rééducation voisin. Certains la bave aux lèvres, d'autres le cou tordu. Tous assis à perpétuité. Et tous le cœur battant et le regard heureux et comblé à la fin. Je me suis mélangé, je les ai étreints, embrassés, caressés. J'ai posé pour des dizaines de photos, signé soixante dédicaces.

— Bou an pié...

— D'accord, mon bonhomme, pour Jean-Pierre.

L'élocution tordue, les gestes saccadés, ils m'ont agrippé, malaxé, étouffé. Un bain de plaisir. Et une allégorie tellement réconfortante. Parce que au moment de partir, en leur envoyant un dernier baiser à pleines lèvres, je n'ai pas pu m'empêcher de penser à mes handicapés à moi. Ceux qui m'agrippent, me malaxent et m'étouffent aussi. Mais sans me toucher. Eux aussi passent leur temps dans des fauteuils. Dans les bureaux de leurs immeubles de décideurs des médias. Handicapés du cœur à perpétuité.

Je ne m'attarderai pas. Surtout ne pas ressortir mon sempiternel couplet sur mon relatif mal-être dans le milieu cathodique. Je résume mes états d'âme mi-comblés mi-frustrés en une phrase : « À l'instar de tous les héros de ce livre, cette vie-là, j'y suis heureux comme un poisson dans l'herbe ! » Si je me laissais vraiment aller à cracher tout ce que j'ai sur le cœur, ce serait leur donner la corde pour me pendre. Remarque, ce serait une fin digne de ma part d'égrillard dont ils sont persuadés qu'elle est mon entité. Il paraît que ça bande, un pendu !

Et je suis donc reparti de Berck pour rejoindre Beurk, le cœur ravi, riche de ces quelques lignes de plus à ajouter à mon journal extime. Au cas où certains l'ignoreraient, et je pense qu'ils sont beaucoup, « extime » n'est pas un néologisme. Le mot existe vraiment. C'est un qualificatif relatif à la part d'intimité volontairement rendue publique. On est pile dedans. Avoir employé ce mot rare m'a donné une réelle satisfaction : mettre en valeur mon goût pour les belles lettres aux yeux de ceux qui croient encore que j'écris « papa » avec trois « p ». Je sais que Lélia va encore me dire que je me flagelle inutilement. Mais c'est une occasion de prouver qu'à défaut de talent, j'ai un bon dictionnaire !

Voilà, ça, c'est fait.

C'est totalement inutile, mais c'est fait. C'était mon auto-cadeau d'anniversaire. Avoue que je me contente de bien peu. Et ça me suffit largement depuis que j'ai choisi de ne plus fêter cette date assassine. D'ailleurs, pour me rajeunir un peu, j'ai décidé de compter les jours du mois présent en partant du début du mois d'avant. Donc, en cette nuit du 14 novembre, nous sommes le 45 octobre et j'ai cinquante-neuf ans.

Bon anniversaire, Patrick !

Minuit quinze.

Seul.

Absolument seul dans la maison d'en haut de mon antre à Martel. Bloqué dans la région entre deux spectacles voisins. Nana et Lily sont à Paris pour cause d'école à ne pas manquer. Je me dis que l'Éducation nationale aurait pu attendre, mais bon ! Il y a des moments où je ne comprends pas toutes les priorités. Déjà que j'ai débauché ma princesse quelques mardis après-midi pour la faire rêver aux répétitions du *Plus Grand Cabaret du Monde* ! Il paraît que les absences répétées sans autre motif que des microbes immobilisateurs, c'est une faute éducative. Alors soit ! Acceptons d'être père seulement. Je serai papa une autre fois.

Donc, seul.

Adorablement seul.

Avec Maman sur mon épaule et toi au bout de mes doigts qui martèlent (c'est le cas de le dire) le clavier avec délectation. Ma compagnie préférée. Donc, tout va bien. Et puis, le premier SMS. C'est Olivier, le saltimbanque énervé. L'ingérable. Le rebelle. L'effronté. Celui que tout le monde juge et que si peu comprennent. Je confirme, il est bourré de défauts. Et même, parfois, bourré seulement. Tellement mal élevé qu'il bouscule les autres pour passer devant. La preuve, c'est le premier à me souhaiter un bon anniversaire. Il sait bien, parce que je l'ai dit à tout le monde, que je déteste ça. Mais comme il refuse absolument d'être tout le monde, il sait aussi que, quand je dis ça, je mens. Il doit certainement être seul, lui aussi, cette nuit. Comme bon nombre de nuits depuis que l'amour absolu lui a fait des chagrins irréversibles et des enfants loin. Comme beaucoup. Comme un fils de personne. Moi aussi, je t'aime.

Et puis il y a eu la lettre de Marie, endormie dans la maison d'en bas. Ma petite-fille. L'enfant posthume de mon Sébastien, envolé en moto à dix-neuf ans. Depuis un an, je l'ai prise sous mon aile à mes côtés dans les spectacles et à la télé. Elle m'écrit que sa vie est enfin à la hauteur de ses espérances. Jusque-là, elle errait entre la jalousie commune des commères de tous poils et le manque de son papa. À vingt ans, elle m'a dit :

— J'ai compris qu'il fallait que je fasse quelque chose de ma vie le jour où je me suis aperçue que j'étais plus vieille que mon père.

Déjà, la formule était belle. Ce soir, dans la lettre que je parcours avec émotion, il y en a une encore plus belle :

— Je n'ai pas eu de père, aujourd'hui, tu es mon re-père.

Je me contenterai aussi de l'amour de celle-là. Et puis de celui de Denise, le deuxième SMS d'anniversaire à minuit trente. Normal. Heure tardive oblige. Maman m'a donné le jour, Denise m'a donné la nuit. Et avec ce cadeau, des centaines de complicités, d'outrances et de tendresses inoubliables. Reine parisienne des nuits libertines, j'ai été son prince préféré. Dans ce chapitre que je voulais consacrer aux vivants, j'aurais pu en raconter encore et encore. En codicille à *Vitriol Menthe*. Mais il y a, dans ces mémoires si vives, un côté « commémo » d'ancien combattant qui commence à nous attrister vraiment, elle et moi. Ça s'éloigne tellement vite. Alors, chut !

Elle ne pourra pas être là le 22 pour rencontrer Lélia. Elle sera en voyage à l'île Maurice. En retraite de libertinage depuis trois ans maintenant, elle écume la planète. Libre, curieuse et toujours passionnée à cinquante ans passés. Passés de beaucoup bien sûr. Mais elle tient à la discrétion sur son âge réel. Et comme je la comprends. Comme tous ceux qui ont vécu trop vite, elle estime que ce nombre qui grandit au fil des ans est un pointage pervers. Une sale encoche de plus sur l'arbre de vie. Elle a bien raison.

— Vous ne faites pas votre âge, lui a dit, un jour, une jeunette.

Elle a répondu :

— Je ne fais pas le tien non plus, hélas !

Moi aussi, le temps m'effraie. Je hais les sabliers qui filtrent nos plus belles plages. Je hais aussi le tic-tac des montres, ces bombes à retardement redoutables. Et je rêve d'un calendrier égrenant la semaine ainsi : lundi, mardi, mercredi, jeudi, vendredi, samedi, samedi, samedi, samedi, samedi, samedi, samedi... À perpétuité.

Aujourd'hui, j'ai eu cinquante-neuf ans... de trop !

Alors, vers deux heures de la nuit, je suis parti sinuer en voiture sur les routes de chez moi. Faire des arabesques lentes sous la lune claire. Ma vraie détente. Mon Prozac de campagne. Mon évasion essentielle. Ma came. De lignes blanches en pointillés. À cette heure-là, on ne croise presque personne. Un circuit privé. Ma balade préférée. Une de celles où naissent mes plus belles inspirations.

Et soudain, dans les phares, un « poisson dans l'herbe » ! Au détour d'un virage, j'ai esquivé de peu les jambes à moitié sur la route. Elle gisait dans le fossé, les yeux révulsés, suffoquant bouche ouverte. Un poisson rouge. La couleur de la robe de la femme étendue là, désarticulée. Je me suis garé, et je me suis précipité. Apparemment, elle ne souffrait d'aucune blessure. Au moment où je me penchais sur elle, des phares m'ont ébloui. Une camionnette s'est garée et un jeune homme en est sorti en courant. À dix mètres de moi, il a hurlé :

— Laissez, je vais m'en occuper !

Il était grand, sec, pâle, les yeux étonnamment cernés. Il m'a repoussé gentiment du bras avant de se pencher sur elle. J'ai demandé :

— Tu la connais ?

Il m'a répondu, la voix lasse :

— Oui, c'est ma mère. Elle a trop bu. C'est pas grave, j'ai l'habitude.

Il l'a chargée sur ses épaules et s'est dirigé vers la camionnette. La vision de ce gamin fragile avançant avec peine m'a bouleversé. Son fardeau devait peser bien plus lourd que la masse abandonnée qu'il transportait. Ça m'a renvoyé à ma littérature du moment. Comme un implacable retour des choses : l'enfant qui porte la mère. Après l'avoir calée sur le siège du passager, il est revenu vers moi.

— Merci de vous être arrêté.

— C'était la moindre des choses.

— Ben, non, vous êtes connu, vous étiez pas obligé.

Réflexion naïve et touchante. Comme si la célébrité me dispensait de l'assistanat. Je n'ai pas voulu me justifier. J'ai juste demandé :

— Ça lui arrive souvent ?

— Depuis qu'elle n'a plus de boulot, oui. Elle s'est fait virer au bout de dix-huit ans dans la même boîte.

Conditionné par le refrain quotidien des infos à la télé, j'ai avancé :

— La crise ?

Il a répondu, en me fixant droit dans les yeux :

— Quelle crise ? Vous croyez qu'ils ont attendu ça pour nous prendre pour des cons ? Mon père s'est suicidé il y a dix ans parce qu'on l'avait viré aussi. C'était pas la faute à la crise, c'est la faute à la vie. Faut être du bon côté du manche, c'est tout. Pour ceux qui commandent, on est pire que des bêtes, parce que des bêtes, ils en prendraient chez eux. Pas nous.

Tellement simpliste, tellement primaire et tellement vrai.

Les yeux presque suppliants, il a lâché :

— Putain, mais ça va s'arrêter quand ? Vous qui passez à la télé, dites-leur qu'on n'en peut plus.

J'ai menti :

— Je vais voir ce que je peux faire.

— Merci, m'sieur.

Et puis, il a eu un sifflement admiratif :

— Elle est belle, votre voiture. Elle doit coûter cher.

Je me suis senti gêné, coupable presque. Comme s'il avait lu dans mes pensées, il ajouta avec un grand sourire :

— Mais je vous en veux pas. Vous, au moins, vous nous faites rigoler.

Surréaliste. La route déserte, la lune pleine, un gosse révolté et prévenant, une mère en lambeaux, et moi balançant entre la fierté d'être un clown utile et la honte de mes cylindres en V. Encore un bout de vie insipide. Une rencontre de hasard. Sans éclat exceptionnel. Si ce n'est celui du miroir d'une société irrémédiablement brisée. Les hommes ne naissent pas libres et égaux. Ils naissent, c'est tout. Et après, ils se démerdent comme ils peuvent. Putain d'épisiotomie qui suture les mères au fil d'or ou aux barbelés ! Et on voudrait nous faire croire en Dieu ? Faudrait déjà qu'il croie en nous.

Le dimanche suivant, je suis allé chercher un ami à la gare voisine. Le train avait une heure de retard. Mon ami a touché le quai, blême et bouleversé.

— Une femme s'est jetée sous le train. C'était terrible, il y avait des morceaux partout.

Machinalement, j'ai demandé :

— Elle avait une robe rouge ?

Il ne savait pas. Et qu'importe ! Celle-là, une autre. Ce n'était qu'un fait divers. Deux lignes à peine dans le journal du lendemain. Pas pour s'apitoyer sur la victime. Non, juste pour dédouaner la SNCF de son retard. Et ce soir-là, pendant que nous dînions, mon ami et moi, télé allumée, on a pensé qu'on s'était trompés de programme. On se serait crus sur Piwi, la chaîne de dessins animés de ma fille. Jiminy Cricket et Droopy. Copé et Fillon. « C'est moi qu'ai gagné !... » « Non, c'est moi... » « Les autres, ils font rien qu'à tricher... » « C'est celui qui dit qui est ! »

Et ils nous ont encore gavés pendant des jours et des jours pour quelques voix d'écart. Sur cent soixante mille. Et les soixante-cinq millions de Français qui restent qui s'en foutent. Et les médias serviles qui en rajoutent et en rajoutent encore. Et les titres à la une. Et la moitié du journal du soir consacrée aux tours de passe-passe de Pipo et Mario. Clowns tragiques. Pantins à vomir.

Près d'une voie de chemin de fer, dans l'herbe au bord du ballast, encore un poisson désintégré. Surimi. Et dans l'aquarium en trois D, la danse des squales. En sirènes blondes, leurs colistières, languissantes, soumises et vulgaires. Et en piranhas, les journalistes dévots. Me sont venues des envies de trident, de harpon. Et en écho, la voix du fils du poisson rouge :

— Putain, mais ça va s'arrêter quand ?

Et pourquoi leur en voudrait-il ?

Eux aussi, ce soir-là, nous ont bien fait rigoler.

21 novembre. Quatorze heures quinze.

Comme j'avais un spectacle à Aix-en-Provence le 22, nous étions tombés d'accord, Lélia et moi, pour nous retrouver la veille au cimetière de Juillac. Le 52 octobre, donc. Assis sur le petit banc en face de la tombe de Maman, j'ai entendu la voiture arriver. La silhouette de la dame de compagnie s'est encadrée dans le portail d'entrée. Seule. Et, encore plus étonnant, souriante. Comme si, délestée de la mainmise de sa maîtresse, elle pouvait enfin exister.

— Madame m'a demandé de vous remettre ça, a-t-elle dit, aimable, en me tendant une lettre.

— Il y a un souci ?

Elle a tourné le dos et s'est contentée de lancer :

— C'est dans la lettre... Bonne journée.

L'écriture était désordonnée, mais parfaitement orthographiée.

« *Cher Patrick,*

« *Je ne pourrai pas être à notre rendez-vous. J'ai dicté cette lettre à Aurélie, ma dame de compagnie. Je sais qu'elle arrivera à bon port. Même si je suis un peu dure avec elle et qu'elle me le rend bien, j'ai tout à fait confiance. C'est elle aussi qui tape mes SMS. En lui dictant ces mots, outre le fait de t'informer de la solidité de notre relation malgré les apparences, c'est aussi un bon moyen de l'assurer de mon amitié sincère, puisque à l'instant, c'est elle qui écrit ces mots. Il y a tant de façons originales d'avouer aux gens qu'on les aime bien sans se risquer à le leur dire en face. Question d'orgueil et de hiérarchie. Ou peut-être simplement de pudeur, allez savoir ! Bref, revenons à nous. Si je ne suis pas à notre rendez-vous, c'est bien malgré moi. J'ai eu le malheur de faire une mauvaise chute. Ce n'est pas très grave, mais je suis immobilisée au moins pour deux semaines. J'aurais pu te proposer de venir me rendre visite chez moi, mais je n'y tiens pas. En tout cas, pas pour l'instant. Un jour, sûrement, mais c'est encore trop tôt. J'aurais pu aussi annuler notre rendez-vous au cimetière. J'espère que tu m'en excuseras, mais je me suis permis une incursion dans ta vie dont je ne suis pas coutumière. Je ne me mêle jamais des affaires des autres.*

Mais là, au point où en est notre intimité, j'ai jugé bon de te pousser au souvenir malgré toi. Je sais que tu ne voulais pas te rendre sur la tombe de ta Maman pour des raisons que tu as parfaitement expliquées. Cette nuit, une petite voix m'a demandé de t'y obliger. Qui ? Pourquoi ? Je n'en sais absolument rien. Ce que je sais seulement, c'est que tu es là-bas et que ta Maman doit en être heureuse. Voilà. J'espère que tu me pardonneras. Voyons-nous dès que je serai sur pied. Je te souhaite un bon sixième mois de grossesse. Continue à nourrir ton enfant-livre d'indignations et de colères utiles, mais n'oublie pas l'espoir, l'audace, le défi. Dis-leur que l'impossible ne l'est jamais tout à fait. »

J'ai suivi les conseils de Lélia dès le lendemain. Les plus belles victoires sont celles qu'on gagne sur soi-même. Après quinze ans de claustrophobie maladive qui m'interdisait tout voyage en avion, je me suis fait violence. Le 22 novembre, j'ai embarqué sur le vol Paris-Marseille. À l'heure exacte où Maman était partie, il y a quatre ans, j'ai décollé. Exprès. En synchronicité de combat. Pour gagner sur moi ce que j'avais perdu près d'elle. Pour dompter mes deux plus grandes paniques : vivre sans elle et sans ailes.

Alors, je vis et je vole.

Il est quinze heures. J'ai baissé la tablette et sorti l'ordinateur. J'écris sans angoisse, le cœur léger. L'événement est insignifiant. Mais nous sommes tant à faire chaque jour des pas de géant pour nous qui ne sont que des avancées de fourmi pour les autres. Il n'y a que nous à savoir l'effort surhumain que cela représente. Le timide maladif qui ose un simple sourire à la machine à café. L'alcoolique en rémission qui refuse le verre de trop. L'arachnophobe qui épargne l'araignée du soir. Pour l'espoir. Je pense souvent à tous ceux-là quand, en première partie de mes spectacles, je croise une gamine terrorisée, décomposée, à l'idée d'affronter son premier public. Et quand elle sort sous les applaudissements tout juste polis, il y a toujours un idiot pour me dire :

— Pas terrible... Elle a un beau cul, c'est tout... Allez, c'est à toi maintenant. Bon courage !

Du courage, j'en aurai bien moins besoin qu'elle.

Il y a deux moralités à ça. D'abord, chaque dépassement de soi est admirable. Quel que soit l'obstacle à franchir. Et ensuite, il n'y a que les vrais salopards pour se moquer des hardiesses futiles. Prendre l'avion pour moi aujourd'hui est un véritable exploit. Un peu comme si, après des années d'un engagement politique d'opportuniste, Noël Mamère devenait vraiment écologiste ! Bon, ça, c'est gratuit. De la vanne pour la vanne. C'était pas obligé, mais j'avais envie. Et je fais toujours ce dont j'ai envie. Dans tout. L'humour, l'humeur, l'humain. Quitte à être grossier, injuste, maladroit ou stupidement primaire comme là. Sans calcul ni précaution. En me foutant royalement de ce qu'on va penser de moi. Comme Maman m'a appris :

— Ne te vois jamais avec le regard des autres. C'est comme ça qu'on devient aveugle !

Ça vient de là, l'image de beauf lourdingue que je trimballe en bandoulière depuis des décennies. J'adore. Surtout quand une pintade de salon, séduite dans l'intimité par mes bienveillances inattendues et mes si secrètes bonnes manières, s'extasie :

— Je ne vous imaginais vraiment pas comme ça !

C'est quand même mieux que le contraire, non ?

C'est mon dernier conseil de novembre : « Expose ostensiblement tes outrances. Sans parure, sans masque. Seuls les inutiles n'y devineront pas tes qualités. Tu y perdras l'estime des cons, ce qui ne constitue pas un préjudice conséquent. Mais tu y gagneras du temps à ne consacrer qu'à ceux qui le méritent vraiment : les importants, les indispensables, tes vraies amours, tes vrais amis. »

Moralisateur ?

Non, lucide, et, à cinquante-neuf ans, enfin serein et comblé.

Et puis, t'as vu : je vole !

Je ferme les yeux et je me souviens de mon premier embarquement. Sur le tarmac de la place du village, à Juillac. J'avais cinq ans et Maman me serrait dans ses bras.

— Tu préfères le camion rouge ou le cochon ?

— Non, ze veux l'avion !

Et elle m'a glissé dans le cockpit de l'avion du manège. Le forain commandant de bord a annoncé le départ.

— Allez, roulez, petits bolides... Et un tour gratuit pour celui qui attrape la queue du Mickey !

Et puis :

— Attachez vos ceintures, nous abordons une zone de turbulences.

Ça, c'est à l'instant, alors qu'on amorce la descente sur Marseille. J'entends encore, loin dans ma tête, la musique de la fête de mon enfance. Le crépitement du stand de tir, les rires, la fanfare au loin. Et puis, à fleur de paupières, scintille le kaléidoscope des lumières multicolores.

Quand l'Airbus s'est posé enfin, Maman m'a dit doucement à l'oreille :

— J'ai quelques jours de retard, mais bon anniversaire quand même, mon petit.

— Merci.

— Il te plaît, ton cadeau ?

— Oui, Maman.

Décembre 2012. Sixième mois.

Le plus délicat. Le plus cruel pour les blessés de la vie. Parce qu'à la fin c'est Noël. La trêve. La prétendue nuit de paix. Un paradoxe étoilé. La nuit où l'on fait le plus la guerre à nos souvenirs. Celle où les cadeaux aux enfants nous ravissent et où nos mémoires pleurent. Des yeux émerveillés de ceux qui restent, aux larmes enfouies à la réminiscence de ceux qui sont partis.

Noël.

La fête des cadeaux et des deuils.

La fête des présents et des absents.

Heureusement que le père Noël n'est pas une ordure. Ah, non ! Puisque Lily y croit encore. Donc, il existe vraiment. La preuve, elle lui a écrit et il a répondu. Il lui a même envoyé un message vidéo personnalisé. À dix euros. Il était magnifique dans son costume rouge et blanc. Le look que lui a imposé depuis bien longtemps une promotion Coca-Cola. Pour ceux qui l'ignoreraient encore, le père Noël doit les couleurs de sa parure à une volonté des marchands du fameux soda. Cette année, il va encore trimballer dans son lourd traîneau des consoles Nintendo, des écrans Sony, des mobiles Samsung, des tablettes Apple, etc. Putain, le chiffre d'affaires ! Comme dit mon pote Maurice :

— Bah, bah, bah, comment qu'il est fort, celui-là ! Sur la vie d'ma mère, c'est le roi du chargement. Un traîneau pourri, quatre rennes, et huit cent mille tonnes de fret. Quand je pense que je mets à peine trois télés et deux frigos dans ma camionnette Darty !

Pourvu que la sévérité fiscale du moment ne nous le taxe pas à 75 %. Manquerait plus qu'il s'exile sur une autre planète ! J'exagère, bien sûr, Noël, ce n'est pas qu'un gigantesque marché couvert. Couvert par la tradition, bien sûr. C'est surtout la célébration de la naissance du plus divin des enfants. Heureusement que c'était il y a plus de deux mille ans. Ça a pu se passer sans trop de médiatisation. T'imagines aujourd'hui le patacaisse ! Allez, on s'amuse un peu. Laurent Delahousse ouvre le journal de vingt heures avec l'info du jour :

— C'est le titre principal de l'actualité : l'accouchement que tout le monde attend est imminent. Nous rejoignons notre envoyé spécial à Bethléem. Alors, dites-moi, Patricia, où en sommes-nous ?

— Eh bien, Laurent, ici, c'est une cohue indescriptible. Les médias de la terre entière se sont donné rendez-vous devant l'étable la plus connue du monde. Marie et Joseph sont arrivés il y a quelques heures, escortés d'une nuée de gardes du corps et de photographes. Ils n'ont voulu faire aucune déclaration, mais, d'après nos informateurs, la naissance de l'enfant devrait intervenir d'ici trois ou quatre heures. Le sexe de ce bébé est encore inconnu, mais tout porte à croire que ce serait un garçon, comme l'ont démontré toutes les études statistiques.

— Bien. Nous revenons dans quelques instants vers vous, Patricia, le temps de survoler le reste de l'actualité... En football, le Barça a encore terrassé son adversaire du jour 5 à 1, dont trois buts de Lionel Messi. Ce qui va certainement faire plaisir à Joseph qui, paraît-il, est un fervent supporter de la star. Je me tourne vers notre spécialiste... Jean-Pierre, est-il envisageable que le père du divin enfant choisisse le prénom de son fils en fonction de l'adoration qu'il a pour Lionel Messi ?

— Ce n'est pas impossible, Laurent. Joseph et Marie sont des fans de la première heure. Messi est une icône. Messi a des dons surnaturels. Messi, pour certains, est même un envoyé de Dieu sur terre. Donc, je peux l'affirmer sans gros risque de me tromper : l'enfant qui va naître s'appellera Lionel !

— Jospin ne sera plus le Lionel le plus connu de France ?

— Non, mais il restera le Jospin le plus connu du monde.

— C'est vrai que, vu comme ça !... Bien, nous retournons à Bethléem où on nous annonce l'arrivée imminente de Bernard-Henri Lévy à la tête d'un groupe de manifestants. Dans ses récentes déclarations, il s'est élevé violemment contre les dangers de la médiatisation à outrance de phénomènes sans grand intérêt au détriment des vrais enjeux de la planète. Et c'est à ce titre qu'il a décidé d'exprimer son ras-le-bol devant les télévisions du monde entier.

— Une dernière question, Patricia. Pour écrire des conneries pareilles, vous ne croyez pas qu'il se drogue, Sébastien ?

— Pas à ma connaissance, Laurent. Mais je vous donne rendez-vous lundi prochain pour en savoir plus dans notre grand débat d'actualité qui mêlera questions de société et parmesan. C'est moi qui en ai déterminé le contenu. Le titre suscite déjà la polémique, c'est vous dire si on va se gaver en parts de marché.

— C'est quoi, ce titre ?

— « Et si on éteignait la télé pendant qu'on mange ! »

— Bien. Avant de nous quitter, Patricia, une dernière info qui m'arrive à l'instant : t'es virée, ma grande !

— Merci, Laurent.

Il faut bien rire un peu. Je vais tellement pleurer. De tristesse, de manque, mais sûrement aussi de joie quand je verrai s'illuminer les yeux de ma princesse à moi. Ma Lily inattendue. Mon cadeau quotidien. Ma beauté. Bien sûr que c'est la plus belle. Magnifique comme ils sont tous, même fripés, même chétifs, même bancals. « Il est né le divin enfant ! » dit la chanson. Ils sont tous divins. Même si j'en ai connu un qui était un peu plus divin que les autres. Réellement. En ce mois de célébration catholique suprême, je vais te raconter un conte de Noël en été. L'été 1981. Et la rencontre d'une Marie, pas vraiment sainte, et plus vierge du tout, mais madone quand même. En tout cas, c'est comme ça qu'elle m'est apparue.

Encore une de mes « vagabondes magnifiques ». Une conquête d'un soir, comme j'en collectionnais tant à l'époque. Une passante du clair de l'une. Avant de passer au clair d'une autre. C'était à la fin du spectacle. Chaque soir, en bordure du podium itinérant, une fois la foule partie, une guirlande de filles restait accrochée aux barrières. En attente d'un autographe ou plus si affinités. Les plus sages juste pour une griffe, les plus hardies pour l'animal sauvage en entier. C'est une des lois immuables du show-biz. Que l'artiste soit beau ou pas. La colle de l'affiche est un attrape-mouches.

Son surnom lui allait bien. La « Brindille » était menue, légère. Une petite brune aux cheveux courts montée sur des talons fins. Elle avait des draps de lit dans les yeux. Tu sais, ce regard gai et insouciant qui attise sans préalable, sans jeu de séduction inutile. Sans convenance. Sans contrefaçon. À peine dix minutes de paroles en l'air, et je lui ai proposé :

— Je peux venir boire un prétexte chez toi ?

La question qui pose tout en une phrase. Pourquoi faire croire qu'on a envie d'un café quand on ne vient que pour le sucre ? Elle a accepté sans aucune défiance. Je l'ai donc suivie dans son petit rez-de-chaussée au cœur d'une résidence d'Angoulême. L'amour qu'on a fait a été joyeux, tendre et inventif. J'ai toujours adoré ces incursions intimes dans la vie de mes passantes. Autant que l'étreinte elle-même, le plaisir de m'immiscer dans leur univers de poupée volage me fascine. Avec cette jouissance de curieux d'essayer de deviner les secrets à travers le décor, les objets, les parfums. Ici une peluche, là une photo, un bouquet de fleurs fanées, un porte-jarretelles dans un tiroir, une bouteille de liqueur, le Pierrot qui pleure dessiné sur la porte des toilettes. Des indices pour détective très privé. Et puis partir sans aucune promesse de se revoir. Cambrioleur cabrioleur qui ne laisse pas d'empreinte.

D'habitude, je ne m'attarde pas après. Quitte à puiser dans toutes les excuses bidons du fuyard assouvi comme nous le sommes tous. Là, l'intimité joyeuse, l'étonnante insouciance de la jeune fille m'ont poussé à flâner. De petits verres en cigarettes, on a prolongé jusqu'au petit matin. La « Brindille » m'a raconté sa « p'tite » vie. Sa « p'tite » taille qui la poussait dans les bras des grands.

Son « p'tit boulot ». Sa « p'tite fille » qu'elle élevait seule et que gardait ce soir-là sa « p'tite maman ». Sa « p'tite » voiture. Ses « p'tits » amis. Ses « p'tits » plaisirs. Bienvenue chez les « p'tits » ! Rien d'extraordinaire jusqu'à ce que je remarque une photo sur un guéridon du salon. La « Brindille » y souriait de toutes ses dents aux côtés d'un prêtre assez joli garçon. J'ai plaisanté :

— Des curés beaux comme ça, j'en ai vu qu'au cinoche !

Elle a répondu, avec un sourire tendre :

— C'est le père de Fleur.

— Tiens, c'est marrant ça, ai-je relevé. Il y a dans la troupe un danseur qui s'appelle aussi Defleur. C'est un bon copain. Ils sont peut-être parents.

Et le plus naturellement du monde, elle a dit :

— Non, Defleur, c'est pas son nom. Fleur, c'est ma fille. C'est son père. Son papa, si tu préfères.

J'ai ouvert de grands yeux.

— Ben merde alors !

— C'est une photo qui a été prise le jour où on a fait ma fille. Celui où on s'est rencontrés d'ailleurs. C'est la seule, puisque de toute façon on s'est jamais revus.

Elle avait dit ça avec le sourire. Sans émotion apparente. Et elle a enchaîné dans un éclat de rire :

— Y en a qui rentrent dans les ordres, là, c'est les ordres qui me sont rentrés dedans !

À ce moment-là, j'ai cru qu'elle avait dit ça juste pour le plaisir du bon mot.

— Tu plaisantes, bien sûr ? ai-je lancé en riant à mon tour.

— Pas du tout. Tiens, d'ailleurs, regarde la photo de ma fille sur la télé, elle lui ressemble, non ?

Effectivement, Fleur avait les mêmes yeux clairs et le même visage d'ange. La « Brindille » m'a alors raconté dans les détails la belle histoire. Un coup de foudre ordinaire. Elle avait accompagné sa maman à Lourdes. Malade d'un cancer du sein, et tout juste croyante, elle avait voulu tenter le « pourquoi pas ? » qui draine dans la ville miracle des milliers de désespérés et remplit tant le tiroir-caisse des commerçants de Dieu. La soirée au gîte avait été conviviale et festive. Quelques jeunes en pèlerinage et un beau prêtre guitariste avaient fait de la veillée un instant irréel tout en joie et en partage.

J'ai demandé :

— Il t'a draguée ?

— Non. Ça s'est fait comme ça. Des sourires, des regards et quand tout le monde est parti se coucher, on est restés tous les deux. J'étais sous le charme. Il a chanté une chanson juste pour moi et j'ai pas pu résister. Je l'ai embrassé sur la bouche.

— Il s'est laissé faire ?

— Ben oui... T'as résisté, toi ?

— Moi, je suis pas curé.

— Et alors ?... Tu sais, on a beaucoup parlé. Pour lui, Dieu était amour quelle qu'en soit la forme. La chasteté, c'est dans les bouquins. Ils sont bien plus nombreux que tu crois à faire l'amour quand ils en ont envie. D'ailleurs, il le faisait très bien. Crois-moi, c'était pas la première fois.

Elle me racontait ça tranquillement, comme elle l'aurait fait d'une aventure de discothèque. D'un coup, étrangement, notre relation de passage avait une valeur ajoutée. Comme si le fait d'avoir « servi dans le même corps » qu'un homme d'Église rehaussait ma performance d'un soir. Avec humour quand même. Je n'ai pas pu m'empêcher de réveiller le petit Audiard qui sommeille toujours en moi : « Si le liturgique se recycle dans le plumard, on n'est pas sorti de l'église ! Les cuisses de grenouilles de bénitier vont trembler sur les prie-Dieu. Adieu l'hostie ! De la lamelle à l'intégrale. Mange, ceci est mon corps ! Y aura foule pour les plaisirs de la chaire. Dans les dents, la soutane, dans les dents ! »

Et puis j'ai rangé mon Michel et mon sourire pour demander plus sérieusement :

— Et t'es tombée enceinte sur un seul coup, comme ça ?

— Ben oui ! Mais il ne l'a jamais su.

Là, son visage s'est transformé. Elle est devenue grave. Sérieuse et étonnamment sereine. Nimbée de quelque chose de divin. Madone presque. Et elle a dit d'une voix douce :

— En fait, je l'ai un peu piégé. Je lui ai dit que je prenais la pilule, ce qui n'était pas le cas. Je n'étais sûre de rien, mais il y avait une chance que ça arrive.

— Tu l'aimais à ce point-là ?

— Même pas. On peut pas aimer « à ce point-là », comme tu dis, un homme qu'on ne connaît que depuis quelques heures, et qu'on ne reverra sans doute jamais. Qui plus est, un prêtre. En fait, j'ai fait ce qu'on pourrait appeler un sacrifice d'amour.

— Un sacrifice d'amour ? ai-je répété, de plus en plus captivé par cette histoire de fou.

— Oui. Maman était très malade. Et j'aurais tout fait pour ne pas la perdre. Même le plus impensable, le plus stupide aux yeux de n'importe qui.

À ce moment-là, des « p'tites » larmes ont coulé sur ses joues. Elle les a essuyées d'un revers de main et, tête basse, m'a murmuré :

— Je me suis dit qu'en portant dans mon ventre l'enfant d'un prêtre, Dieu nous accompagnerait partout et que peut-être maman s'en sortirait.

J'étais abasourdi. Ma petite escapade grivoise tournait au roman mystique. J'ai murmuré à mon tour :

— Et alors ?

Elle a retrouvé son sourire en un éclair et m'a dit :

— Alors, maman s'en est sortie. Elle va bien. Ma fille aussi. Donc j'ai eu raison. Elle est pas belle, la vie ?

Oh, que oui ! Elle était bien belle la vie, ce matin-là. En serrant la « Brindille » contre moi de toutes mes forces, je lui ai murmuré à l'oreille :

— Merci de m'avoir confié ce beau secret. Je ne le répéterai à personne.

— Mais tu peux, j'ai pas honte !

Je suis reparti de chez elle le cœur léger et la tête pleine de réflexions. D'habitude, les images des ébats m'accompagnent. Les parfums de peau me font escorte tout au long du voyage retour. Là, je revoyais en boucle la photo de Fleur et de son papa si particulier. Les images de la belle histoire. Même si j'ai trouvé une autre explication au « miracle » de la guérison de la maman. Moins irréelle, mais peut-être plus plausible. L'arrivée de Fleur avait dû donner à la malade des forces nouvelles, une raison de plus de se battre. C'est si souvent le cas. L'humain a tant de réserves qu'il ne soupçonne pas lui-même. Mais, pour la beauté de l'histoire, accordons quand même le mérite de la guérison à Dieu, ou tout au moins à son « inséminateur » de passage. Et ayons une dernière pensée tendre et sucrée pour la « Brindille », ma madone d'Angoulême.

Encore une histoire d'amour. L'amour, toujours l'amour. Je sais que je suis pour la énième fois dans ma propre caricature. Mais franchement, il y a quoi d'autre qui vaille vraiment la peine ? Il y a quoi d'autre qui vaille vraiment la joie ? En ce sixième mois de grossesse, si je t'ai raconté ce « p'tit » bout de femme au destin étonnant, c'est pour nourrir mon enfant-livre d'une certitude qui trouvera un écho dans quelques lignes : tout peut arriver, même le plus imprévisible, le plus incroyable. L'inimaginable est réalisable à chaque instant.

Cet écho inattendu est sorti de la bouche de « François Ier *bis* ». Assis dans le canapé du bureau présidentiel, il m'a regardé, grave et presque inquiet, et a lâché en appuyant son affirmation d'un hochement de tête :

— Aujourd'hui, l'impensable devient possible !

C'était au début du mois. Une petite heure d'entretien informel avec le nouveau locataire de l'Élysée. Un rendez-vous qu'on s'était promis en quittant Brégançon, cet été. Histoire que je lui délivre mon ressenti, mes sondages à moi glanés au plus près de cette France profonde que là-haut ils connaissent si mal. En pleine guerre des clowns Flippé et Couillon, je lui ai remonté la lassitude et le dégoût d'en bas. Je ne lui ai rien appris. Cette mascarade qui aurait pu le satisfaire l'inquiétait bien plus qu'elle ne le réjouissait. J'y ai cependant ajouté une nouveauté. Une de ces prémonitions que j'avais coutume de confier à Chirac, à l'époque de son règne. J'ai toujours estimé ce privilège d'informateur non appointé comme un devoir. Il serait présomptueux de penser que ces quelques confidences puissent influer de manière significative sur l'action de nos chefs. Mais qui sait ? Il est toujours bon de tatouer l'inconscient de nos décideurs de certaines tendances qui échappent à leurs conseillers, bien trop près de la cime pour apercevoir la base.

« Quand on est au sommet de l'arbre, on ne voit plus l'arbre ! » me disait toujours Maman.

J'ai donc confié à François mon inquiétude du moment :

— Tu sais, jusqu'à il y a quelques mois, le Front national me paraissait de plus en plus présent, mais pas au point de gouverner un jour. Là, pour la première fois, je pense que c'est envisageable. La peur, le dépit, le dégoût, le désenchantement. Et la pantomime des clowns n'a rien arrangé.

— Tu as raison. L'impensable devient possible. Et pas seulement en France. Partout dans le monde. La Belgique peut se scinder, des pays entiers peuvent tomber sous la coupe de terroristes, une faillite totale n'est pas à l'ordre du jour, mais pourquoi pas ? Et inversement, l'embellie miraculeuse est envisageable aussi. On n'est à l'abri d'absolument rien.

— En tout cas, pour ce qui est de chez nous, tu es condamné à réussir.

— Je sais. Ça ne sera pas facile. Mais j'ai choisi la tâche en connaissance de cause.

— Ils disent que tu ne sais pas où tu vas.

— Oh que si ! La seule question est : est-ce que j'y arriverai à temps ?

Et j'ai contemplé quelques instants le petit homme grand. Ni pire ni meilleur que les autres, encore une fois. Juste un peu plus humain. En lui demandant la permission de dévoiler la réponse dans ce livre, je lui ai posé la question qui me brûlait les lèvres depuis que j'étais entré :

— Est-ce que l'homme qui a été élu par la majorité du pays n'est pas le plus seul de France ?

Sans hésitation, il a répondu :

— Bien sûr que si. D'abord parce que j'ai été le seul à être élu. Et puis tu sais, quand un client n'est pas content, sa première réflexion c'est : « Appelez-moi le directeur ! » Pour moi, ils sont des millions tous les jours à dire : « Appelez-moi le directeur ! »

Alors, en farceur, je lui ai parlé de ma nouvelle chanson, dans laquelle je lui adresse autant qu'à moi mon petit message : « C'est bien fait pour ta gueule, il fallait pas y aller ! » Il a éclaté de rire et a approuvé :

— T'as raison, c'est bien fait pour ma gueule !

Un poisson dans l'herbe, lui aussi. Un humaniste suffoquant en bordure de courant où défilent, de méandres en remous, la finance, les orgueils, les privilèges et les injustices. Je ne suis pas du tout certain d'avoir bien fait de voter pour lui, mais je suis assez satisfait de ne pas avoir voté contre.

Allez, une dernière confidence qu'il m'a autorisé à rapporter ici :

— La nuit, depuis que je suis président, je me réveille régulièrement à trois heures et demie pour me rendormir une demi-heure après.

— Exprès ?

— Non, comme ça. Mais c'est là que je calcule tout, que je fais le vrai bilan, les prévisions. J'ai l'esprit totalement libéré. Cette fenêtre est déterminante. Loin du tumulte, des avis, des conseils. Ce qui est lourd me paraît plus léger.

Ce jour-là, l'homme « normal » de l'Élysée m'a avoué dans son bureau doré que ses décisions de plomb étaient prises sur un oreiller de plume. Autour d'un petit café apporté par un huissier guindé, j'ai passé un moment d'amitié ordinaire avec un président de la République tout en humour et en abnégation. Et puis le lendemain, dans l'arrière-salle du bowling de Rodez entre charcuterie et viande de l'Aubrac, j'étais assis au milieu d'une tablée de musiciens et de copains maquignons et ouvriers. Entre leurs rires et leur détresse. Leurs doutes et leurs colères. Leurs « Appelez-moi le directeur ! ». Les heures supplémentaires supprimées, l'insécurité, la persécution des contrôleurs de tout qui paralysent les initiatives, les surtaxes, les injustices, j'avais déjà tout étalé la veille au président. En émissaire privilégié. En porte-voix. Entre les puissants et les rampants. Les privilégiés et les sacrifiés. Oh, comme je te le confiais plus haut, il y a bien peu de chances que mes ressentis exprimés puissent avoir une réelle influence sur le cours des choses. Mais, après tout, pourquoi pas ? En tout cas, ma conscience se satisfera de cet exercice de cirque. Le bonheur du funambule. Sur la corde tendue au-dessus du précipice qui sépare les uns des autres. Tenter à la fois de motiver le roi et de rassurer les sujets. Sans autre récompense que le bien fait. Et ça, ça vaut tout l'or du monde.

J'avais dit au président avant de le quitter :

— Tu sais, François, même si tu me prends 75 %, ma richesse est ailleurs.

Il avait répondu :

— Je sais. Et je t'envie. Merci pour ton amitié et ton humanité.

Et tu veux que je commande quoi d'autre au père Noël ?

Mon miroir me suffit.

Tu vois, Lélia, je ne me flagelle pas tout le temps !

Et puis le père Noël est passé quand même. En avance. Et en deux nuits. Celle du 5 au 6 et celle du 6 au 7 décembre. Avec dans sa hotte un cadeau à mon humanisme. Un cadeau pour toi aussi si tu sais trouver la bonne moralité à cette fable d'hiver : « Le Mollusque et le Lion. »

Au soir du 5 décembre, après une journée harassante de répétition au studio de Bry-sur-Marne, j'ai rejoint comme d'habitude mon bureau dans le 8e arrondissement. J'avais préparé toute la journée l'enregistrement du grand show du lendemain : *Le Plus Grand Cabaret du Monde sur son 31.* Quatre heures de programme pour le passage à l'année nouvelle. Un spectacle grandiose retransmis simultanément grâce à TV5 Monde dans près de deux cents pays.

Nous enregistrons quelques semaines à l'avance pour des raisons pratiques. Le soir du 31 décembre, tous les artistes sont en représentation de-ci de-là. Alors si on veut en avoir un maximum, on fabrique, on pressurise et on congèle pour servir chaud le moment venu. Du rêve en boîte. Parce que la télé d'aujourd'hui est faite ainsi. Une illusion permanente. Mais ce n'est pas très grave, puisque nous ne vendons que des paillettes. Ça l'est beaucoup plus quand il s'agit d'informations prédécoupées, formatées et choisies. Mais je ne m'attarderai pas. Le débat serait trop long. Et surtout inutile. Le journalisme a un avantage immense sur le divertissement : c'est lui qui juge de ce qu'il est. Son arrogance sur le reste du monde, qu'il soit artistique, politique ou sociétal, n'a d'égale que son indulgence envers le sien. C'est ainsi. Et le dire est déjà s'exposer à ses foudres. Alors, silence !

Je m'apprêtais donc à rejoindre mon bureau lorsque après avoir passé la porte du hall de l'immeuble, j'ai aperçu une forme allongée à droite de l'entrée. Un homme avachi, enfoui sous des hardes douteuses, les pieds nus dans des chaussures éventrées. Il arrive de temps en temps que, par grand froid, un clodo réussisse à se glisser par une porte mal refermée au chaud d'un immeuble. Les propriétaires leur font la chasse. Pensez donc ! Des voleurs de degrés centigrades ! Comment osent-ils, ces manants, venir chaparder des bouffées de radiateur en toute impunité ?

Je me suis penché sur lui.

— Ça va ?

Il a grogné un peu, puis s'est redressé lentement, en articulant avec une voix de rogomme :

— OK... OK... Je m'en vais.

En lui posant doucement la main sur l'épaule, je lui ai dit :

— Mais non, c'est bon. Tu peux rester... Mais essaie de te barrer avant le jour, ils vont t'emmerder.

Il a écarté l'écharpe qui lui recouvrait le visage. La peau était tailladée. De rides et de cicatrices. La parfaite image d'Épinal. Il avait le cheveu gris sale, les dents jaunes et le regard larmoyant. Un clodo comme dans les films, quoi ! Un ancien beau devenu moche. Une gueule, comme on dit.

— Ah, mais j'te connais toi, a-t-il lancé. T'es... Comment qui s'appelle ?... Sabatier, c'est ça ?

— Presque... Sébastien.

— Ah ouais, le mec de la télé.

— C'est ça.

— T'es gentil, mon pote. Alors, c'est vrai, j'peux rester un peu ?

— Bien sûr.

Au moment de me diriger vers l'escalier, j'ai entendu dans mon dos.

— Eh, machin... Euh... Sabatier... Tu me descendrais pas un petit café ? Mais faut pas que ça te dérange. Réveille pas ta bourgeoise pour ça !

J'ai souri et je suis revenu vers lui.

— Y a pas de bourgeoise. Ici, c'est mon bureau, y a que ça dans l'immeuble. Et à cette heure-ci, il n'y a que moi. Allez, suis-moi, je vais te le faire là-haut ton café.

Et nous avons passé une demi-heure bien au chaud dans mon bureau luxueux. Il était assis du bord des fesses sur mon canapé blanc, comme pour l'épargner. Son regard tournoyait de l'écran plasma aux fauteuils. Il répétait presque toutes les cinq minutes : « Putain, c'est chouette ! » Et on a parlé, parlé. Tu penses bien que l'occasion était trop belle de nourrir mon enfant-livre.

— Encore un cadeau de toi, je suppose, Maman ?

— C'est possible.

— Cadeau empoisonné quand même lorsqu'on connaît la suite.

— Pas sûr ! Tes lecteurs jugeront.

La suite, c'est d'abord son parcours, sa descente aux enfers. Rien de bien original, hélas ! Quarante-cinq ans seulement dans un corps de soixante. Déchéance oblige. Une rupture avec sa femme et puis la déprime, le boulot qui part aussi, et la dégringolade. Un étage, deux étages et le caniveau. Et au bout le cauchemar et la perte totale d'identité. Juste un surnom, le « Mollusque » gracieusement offert par un flic en patrouille, que ses potes de galère se sont empressés de lui coller pour la vie. Il était clair dans son raisonnement assez primaire, mais instinctivement cohérent. La colère bien sûr contre une société impitoyable. Et puis une résignation calme. Aucune issue. Pas de sortie. Avec une métaphore surprenante :

— Tu sais, quand j'étais gamin, dans les fêtes foraines, y avait le « Rotor », t'as connu ça, toi ?

— Bien sûr, lui ai-je répondu. Un truc qui te collait à la paroi par la force centrifuge.

— Eh ben, c'est ça, nos vies à nous. Ça tourne trop vite. On est collés au mur, on peut plus rien faire.

Il avait pioché cette image dans sa mémoire de forain. Alors, on s'est mis à parler de manèges, d'autos tamponneuses, de barbe à papa. Et puis, d'un coup, il s'est levé et il est parti vers le couloir. Le temps de me lever de mon siège de bureau et je l'ai retrouvé agenouillé devant le sapin de Noël dans l'entrée. Il pleurait.

— Mes deux petits, je sais pas où ils sont. Je les verrai plus jamais.

On était en plein mélo. Il manquait plus qu'il m'annonce une maladie incurable et le tableau était complet. J'ai posé la main sur son épaule, presque en larmes moi-même, en proposant :

— Y a une cuisine à côté, tu veux manger un morceau ?

— Oui... C'est vraiment gentil.

En ouvrant le réfrigérateur, j'étais prêt à lui faire un grand sac avec tout son contenu. De tous mes « poissons dans l'herbe », c'était certainement le plus attachant. Tu parles d'un « poisson dans l'herbe » ! Un espadon, oui ! C'est ce que je me suis dit quand j'ai senti la lame me piquer les côtes. Je me suis retourné en levant machinalement les mains en l'air et en disant, le plus calmement possible :

— Fais pas le con !

Son regard avait totalement changé. Il tenait son couteau de la main gauche au ras de mon ventre.

Il a hurlé :

— File-moi ton fric !

— J'ai pas grand-chose sur moi.

— J'm'en fous. Donne c'que t'as !

J'ai sorti les deux cents euros que j'avais dans ma poche en disant :

— T'étais pas obligé. Tu me les aurais demandés, je te les aurais don…

Il m'a coupé violemment :

— Ta gueule, connard, donne !

Il m'a arraché l'argent des mains, a fait quelques pas vers la sortie et s'est retourné, toujours en me menaçant de son couteau.

— Va pas prévenir les flics, c'est toi qui auras l'air d'un con. C'est quoi pour toi, ce pognon, hein ? Que dalle. Alors, t'as intérêt à fermer ta gueule. T'imagines le mec plein de fric qui fait chier un pauvre type qui lui a piqué deux cents balles ?

Il a foncé jusqu'à la porte d'entrée, et avant de partir s'est retourné une dernière fois.

— T'as été gentil quand même, alors je vais te dire la vérité, ça te servira de leçon. Je t'ai enfumé. J'ai jamais eu de gosses, ni de femme. Je suis une merde de naissance. Le coup du clodo au grand cœur, je l'ai fait vingt fois à des abrutis comme toi. Vous êtes les pires des nases. Ton café que tu m'as offert, c'était surtout pour te faire plaisir à toi. Pour ta conscience de merde. Parce que si t'étais un vrai généreux, ton bureau, là, tes télés, ta moquette, tu les aurais déjà partagés, pauvre con !

Il a eu un dernier regard silencieux, intense, les larmes au bord des cils. Sur quoi était-il sur le point de pleurer ? Sa vie, ses remords, ce qu'il avait choisi d'être. Ou sur ce qu'il n'avait pas décidé mais que le tourbillon lui imposait.

Le « Rotor ».

Quand la porte a claqué, ça a résonné bien plus fort dans ma tête. Des questions, bien sûr. Mais avant tout un constat : une belle ordure quand même, ce « Mollusque » ! Parce que même s'il n'avait pas tout à fait tort, il n'avait pas vraiment raison non plus. Ma seule consolation a été de me dire que s'il se vantait un jour de cette arnaque, il m'appellerait peut-être Sabatier. C'était toujours ça de gagné !

Quoi qu'il en soit, il n'était pas fier, l'« abbé Pierre » d'occasion. Pas fier, vexé, et prêt à effacer tout ce qu'il avait écrit jusque-là. Par dépit. C'est vrai, quoi ! Toute mon apologie des cramés de la vie, ces braves paumés victimes des gros méchants d'en haut, elle venait d'en prendre un sacré coup. Mais bon, je me suis raisonné en me disant que c'était un « poisson volant » à la Gabin. Et puis on n'avorte pas à six mois. Finalement, je me suis dit qu'il y aurait certainement quelque chose de bon à tirer de cette aventure pitoyable. Il a juste fallu attendre vingt-quatre heures.

Le temps de retrouver le « Lion ».

Il m'attendait dans sa loge, une heure avant l'enregistrement. La crinière blanche au vent. Majestueux. Comme le Alain Delon qu'il est. Il avait accepté quelques semaines avant d'être le parrain de la grande soirée de réveillon cathodique. En acompte à notre rendez-vous de l'autre côté du miroir en face à face, dont je t'ai déjà parlé.

Et le « Lion » a pleuré. Pas des larmes de télévision. Des vraies, devant le portrait de Gabin que Jean-Pierre Blanchard, mon ami le peintre express, a fait en direct pour lui.

— Je suis bouleversé. Tu te rends compte, c'est toute ma vie, a-t-il balbutié pendant que toute la salle l'acclamait debout.

Et puis tout au long de la soirée, en coulisses, des sourires, des élégances. Mille fois supérieur en attentions pour le petit personnel que d'autres présents ce soir-là. Et après, dans la loge, juste pour moi, une accolade d'homme. Et surtout, surtout, quand il a planté dans mes yeux son regard bouleversant d'animal blessé, j'ai eu un ressac de la veille. Au mot près.

Sur quoi était-il sur le point de pleurer ? Sa vie, ses remords, ce qu'il avait choisi d'être. Ou sur ce qu'il n'avait pas décidé, mais que la vie lui imposait.

Le « Rotor ».

Le « Lion » avait les mêmes reflets de larmes rentrées que le « Mollusque ». Un seigneur et un passant. Une légende et une poussière. Un élégant et un épouvantail. L'un, glorieux, la mémoire en vrac, débordante de courtisans serviles, de trahisons, de rêves accomplis trop beaux pour être vrais. Soixante-dix-sept ans avec sursis. Le temps de tirer la peine du manque de ceux qui sont partis avant. L'autre, pitoyable, sans illusions, sans morale et sans espoir. Quarante-cinq ans sans sursaut. Condamné à la vermine à perpétuité. Qui a choisi que l'un ne soit pas l'autre et que l'autre ne soit pas l'un ? Dieu, leur père, paraît-il. Pourquoi pas finalement, puisque ces deux Christ-là portent leur croix à égalité de désespoir. L'un dans la jungle, l'autre dans la vase.

Une fable d'hiver donc : « Le Lion et le Mollusque. » Pour le commun des mortels, d'un côté la star, prétendument perverse, orgueilleuse, suffisante. Et de l'autre l'oublié, prétendument victime, fragile, généreux. Dans les faits, le contraire. Le monde est gangréné par ces erreurs d'appréciation, ces idées mal reçues et mal émises. Et chaque jour, de ton bureau à ta boulangerie, de ton comptoir à ton salon, de tes étrangers à ta famille, tu es aveuglé à la fois par les regards qu'on te lance et par celui que tu portes. Puisse cette fable te rendre un peu la vue en t'enseignant un minimum d'indulgence.

La moralité, maintenant :

« Nul ne devrait avoir le droit de juger un autre que lui-même. »

Pour être tout à fait honnête, moi le premier. Mais je lutte, docteur, je lutte ! De la paille dans les yeux des autres à la poutre dans les miens, y a encore du boulot.

Nobody is perfect !

Nous sommes le 12/12/12.

Synchronicité d'apôtres. Le paradoxe suprême. Au moment où « Aimez-vous les uns les autres » n'a jamais été aussi peu parole d'Évangile. L'univers s'effrite et mon ventre enfle. Les chapitres s'alourdissent, deviennent plus longs, plus pesants. Normal, c'est le sixième mois. Et l'enfant remue tous les jours de plus en plus. Violemment. Convulsif. Et comment ne sursauterait-il pas ? Tout ce que je perçois est si stressant, si violent, si triste. Le monde a toujours été fou, mais a-t-il déjà été aussi con ?

Les infos en rafale peignent chaque jour des courbes de misère en hausse, et des intouchables qui en tirent de plus en plus de bénéfices. La crise, encore la crise. Et ces initiales porteuses de mauvaises nouvelles ou de scandales : PIB, UMP, RMI, RSA. Ma mémoire s'amuse à les remettre dans l'ordre pour leur donner le sourire : BIP, le personnage du mime Marceau qui m'impressionnait tant, enfant. PMU, l'espoir d'un tiercé dans l'ordre. MIR, la station russe qui emportait mes rêves dans les étoiles. SAR, comme Rabindranath Duval, le sketch de Pierre Dac et Francis Blanche. Une petite fantaisie qui ne console de rien, parce que, dès que la télé est rallumée, l'angoisse ressurgit.

Une jeunesse déboussolée, alcoolisée, shootée. Une immigration déroutante : Un coup Zinedine Zidane, un coup Mohamed Merah. Et il doit en penser quoi, l'« islhumaniste » ? Des cours d'école enferraillées. Piercing et cutter. Du mitraillage même, à l'aveugle, là-bas chez l'oncle Sam. Immonde, autant dans le geste que dans la survente médiatique. Pauvre Amérique ! Pauvre siècle ! Des politiques ahuris et médiocres, à peine conscients du spectacle lamentable qu'ils proposent. Strauss-Kahn qui paie. Nafissatou qui encaisse. Et la bêtise sublimée : tous les médias, panurges pitoyables, qui terrorisent les moutons aux âmes simples avec une fin du monde programmée le 21 décembre. Avec une seule certitude : celle de se réveiller le 22 encore plus idiots que la veille.

La lie routinière, donc. Et en prime : « Buzz, buzz, buzz », le bourdonnement des frelons. L'essaim de « tweetos » qui peut piquer n'importe qui à n'importe quel moment. Les alertes sur portables qui surinforment, désinforment, déforment tout. Salir, désenchanter, survendre, trahir, provoquer, détruire. Et la question récurrente qui résume tout : pourquoi la moitié du monde passe-t-elle son temps à emmerder l'autre ?

Je ne vais quand même pas lui injecter du Valium, à mon bébé ! Non, surtout pas. Alors, une nostalgie apaisante, tranquille. Une carte postale d'avant. De saison. Sous la neige. Un Noël avec un vrai sapin. Des cadeaux faits à la main. Et de l'amour grand comme ça. En guise d'anxiolytique. Pour moi. Pour toi. Laisse-toi glisser. Il ne se passera rien de grave, rien de révoltant, rien d'exceptionnel. Juste quelques lignes sans éclat particulier. Comme un bain chaud, avant de repartir dans la vraie vie, ses tempêtes et ses séismes.

Allez, viens !

Il faisait froid. Très froid dehors. Mais tellement chaud dedans. Les étincelles de la cheminée jaillissaient bien au-delà des chenets. Le grand-père finissait d'installer des bourrelets de laine en bas des portes pour empêcher l'air d'entrer. La tante garnissait de cendres les moines qui allaient chauffer nos lits. La musique du vieux poste envoyait par interférences quelques accents de Luis Mariano. La plus jeune des arrière-grands-mères tentait vainement de régler l'aiguille de la fréquence pour qu'on puisse capter correctement Radio Andorre. À travers le cœur dessiné au doigt sur la buée des carreaux, je guettais, dans le ciel, les rennes du père Noël. Rien. Juste les étoiles et les flocons de neige. La cuisine sentait la dinde. La grand-mère finissait de presser les pommes de terre pour la purée.

— Je pourrai faire un volcan ?

— Bien sûr, me répondit-elle, le jus est presque prêt.

Maman s'est agenouillée devant moi pour rattacher mon lacet. Ses cheveux sentaient autre chose que d'habitude. C'était bon. Un peu comme l'odeur des arbres au bord du ruisseau où j'allais faire des ricochets. Et puis, elle a relevé le bas de mon pantalon de velours pour voir où en était l'écorchure de mon genou.

— On va remettre du Mercurochrome.

— Ça va piquer ?

— Mais non.

Après m'avoir badigeonné, elle a soufflé pour calmer la brûlure. Et puis, soudain : « Piou, piou ! » J'ai bondi de ma chaise, en criant de bonheur. Le petit oiseau que j'avais ramassé l'après-midi, blessé, dans la neige, était sur ses pattes. Il picorait de toutes ses forces la mie de pain trempée dans l'assiette de lait devant lui. Je l'avais sauvé. Le père Noël avait certainement vu ça de là-haut. Il allait me récompenser, c'est sûr. Pourvu qu'il m'apporte « Rusty », le cheval de carton dont je rêvais chaque nuit.

Le sapin était immense. Le grand-père l'avait coupé lui-même deux jours avant, dans la forêt au-dessus du cimetière. Il était encore humide. C'était mieux pour les bougies qui brûlaient au ras des aiguilles. L'année d'avant, il s'était enflammé pendant la nuit. Heureusement que « mémé canne », l'autre arrière-grand-mère, était descendue à ce moment-là pour vider le seau où elle faisait ses besoins.

— Sauvés par de la m…, avait plaisanté grand-père, avec les pointillés, pour ne pas me choquer.

Les gros mots étaient interdits dans la maison. Même « con », qui est le plus petit des gros mots. Le seul que je m'autorisais à murmurer de temps en temps sous les draps, juste pour le plaisir de le dire. Histoire de me prouver qu'à cinq ans, j'étais déjà grand. Et je l'étais. Tu parles ! Avec mon épée en bois, j'avais déjà fait la guerre dans le grenier. Grand-mère, ancienne couturière, y avait rangé trois mannequins de mousse et de tissu, montés sur leurs trépieds. Je les avais tous vaincus.

Dehors, sur la place, le clocher a sonné le coup de onze heures et demie. Quelques vieilles bigotes, voûtées sous le vent glacial, commençaient à se diriger vers l'église, histoire d'avoir les bonnes places pour la messe de minuit. Maman m'a enroulé autour du cou la grosse écharpe de laine qu'elle venait de finir de tricoter. Elle m'a enfilé mon manteau préféré. Celui avec les boutons ovales où, quand tu souffles dedans, ça siffle. Et puis, on est tous partis chez Dieu, pour prier que les arrière-grands-mères ne meurent pas tout de suite, même si c'était prévu pour dans pas longtemps, vu qu'elles étaient quand même très vieilles.

Voilà.

Le 24 décembre 1958. Dans un petit village de Corrèze. Au cœur d'une petite maison sans chauffage, sans télévision, sans journaux, sans frigo, sans téléphone, sans alarme. Juste les mannequins du grenier, gardiens du lieu, pendant que toute la famille était partie à la messe de minuit sans fermer les portes à clé. Un sapin de Noël gratuit avec des vraies bougies qui font des vraies flammes, du Mercurochrome sur le genou, un piaf ressuscité, le nouveau parfum de Maman au chèvrefeuille, le jus de la dinde dans le volcan, les boutons qui sifflent, et « Rusty » qui allait être au pied du sapin demain, c'est sûr. Quelle journée ! Il s'en était passé, des choses !

Dans le ciel, ce jour-là, le premier satellite radio diffusait le premier message depuis l'espace. Le début de la surinformation. Trois jours plus tôt, de Gaulle avait été élu premier président de la Ve République. Le début de la mascarade. À Juillac, dans notre petite maison, on ne l'a su que bien plus tard. De toute façon, on s'en fichait bien. Tu penses ! On avait autre chose de bien plus important à faire : être heureux.

Joyeux Noël 2012, Patrick !

C'est ça, joyeux Noël et bonne année !

Tant qu'à faire, on va grouper.

Et qu'on passe vite à autre chose !

Avant que je pleure.

1er janvier 2013. Seize heures.

— On est déjà dans le septième mois, me fit remarquer Lélia, tu aurais dû changer de chapitre.

— C'est pas grave, aujourd'hui, c'est férié, ça compte pas. On va dire que ça commencera demain.

Comme d'habitude, la dame de compagnie était restée à l'écart, dans la voiture. Encore fragilisée par les séquelles de sa luxation du genou, Lélia s'était appuyée sur mon bras jusqu'à la porte de la maison d'en haut. J'avais choisi, pour ce nouveau rendez-vous, de la convier dans mon antre, à Martel. Après une description sommaire de la propriété, elle souhaita rejoindre au plus vite le bureau où j'écris. Elle s'installa à ma place, face à la baie vitrée. Debout derrière elle, j'ai sollicité aimablement :

— J'aimerais bien qu'on commence par ce que j'ai écrit. Ça fait deux mois qu'on ne s'est pas vus, et je ne vous cache pas que je meurs d'impatience d'avoir votre avis.

Comme si elle n'avait pas entendu, elle balaya l'espace de la main et dit :

— C'est donc là que tu puises le plus gros de ton inspiration ?

— Oui.

— Raconte-moi ce qu'on peut contempler d'ici.

Un peu frustré, je me suis quand même exécuté.

— D'accord ! Alors, voilà. Au-dessus du bastingage de la terrasse, on ne voit que des arbres et le ciel. Avec les filins qui composent la barrière de protection, on a l'impression d'être sur un bateau à quai. À travers le store de la fenêtre de gauche, on peut apercevoir le minuscule jardin japonais. Il y a deux petits plans d'eau enjambés par un pont rouge. Et au bout du chemin, la caravane gitane. Au fond de la vallée s'étale le grand lac blanc d'où émerge la tête des chevaux qui nagent dedans.

— Tu es inspiré joliment, aujourd'hui.

— Même pas. C'est réellement ce que je vois. Le jardin et la caravane, c'est le coin qu'on a fabriqué pour Lily. Le lac, c'est un long banc de brume qui se pose souvent au ras des collines par temps humide. C'est magnifique. Les chevaux y disparaissent ou en surgissent au gré de leurs galopades.

Elle tira une longue bouffée de sa cigarette de luxe, resta silencieuse de longues secondes, puis demanda, avec un sourire :

— Tu peux m'inventer des cavaliers mongols sur tes chevaux ?

— Bien sûr. Juste le temps d'en faire descendre mes amazones.

Et, en trois phrases, j'ai transformé le causse en steppe. Je lui ai décrit une bataille gigantesque. Dix minutes de chocs d'épées et de boucliers en peau de bête. Des têtes décapitées, du sang, des corps traînés sur des mètres, le pied coincé dans l'étrier. Des enfants arrachés aux mains de leur mère, et puis massacrés. Une horreur.

Elle m'a interrompu :

— Ton imagination est particulièrement sanglante.

— Ça doit être à cause de l'actualité. En ce moment, on a tous l'inconscient un peu encombré. Sûrement à cause de la tuerie de Newton.

— Sûrement, oui..., a-t-elle répété en écho. Allez, dégrisaille-moi tout ça ! Mets-moi de la musique, ça adoucit les morts !

Alors, j'ai fait résonner des chants en tchakhar ou en kalmouk, au gré des rafales de vent froid qui s'engouffraient par la baie ouverte. J'ai peint des soldats ivres et joyeux qui applaudissaient les belles danseuses autour du feu de camp. Et puis pour la blague, je lui ai inventé une yourte-hôtel de luxe, où une Nafissatou bridée subissait les assauts de la bande à Gengis, un aïeul de Strauss.

Elle se mit à rire, puis pencha la tête en arrière en mettant un doigt sur sa bouche pour m'intimer le silence.

— Chut... Attends-moi, je reviens.

Elle ne se leva pas. Elle s'étendit un peu dans le fauteuil, les mains posées sur ses jambes. Elle resta ainsi presque dix minutes, perdue dans ses rêves. Au bout de son voyage intérieur, elle prononça : « Oulan Bator » en se mordant les lèvres. Elle ajouta :

— Victorien m'avait dit que l'hôtel...

Elle s'interrompit brutalement, se redressa et se mit à tourner nerveusement la cuillère dans sa tasse de thé. Elle s'excusa :

— Pardon, je me suis laissée aller. Ça ne te concerne pas...

Et, comme pour barrer définitivement le chemin à ses souvenirs, elle demanda :

— Pourquoi m'as-tu invitée chez toi ?

— Pour que vous me rendiez l'invitation chez vous dans un mois. On terminera la grossesse sur ça. La boucle sera bouclée.

— Ah, bon ! Tu comptes accoucher avant terme ?

— Je suis obligé. Si je veux que cet enfant naisse vraiment fin mars, il faut que je rende le manuscrit un mois et demi plus tôt. Le temps de faire les corrections, de l'imprimer, de finir de le façonner et de le mettre en place dans les lieux de vente.

— Il ne te reste donc qu'un mois de grossesse réelle ?

— C'est ça : janvier. Comme ça, début février, vous me donnerez le dernier regard sur lui et on finira là-dessus. C'est pas que ça me tarde, mais je commence à fatiguer. Dans les derniers mois, un fœtus se sent à l'étroit. Moi aussi.

— Tu as des contractions ?

— On peut appeler ça comme ça. Des envies de l'éjecter, de le faire lire. Et puis surtout de passer à autre chose.

— Moi aussi, il est temps que je passe à autre chose, Patrick.

C'était la première fois qu'elle m'appelait par mon prénom. Elle s'est tournée vers moi, a attrapé ma main, et m'a fixé. Comme si ses yeux étaient vivants et qu'elle voulait les planter au plus profond des miens. Elle a dit d'une voix douce :

— Écoute-moi bien et ne m'interromps pas. Quand j'aurai fini de parler, je me lèverai et je partirai seule. Ne t'inquiète pas, mes pieds ont de la mémoire. Je connais le chemin pour revenir à la voiture. Je l'ai parfaitement imprimé. Surtout, ne pose aucune question. Garde-les pour le mois prochain, quand tu viendras chez moi.

Et elle m'a tout expliqué. Enfin presque. Ses aveux m'ont stupéfait. En fait, elle n'était pas venue dans la région par hasard, ni pour la Vierge noire. Elle était venue pour moi. Juste pour moi.

— Juste pour moi ? n'ai-je pu m'empêcher de répéter, incrédule.

— Je t'ai dit de ne pas m'interrompre.

— Ah, oui, pardon.

Elle m'a d'abord parlé de sa vie tourmentée. En la survolant, sans détail. Juste pour m'expliquer que ce qu'elle avait vécu était digne d'un roman d'aventures. Tout tournait autour d'un homme : Victorien. Son homme. L'amour de sa vie. Celui dont elle portait la date de naissance en gourmette au poignet. Ils s'étaient aimés, séparés, retrouvés, reperdus, reconquis. Ensemble, ils avaient voyagé partout. Victorien était un homme d'influence. Très puissant et très riche. C'était un marchand. Sans me préciser ce qu'il vendait, elle m'a laissé entendre que son commerce était parfois très éloigné de la légalité. Il avait souvent frôlé une mort violente. Et finalement, il s'était éteint dans ses bras, d'une crise cardiaque, quelques mois auparavant. Elle avait accompagné le corps de Pékin, où il était décédé, jusqu'à la Côte d'Azur où il reposait au cimetière juif du Cannet.

À l'évocation de la sépulture, de grosses larmes roulèrent sur ses joues. Le silence qui suivit fut long. Je n'ai pas osé l'interrompre. Elle se redressa, but une grande gorgée d'eau et continua son récit. Elle m'expliqua qu'elle était la seule héritière de l'immense fortune de Victorien. Malgré son handicap, elle gérait tout d'une main de maître, entourée d'hommes d'affaires fidèles. Elle habitait maintenant la grande villa de Saint-Jean-Cap-Ferrat. Celle où, avec Victorien, ils avaient vécu tant de jours heureux. Et puis elle m'expliqua la véritable et incroyable raison de sa présence dans le Lot :

— Victorien a grandi dans un cirque jusqu'à l'âge de douze ans. C'était sa passion. Dès que ton *Plus Grand Cabaret du Monde* est apparu sur les écrans, il ne fallait surtout pas qu'il en rate un. C'était le seul spectacle qui le réjouissait vraiment. Où que l'on soit sur la terre, grâce à TV5 Monde, il s'arrangeait toujours pour trouver un moment pour le regarder.

J'étais à la fois fier et un peu incrédule. Cela me paraissait trop énorme. À vrai dire, la forfanterie passée, je soupçonnais une arnaque. Laquelle ? Je n'en avais pas la moindre idée. Mais cette femme aveugle, perdue dans un coin du Lot, qui m'avouait une fortune cachée, un mari richissime et fan de ma petite émission, ça sentait au mieux la paranoïa, au pire un coup fourré. Elle fit tomber une grande part de mes soupçons en m'exhibant une photo qu'elle sortit de sa veste de laine. Elle dit, en me la tendant :

— Moi, je ne peux pas juger. À toi de me dire. C'est une photo de mon Victorien. Il m'a toujours dit qu'il te ressemblait d'une façon incroyable. C'est aussi pour cela qu'il était tant attaché à toi.

C'était troublant. L'homme de la photo était pratiquement ma copie conforme. La couleur des yeux en moins. Son regard était noir, perçant. Pour le reste, la similitude des traits était étonnante. Pendant que je détaillais la photo, elle continua à parler :

— Ce que tu ne peux pas voir sur cette photo, c'est que les intonations de sa voix étaient aussi très proches des tiennes.

J'ai murmuré :

— C'est hallucinant.

Elle a eu un soupir d'aise et a enchaîné :

— C'est pour ça qu'à sa mort j'ai voulu te connaître. J'ai demandé à mes plus proches collaborateurs de tout m'apprendre de ta vie. J'ai fait louer cette maison dans le Causse pour être à portée de toi. Pour te rencontrer presque fortuitement. J'aurais pu te contacter, te convoquer et t'expliquer. J'ai préféré m'immiscer près de toi pour découvrir en secret les dessous de cette étrange ressemblance.

J'étais muet. Sous le choc. Elle me serra un peu plus la main.

— Tu sais, je l'aimais tellement qu'aujourd'hui, vivre ne m'intéresse que dans son souvenir. J'ai retrouvé chez toi beaucoup de lui. Ça suffit à mon bonheur. Je te rassure, je ne m'attarderai pas. Je vais repartir bientôt. Je pensais d'ailleurs ne te côtoyer que quelques jours. Mais ta grossesse littéraire m'a séduite...

Elle a laissé un temps.

— Ne serait-ce qu'au nom de l'enfant que nous avons perdu nous aussi.

Et Lélia s'est levée lentement en s'appuyant sur sa canne. Elle a passé la main dans mes cheveux sans un mot, et s'est dirigée vers la porte. J'ai demandé :

— Vous ne voulez vraiment pas que je vous accompagne ?

— Non, merci.

Au moment où elle allait passer la porte, j'ai lancé :

— On se voit quand même le mois prochain ?

Elle répondit sans se retourner :

— Absolument. Tu ne sais pas encore tout.

J'étais ébranlé. Balançant encore entre un reste d'incrédulité et l'étonnement le plus total. Je me suis dirigé vers la terrasse et, appuyé sur la rambarde, j'ai tout regroupé. L'enfant-livre, les aveux incroyables de Lélia, la coïncidence de cette histoire-là à ce moment-là. La première chose qui m'est venue à l'esprit, c'est qu'en toute objectivité j'aurais du mal à te convaincre, toi, de l'autre côté du livre, que tout ça est réellement arrivé. Et pourtant ! Lélia existe bel et bien. J'ai romancé certaines répliques, certaines attitudes pour le plaisir du style, mais le fond est authentique. Authentique et terriblement troublant. Alors, évidemment, il n'y a que Maman, en sentinelle sur mon épaule, fictive, elle, qui peut me donner les réponses à mes questions.

— Fictive dans l'apparence, rectifie Maman, mais tout ce que je te conseille ou te suggère, ça, c'est bien réel.

— Alors, t'en penses quoi, de tout ça ?

— Tu l'as écrit il y a quelques pages : « Aujourd'hui, l'impensable est devenu possible. » Alors, range tes questions, et finis ta grossesse tranquillement... À propos, je sais que je me mêle de ce qui ne me regarde pas mais, à ta place, je changerais le titre prévu au début. Moi, ce bébé, je l'appellerais : « Comme un poisson dans l'herbe. » Qu'est-ce que tu en penses ?

Janvier 2013. Septième mois.

Ce sera peut-être « Comme un poisson dans l'herbe ». Ou pas. Je n'ai toujours pas décidé. Mais ce serait parfait pour peindre ceux que j'aime et ce que je suis. Sur la rive depuis soixante ans bientôt en cette année qui débute. De ma bâtardise à ma popularité de comptoir. Dérisoire et définitive. On peut peindre un crapaud en blanc, on n'en fera jamais une colombe! Mes chansons, mes livres, mes spectacles et mes émissions fonctionnent bien au-delà de la moyenne. Pourtant, lorsque je scrute les médias spécialisés et leurs classements qualitatifs, je ne suis ni vraiment chanteur, ni vraiment écrivain, ni vraiment animateur, ni vraiment imitateur. Je reste un caillou dans une chaussure de luxe. Toléré seulement parce qu'une partie du peuple l'exige. C'est pour cela que je me reconnais tant dans les voyous, les gitans et les vagabonds. Bien sûr, mes prisons sont luxueuses et ma caravane est un hôtel particulier. Mais je suis des leurs. Un musicien des rues assis en fraude au pupitre d'un orchestre symphonique. *Ad libitum.*

Cette fracture entre le monde des autres et celui des miens, une seule anecdote pourrait la résumer. C'était dans les années quatre-vingt. Je devais participer à une prestigieuse cérémonie de remise de prix cinématographiques. En intermède. Pas en George Clooney. En Georges clown, seulement. Un vrai défi, tant à l'époque le regard des stars du grand écran était condescendant sur les saltimbanques. Depuis, la plupart des étoiles du septième art viennent des scènes de café-théâtre ou du petit écran. La suffisance est toujours d'actualité, mais bien moins marquée. Pour préparer mon intervention, j'avais rendez-vous avec un haut responsable de l'événement. Rien à dire sur le professionnel aguerri et passionné, mais une phrase de l'homme résume à elle seule le fossé entre les supposés seigneurs et les prétendus serfs.

Il m'avait convoqué chez lui, dans les quartiers hauts. Je m'y suis rendu à moto avec mon ami frère Olivier, mon double de l'époque. Nous avons surgi dans les lieux, casque sous le bras, les habits lourds et froissés. À l'ouverture de la porte, le regard a été un tantinet dédaigneux. Il nous a semblé percevoir un léger mouvement de recul. Pensez donc ! Deux ours sur la moquette neuve. C'est vrai que l'endroit était précieux. Tout en luxe de tradition. Un magasin de porcelaine pour éléphants ébouriffés.

Ours, éléphant, la métaphore animale était appropriée. On se sentait captifs dans une cage dorée. Et alors ? Et alors ?... Zoo est arrivé. Bien sûr, on ne nous a pas lancé de cacahuètes, on n'a eu qu'à piocher dans un ramequin pour se servir. Mais le regard de notre hôte nous indiquait sans cesse la distance du propriétaire à l'animal sauvage de compagnie.

À quelques mètres de nous trônait un superbe bar, garni de bouteilles toutes plus attirantes les unes que les autres. C'était l'heure de l'apéro. Mon bon Olivier lorgnait sur les trésors en claquant discrètement la langue pour me signifier son envie pressante de se désaltérer. Se croyant chez les ordinaires, il a tenté la plaisanterie de comptoir. Celle qui fait comprendre sans le dire qu'on s'en jetterait bien un derrière la cravate :

— Y avait une de ces poussières sur la route !

Notre hôte a eu un rictus de défiance. Et il a prononcé cette phrase que j'ai gravée à jamais au Panthéon des insupportables :

— Excusez-moi. Je ne vous offre pas à boire, mon valet n'est pas là pour vous servir !

Comme je te disais, ça résume tout. Oh, ça n'enlève rien au talent et à l'intégrité du « grand homme de cinéma ». C'est juste un barbelé de plus à la clôture de la ligne de démarcation. Entre ceux qui se taisent et ceux qui pérorent. Ceux qui profitent et ceux qui subissent. Et ce n'est même pas une question de richesse ou de noblesse de quartier. J'ai connu des pauvres tout aussi mesquins et fats. La blonde de supermarché, auréolée de sa gloire de chef de la caisse numéro un, malmenant le petit vieux perdu dans les codes-barres :

— Y va se dépêcher, Papi Mougeot, il est pas tout seul ! C'est pas beau, de vieillir !

Le livreur au ralenti, déchargeant tranquillement ses cartons au milieu du tintamarre des klaxons de la rue bloquée, et lançant, fort d'une impunité sociale de basse classe :

— Oh, ça va ! Je bosse, moi !

Et même le handicapé que j'ai surpris récemment à rayer ma voiture d'une clé vengeresse, parce que le bout du capot empiétait de quelques centimètres sur l'emplacement réservé. On peut y ajouter la passante teigneuse, qui à ce moment-là l'a encouragé d'un virulent :

— C'est bien fait. Quand on a une voiture comme ça, c'est qu'on peut s'en payer une autre !

Lélia a raison. Ce n'est peut-être que de la bêtise ordinaire. Et elle n'a pas de caste. Alors, en ce début d'année, en guise d'étrennes, permets-moi de les mettre tous dans le même sac : les patrons voyous, les syndicalistes crétins, les semi-putes de *Secret Story*, les chanteuses cocaïnées et perverses, les plombiers surbookés et hors de prix, les gosses de riches trop polis pour être honnêtes, les mômes de pauvres trop pourris pour l'être aussi. Avec une mention particulière à deux catégories indétrônables d'imbéciles. D'abord, les automobilistes qui te mettent pleins phares juste au moment où ils te croisent. Et puis la crème, le must, le symbole de la connerie dans ce qu'elle a de plus dérisoire et irréversible : l'abruti de L'Alpe d'Huez qui court dans la montée à côté du maillot jaune !

Il est évident que je ne peux sceller ce sac d'imbéciles courants sans m'y ajouter moi-même. Si naïf, si lourd, si commun, si indécrottable au gré de mes choix et de mes prises de position sans envergure. Je suis donc de la race de tous. Ni meilleur ni pire. Mais en être conscient m'a délesté à vie du poids de la suffisance. C'est déjà ça ! Alors, en ce début d'année propice aux bonnes résolutions, j'ose dire que j'ai la fierté de m'encourager à suivre la voie que je me suis tracée depuis toujours. Ce chemin s'appuie sur deux directions que, modestement, je t'engage à suivre aussi. Ce sont mes étrennes personnalisées, à toi, mon essentiel. Deux principes de vie dont je ne dévie jamais et que je t'offre en cadeau de bonne année. Deux questions que je me pose à chaque lever, le matin : « Comment vais-je m'améliorer ? » « À qui vais-je pouvoir faire du bien ? »

Essaie, tu verras, ton année sera bonne.

Parole de poisson dans l'herbe !

Et puis tiens, pour démarrer cette année, mes « auto-étrennes ». Une masturbation littéraire juste pour jouir du plaisir d'écrire. La réponse imaginaire de Depardieu à ses pourfendeurs. La tirade en vers de Cyrano de « Belgerac » en écho au « minable » de Jean-Marc Ayrault à propos de son exil fiscal. Je n'ai pas d'avis tranché sur la question, juste mon épée plume qui me démange :

Je suis minable, ah, non, c'est un peu court, jeune homme !
On pourrait dire, oh, Dieu, bien des choses en somme.
En variant le ton, par exemple tenez :

Agressif : Casse-toi et ne reviens jamais !
Et si un jour tu dois repasser la frontière,
Pense à nous ramener d'la vodka et des bières.

Enfantin : C'est pas bien, c'est bobo, c'est caca,
On fait panpan cucul si tu ne reviens pas !

Maritime : Te voilà belge et russe à la fois,
Comme ça tu peux choisir le port que tu voudras,
Une femme à Moscou, une femme en Belgique,
À l'arrière la Flamande, en avant la moujik !

Relatif : Ça y est, cette fois tu nous quittes,
Oui mais pas tout à fait, si on parle transit,
Puisque pour alléger le poids de ta balance,
Tu bouffes à l'étranger et tu chies sur la France !

Nostalgique : Et voilà, on ne te verra plus
Te viander en scooter à chaque coin de rue.

Pathétique : À genoux, je demande au soleil :
Il est où le monsieur qui pisse dans les bouteilles ?

Vinicole : Mais mon Dieu, comment va-t-on combler
Tout le manque à gagner des gens du Beaujolais ?
Ce que tu éclusais se chiffrait en tonneaux.
Tu vas tuer la Bourgogne, assassiner Bordeaux.

Solidaire : T'as raison, on paye trop d'impôts,
On ne peut même plus s'acheter un bateau.
Voilà la pétition qu'on a faite à ta gloire.
Signé : le syndicat des marchands de caviar.

Et enfin, réaliste : La France est la putain
Que l'État maquereau prive de son butin.
La voilà à genoux sous les coups de boutoir,
Eh bien, qu'elle en profite pour sucer le Qatar !

Voilà, monsieur Jean-Marc, ce que vous auriez dit,
Si vous aviez un peu de lettres et d'esprit.
Mais vous êtes ministre et je suis Cyrano.
À chacun de juger qui est le vrai héros.

Alors, au bout du compte, lorsque j'ai fait les miens,
La frontière qui sépare ce qui est mal ou bien
N'est pas sur une carte ou bien tracée au sol,
Elle est dans ma conscience, elle est sur mes épaules.
Et même si je pars sur un coup de colère,
Aucun des paradis ne comblera l'enfer.
J'ai vécu comme un fou, j'ai perdu un enfant
Et cette douleur-là n'a pas besoin d'argent.

Allez-y ! Jugez-moi, traînez-moi dans la boue,
Faites-moi un procès, accusez-moi de tout.
Minable, pourquoi pas ? Puisqu'il est des blasphèmes
Qui ne sont que l'écho de ce qu'on est soi-même.
Vous me prendrez mon or, mais jamais mon honneur,
Puisque ma vraie richesse est au fond de mon cœur.

J'ai écrit ça juste pour me faire plaisir. À vrai dire, je m'en fous. Depuis des jours et des jours, les soutiens et les critiques s'amoncellent. Les bistrots et les salons bruissent de jugements péremptoires. Pouce en l'air ou pouce en bas, ce sont les nouveaux jeux du cirque. Une star dans l'arène médiatique et chacun y va de ses encouragements ou de ses vociférations haineuses. La décadence humaine se repaît avec délice de ces nouveaux piloris. Avec, comme instrument de torture, ce putain de Web, l'exutoire des médiocres, l'arme fatale des cloportes.

Il est tellement facile d'extirper la part d'un homme pour la donner en pâture. À l'échelle des stars, c'est une dérive sexuelle, un abus de pouvoir, une faiblesse de passage, une violence, un enrichissement suspect. À l'échelle du tout-venant, la même chose, en moins bruyant. Là où tout un pays s'indigne, un petit village se cabre. Et au bout du compte, qui sommes-nous pour juger les autres à ce point-là ? Notre angle de vue est hélas étalonné à nos propres manques, nos propres défaillances. Le pauvre ne voit que la fortune du riche, et le riche ne voit que la cupidité du pauvre. Le beau méprise le laid et le laid dénigre le beau. La réussite est toujours suspecte d'irrégularité, et la déchéance, d'abandon coupable. Avec en point d'orgue la sentence indétrônable :

— Il n'y a pas de fumée sans feu !

Tiens, écoute l'histoire de cet homme sulfureux. Elle est authentique. Il était né bâtard d'un bourgeois et d'une bonne à tout faire. Premier signe de sa perversité, il collectionnait, enfant, les cadavres d'animaux. Il en assemblait les morceaux pour en faire des puzzles artistiques. À l'âge adulte, grand, musclé, beau comme un dieu, il avait jeté son dévolu sur un gamin de dix ans. Il en fit son amant et sa plus belle histoire d'amour. Joyeux et égrillard, il était particulièrement inappliqué dans son travail, ne terminant jamais ce qu'il commençait. Il organisait des fêtes incroyables. Son homosexualité débridée le fit même comparaître en justice pour des abus sodomites. Comme il jouissait d'amitiés et de protections particulières, il s'en tira avec un non-lieu. Il continua sa vie de débauche de ville en ville. Sa dernière passion fut de disséquer des cadavres de femmes enceintes. Et il mourut tranquille, assis à son écritoire. Ses derniers mots tracés furent : « Je continuerai. »

Je viens de faire lire le dernier paragraphe à un ami de comptoir. Je lui demande :

— Alors, t'en penses quoi de ce mec ?

— C'est une ordure ! On aurait dû le crever.

— Même s'il a fait de belles choses ?

— Tu plaisantes ! Un pédophile complètement tordu. Un fainéant, en plus protégé par des fumiers sûrement aussi tordus que lui. C'était un copain à toi ?

— Non, mais tu le connais. En tout cas, tu ne peux pas ne pas en avoir entendu parler. Un génie.

— Génie, mon cul, oui ! Si je l'avais chopé, je l'aurais fracassé, ton génie ! Je lui aurais coupé les couilles.

— C'est un peu excessif.

— Ah, non. C'est même pas assez. Parce que ces mecs-là, ils guérissent jamais. Tiens, je lui aurais même coupé les mains pour l'empêcher de tripoter les gosses après, quand même.

— C'est dommage. Il n'aurait pas pu peindre *La Joconde* !

Eh oui, Léonard de Vinci n'était pas un ange. Alors, que faut-il garder ? Le génie ou le pervers ? L'homme ou la bête ? J'ai pris cet exemple extrême à dessein. Mais à l'échelle du quotidien, nos condamnations ne méritent-elles pas beaucoup plus de mesure ? Et si 2013 était l'année de l'indulgence ? C'est un vœu pieux, une utopie, je sais, mais bon, c'est le début de l'année. Les résolutions de janvier s'étiolent en mars et meurent en mai, c'est bien connu. Alors, disons que c'était une petite piqûre d'idéalisme à mon enfant-livre. J'aimerais tant qu'il naisse souriant.

Pour le sourire, il faudra attendre un peu. Je viens d'apprendre la mort d'Eugène, le « Turc ». Je vais aller à son enterrement. D'habitude, je fuis ces cérémonies d'afflictions obligatoires. Au point que je ne suis même pas certain d'aller au mien. Mais là, le voyage me tente. En mémoire de la croyance forcenée de mon ami. Allez, je te retrouve dans deux interlignes. Quelques jours, donc.

Audiard et Scorsese étaient là. Un vrai film de gangsters. Avec une pointe de Pagnol pour saupoudrer le tout. Et, pour moi, au-delà de la tristesse sincère, une jubilation absolue de nostalgique. Une journée inoubliable. Les quatre saisons en vingt-quatre heures. Un soleil de printemps, des répliques d'été, des larmes d'automne et un mort en hiver. Ça a commencé sur la place de l'église. Des gitans égrenaient leurs accords gais pour fête triste. Comme pour l'enterrement de Maman. Tout de noir vêtus. Comme d'habitude. À croire qu'ils sont toujours en deuil de quelque chose.

Ça sentait l'Italie aussi. Un enterrement de Corleone. Décalé à souhait. Une enclave du siècle ancien dans le nouveau. Voitures de luxe, gabardines et même quelques chapeaux feutres. La carte postale d'un autre temps. Et puis l'amoncellement incroyable des fleurs. Je n'imaginais pas que le « Turc » avait autant d'amis. Je le soupçonnais bien sûr d'amitiés buissonnières, mais pas à ce point-là. La place était grêlée de petits groupes d'hommes en noir plutôt âgés. Tous avec des têtes de garde à vue. Une vraie réunion de photos anthropométriques sur pattes. À leurs côtés, des femmes vêtues de clinquant sombre, maquillées comme des plaques neuves. On devinait de l'ex-danseuse ou de la tenancière en fin de bail. En contemplant le tableau, je n'ai pu m'empêcher de glisser à Aldo, un vieux copain du temps du Blue Note, habillé lui aussi en mafieux d'avant :

— Ça sent la remise de peine !

— T'as raison, ça en fait de la levée d'écrou au mètre carré !

Ça avait donné le ton de cette journée surréaliste. Dignité, tradition, folklore obsolète, recueillement et humour de « tontons flingueurs ». Avec une première pépite quand Eva, la veuve que je venais d'étreindre, a eu un vrai sourire sous les larmes. En tournant son regard vers la limousine qui venait de se garer, elle me murmura, abasourdie :

— C'est le « grand Gérard », j'aurais jamais cru qu'il viendrait.

Le « grand Gérard » était immense. Deux mètres au moins, un colosse, le visage barré d'une longue cicatrice. Il se dirigea vers nous lentement, à petits pas, appuyé sur une canne et soutenu par le bras d'un jeune homme fragile. J'ai tout de suite compris que cet homme était le plus important de l'assistance. La foule s'était ouverte devant lui. J'ai eu l'impression de voir Moïse traverser la mer Rouge.

Aldo m'a glissé :

— Putain, ça, c'est un événement ! Personne ne l'a vu depuis dix ans. Va falloir surveiller les alentours, parce que les flics, il leur en doit.

— Tu crois qu'ils feraient ça un jour comme aujourd'hui ?

— Je pense pas, mais on sait jamais. La racaille, elle a plus de principes, je vois pas pourquoi les poulets seraient en reste.

Le « grand Gérard », que je n'avais jamais croisé, m'a salué d'un mouvement de tête et m'a gratifié d'un sourire. Ma célébrité sans doute. Et puis, il s'est approché d'Eva. Il a emprisonné ses mains fragiles dans les siennes démesurées, et a dit :

— Condoléances, « duchesse ».

Elle a répondu :

— Quand je t'ai demandé de venir, c'était pour la forme. Tu n'étais pas obligé.

Il a souri et a murmuré :

— Je pouvais te dire non à toi, je ne pouvais pas me dire non à moi !

C'est pas de la réplique, ça ? Un dialogue ciselé par la tradition. Une élégance d'avant, tout en brillance et en retenue. J'avais l'impression d'être en noir et blanc et que la bande-son craquait un peu. Et ça a continué toute la journée. La seule concession au moderne fut le son d'un CD d'Adèle au moment d'entrer dans l'église. Le « Turc » s'en était, paraît-il, entiché sur ses derniers jours. Pour nous tous, une énigme musicale, mais selon Eva et Christine qui me l'avaient avoué juste avant, une volonté testamentaire.

Ce mystère a généré une pépite de plus, sortie de la bouche d'Aldo. Avec l'accent provençal local, bien entendu, ce qui lui donna encore plus de saveur. Aux premiers mots de la chanteuse, il a ouvert de grands yeux et a regardé tout autour, inquiet et l'air méchant. Comme si c'était un sabotage et qu'une sonorisation cachée voulait polluer la cérémonie.

— C'est quoi, ça ?

— C'est Adèle, ai-je répondu.

— Adèle qui ?

— Adèle, c'est tout.

Et avant qu'il ne dégoupille au point de peut-être sortir son flingue pour tirer en l'air, je l'ai rassuré.

— C'est le « Turc » qui a souhaité qu'on entre dans l'église avec cette musique.

Il a froncé les sourcils et a lâché après réflexion :

— Il devait plus avoir toute sa tête !

On a fait encore quelques mètres en silence et, en entrant dans la nef, il m'a tiré par la manche et m'a demandé à l'oreille :

— Dis-moi, toi qui bosses dans la chanson, si elle s'appelle Adèle, pourquoi elle chante en anglais ?

J'ai eu un instant d'hésitation et j'ai répondu en contenant mon rire, vu la circonstance :

— Ben, parce qu'elle est anglaise.

Il a fait une moue, et a lâché sa sentence :

— C'est pas une raison. Avec un prénom de chez nous, elle pourrait quand même chanter en français... Ne serait-ce que par respect pour lui.

La cérémonie fut longue, respectueuse et émouvante. Seule Christine, la fille perdue et retrouvée, prit la parole :

— Mon père n'aimait pas ceux qui parlaient trop. Alors, je veux juste vous remercier d'être venus, et dire à tous, même à ceux qui ne croient pas en Dieu : priez pour lui.

Et c'est dans cette petite église que j'ai fait le constat de mon existence actuelle certainement le plus lucide. Parce que malgré le chagrin, je m'y sentais incroyablement bien. Cerné des vieux bandits en décrépitude, j'entendais le jeune curé parler d'amour, de repentance, de compassion. Dehors, à une volée de kilomètres, Marseille était en pleine décadence délinquante. Poubelle la vie ! Ça dealait, ça « déparlait », ça flinguait à l'aveugle pour une barrette ou un regard de travers. Plus de chef, plus de tribu. Et bien au-delà des Bouches-du-Rhône, une France sous le joug d'une réalité désordonnée et précaire. Sans véritable règle de conduite.

Beaucoup plus près qu'on ne le pense de l'explosion. Un baril de poudre aux yeux. Un pays de pleureuses. En réclamation permanente. Droit à ceci, droit à cela. Laxiste en tout. Sans vrai chef non plus. Guidé par une armée de sous-fifres plus préoccupés de leur gloriole que de l'ambition d'État. Des faux-semblants, des fausses idoles, et des fausses réponses à des fausses questions. Une vraie détresse, un vrai foutoir.

Alors, oui, noyé dans cette assemblée de bandits d'honneur, symbole d'une époque fantasque mais ordonnée, j'étais bien. Et j'ai compris que je n'étais définitivement plus dans mon époque. Un *has been* fatigué. Un résidu d'un autre temps inapte à la société nouvelle. Accroché par miracle à un show-biz en vieilles paillettes. Quelques heures supplémentaires encore, et vite, à la casse ! S'adapter ? Réagir ? À quoi bon. Ce monde n'est plus le mien. Je ne comprends plus grand-chose. Même les élans de ma Lily de cinq ans m'échappent. Bien sûr, ses tendresses me bouleversent, ses « je t'aime, mon papa » me clouent. Mais elle part déjà en fusée dans un ciel sans étoiles. Bientôt la bagarre, le chacun pour soi, le Facebook des copines pour s'étalonner à la cruauté universelle. Et puis, vers douze ans, le shit obligatoire et l'avenir douteux au bras d'un comme elle qui lui fera des bébés tristes. Abominablement pessimiste, dis-tu ? Non, juste extrêmement lucide. Ou alors, c'est que tu ne sais plus regarder autour de toi.

Je suis sorti de la petite église absolument conscient d'être un privilégié en fin de droits, mais serein quand même. Presque gai. Parce que ce genre de parenthèse existait encore et qu'en cherchant un peu je pourrais m'en fabriquer bien d'autres. C'est pour ça qu'au lieu de rentrer chez moi comme prévu, j'ai accepté l'invitation à dîner dans une petite auberge voisine, ouverte rien que pour nous. Pour finir entre mohicans.

C'était la cuisine des « tontons flingueurs », l'étroitesse en moins et du monde en plus. Le « grand Gérard » était resté. Il nous a présenté celui qui soutenait son bras comme son petit-fils :

— La honte de la famille, a-t-il dit, le sourire aux lèvres. Il est aux Arts et Métiers. Pas une condamnation, pas une garde à vue ! Rien que des bonnes notes et l'avenir assuré. Quelle déchéance !

Il était fier, le « grand Gérard ». Tellement fier. Parmi les autres, il y avait du Corse, du Grenoblois, du Catalan. L'ONU des vieilles gloires. Cent ans de cabane autour de la nappe à carreaux. Et un festival d'anecdotes.

— Tu te rappelles le braquage de « l'Écureuil », duchesse ? a lancé le Catalan.

— Évidemment, répondit-elle.

J'ai demandé :

— Pourquoi vous l'appelez « duchesse » ?

Le « grand Gérard » m'a mis la main sur l'épaule. Un étau. Tant que j'ai cru un instant avoir dit une bêtise. Il m'a rassuré d'un sourire amical.

— Va pas imaginer de la noblesse, tu te fourvoierais. Ça remonte à avant le « Turc ». C'était une belle poupée, notre Eva. Mais souvent à la ramasse dans ses fréquentations. Un aimant à torche-culs ! Elle attirait que les nases. Pas vrai Eva ?

Eva a baissé la tête en souriant et a approuvé :

— Oh, oui !

Le « grand Gérard » a poursuivi :

— Comme elle se tapait que des trouducs, on l'a surnommée la « duchesse ». Trouducs... Duchesse, tu piges ?

— Oui.

— C'est Eugène qui nous l'a remise d'équerre. Là, y avait du vrai mec, du solide. À la sienne !

Et ils ont levé le dixième verre de la soirée à sa santé. Du « brutal » évidemment. Pas un alcool fort, mais un vin des coteaux du coin à faire des trous dans la nappe. J'ai relancé le Catalan :

— C'était quoi « l'Écureuil » ?

— Une Caisse d'épargne dans le Sud-Ouest. On l'avait braquée à deux avec Momo. Et au lieu de filer comme des lapins, on s'est planqués dans le parking juste en face, le temps que les flics fassent leur boulot sur place. Les autres nous cherchaient sur les départementales, les cons !

— Ça a duré trois plombes, enchaîna Momo. Et puis, quand ils sont partis, au moment où on allait se tirer en douce, on a vu arriver un camion de la Brink's. Et rebelote. La même banque deux fois le même jour. Allez, à la santé de « l'Écureuil », et merci pour les noisettes !

Et la conversation a navigué de trafics divers en partage de butin. Et puis, un peu à court d'eux-mêmes et curieux de ma célébrité, ils ont commencé à me harceler de questions sur mon milieu à moi. J'ai désamorcé quelques-unes de leurs certitudes. Non, PPDA n'était pas juif et Jean-Pierre Pernaut ne se tapait pas Catherine Laborde. Quant à Bernard Tapie, dont ils étaient persuadés que c'était lui le père de l'enfant de Rachida Dati, c'est Étienne, le fan de l'OM, qui m'en a donné la définition exacte :

— Ce mec, il est trop fort. Il t'emmène au bord de la mer et il te fait croire qu'y a pas d'eau !

Et puis, je leur ai parlé de mon enfant-livre. Ils m'ont autorisé à raconter ce que j'entendais, mais sans trop de détails et sans véritable identité, bien sûr. Pendant toute mon explication enflammée sur les « poissons dans l'herbe », dont d'ailleurs ils convenaient qu'ils faisaient partie, le « grand Gérard » ne disait rien. C'est au moment de nous séparer qu'il m'a pris à part. En tête à tête, juste nous deux, au comptoir, dans la pénombre.

— Je t'ai écouté parler toute la soirée. Je voulais te dire que je t'aime bien, l'artiste.

— Merci beaucoup.

— Remarque, j'avais un *a priori* favorable. Eugène ne pensait que du bien de toi. Il me disait toujours que t'étais un vrai…

Il a laissé un temps. Je me préparais au superlatif. Il a enchaîné avec un sourire malin :

— … un vrai con !

Face à un autre, j'aurais sûrement bondi, ou au moins renvoyé une réplique virulente. J'ai juste fait une moue contrariée, et j'ai balancé timidement :

— Si tu le dis.

Il a enchaîné en posant sa grosse patte amicale sur mon épaule.

— Attention, c'est pas une insulte. Bien au contraire. T'es un vrai con et il faut absolument que tu le restes. Ne laisse surtout pas ton intelligence prendre le dessus, comme tu l'as toujours admirablement fait. On en a croisé, Eugène et moi, des mecs de ton monde. Des acteurs, des chanteurs, qui pétaient tous plus haut que leur affiche. On a eu de la courtoisie, mais jamais d'estime.

J'ai souri à mon tour.

— Merci de cet honneur.

— J'ai bientôt quatre-vingts piges, pour moi t'es un gosse de soixante. Alors, si je peux me permettre un conseil, continue à être con comme un môme. C'est vrai, ça, y a pas plus con qu'un môme ! Ça croit au père Noël. Ça rêve d'être footballeur sans se douter que ça a quatre-vingt-dix-neuf pour cent de chances de finir supporter. Ça joue au docteur avec les filles, alors que s'il y a bien un truc qui nous débecte quand on est grand, c'est de tomber sur une gonzesse malade !

Là, j'ai éclaté de rire. Il a trinqué avec moi et a repris, le visage grave, cette fois :

— T'es un vrai con et tu l'as choisi parce que ça t'arrange. T'es joyeux par désespoir et généreux par égoïsme. Pour pas te fâcher avec ton miroir. Ton idéalisme à la noix, tu sais très bien qu'il est pas réalisable. Et heureusement. T'imagines le monde parfait ? Qu'est-ce qu'on s'emmerderait s'il n'y avait plus de tordus, plus d'injustice, plus de magouilles, plus de trouille.

— Tu crois ?

— Sûr. Tiens, toi qui aimes le cirque, si ton funambule, il marchait à dix centimètres du sol, ça intéresserait qui ? À vingt mètres, ça nous parle parce qu'il peut se casser la gueule et se faire très mal. C'est la nature humaine. Elle a besoin du malheur des autres. Comme disait mon pote le « Corsaire » : « Si y avait pas les galères, on apprécierait pas les voiliers ! » C'est comme dans l'hôtellerie, faut des palaces et des « Formule un ». Eh ben, dans la vie, il faut des gentils et des salauds, des bonnes sœurs et des putes, des baiseurs et des baisés. C'est la loi du plus fort qui fait balancier, et c'est très bien comme ça.

Il s'était enflammé d'un coup. Il accompagnait chaque affirmation de gestes appuyés. Même si j'avais voulu argumenter, il ne m'en aurait pas laissé le temps. Il a enchaîné :

— Alors, tes indignations pour un monde meilleur, d'accord, ça peut en améliorer certains, mais reste primaire et léger. Je sais que t'as les moyens de la crédibiliser un max, ta croisade à la con. Même chez les haut perchés du cerveau. Mais si ton intelligence prend le pas sur ta naïveté et tes pitreries de camping, tu vas emmerder tout le monde, et toi le premier.

Il a avalé cul sec son verre de cognac et s'est rapproché au plus près de moi, les yeux bien plantés dans les miens. De nouveau incroyablement calme, il a dit presque à mi-voix :

— Contrairement à ce que tu nous as seriné toute la soirée, t'es pas un poisson dans l'herbe. T'es dans la rivière. À l'envers, mais bien dans le courant. T'es un saumon qui remonte mourir chez son enfance. Tu sais, dans nos sommeils de gosse, la nuit, on a tous rêvé qu'on se battait contre un adulte et qu'on gagnait. T'aimes trop l'enfant que t'as été pour accepter qu'il perde. Alors, n'essaie pas de changer le monde, reste con, vis tes rêves, fais tourner tes serviettes, et sois-en fier !

Une putain de psychanalyse ! Au point que je n'ai pu m'empêcher de conclure :

— Je vous dois combien pour la consultation, docteur ?

— Ah, non, pas docteur ! M'insulte pas. Un toubib, ça ne tue que sur ordonnance. Moi, j'ai jamais eu le flingue thérapeutique !

Bon, d'accord, cette réplique-là, il ne l'a pas dite, je l'ai inventée. Mais ça méritait. J'ai juste dit à la fin de sa tirade :

— Merci, je m'attendais pas à ça.

— Tu veux dire, pas à ça d'un mec comme moi. Je te comprends. Mais pour être encore vivant à mon âge avec tout ce que j'ai connu, il m'a fallu plus de psychologie que de 7.65 et de gilets pare-balles.

Celle-là, il l'a vraiment dite. Et puis, il m'a serré la main jusqu'à la broyer et s'est levé du tabouret de bar en prenant appui sur sa canne. Je lui ai demandé :

— Est-ce que je peux te poser une question et mettre la réponse dans mon bouquin ?

— Ça dépend laquelle... Vas-y.

— On n'a pas dû te la poser souvent, mais qu'est-ce que ça fait de tuer un type ?

Il a réagi instantanément :

— Détrompe-toi, on me l'a posée très souvent. Pratiquement toutes mes conquêtes. J'ai toujours répondu la même chose. Que c'était mieux qu'un orgasme, que ça donnait une sensation inouïe de pouvoir. Ça les excitait deux fois plus, ces chiennes, et moi ça m'arrangeait. C'est aphrodisiaque, le sang sur les mains... Mais c'est pas la vérité. Si des minots lisent ton livre, je veux bien qu'ils comprennent que ce chemin-là, c'est pas la piste aux étoiles. Alors, je vais te la dire à toi, la vérité. Mon petit-fils qui m'attend dehors la connaît depuis toujours, c'est pour ça que je suis aussi fier de ce qu'il est devenu.

Il m'a semblé que ses yeux se mouillaient et qu'il se voûtait un peu. Il a avalé sa salive et a dit, pour la première fois avec une voix un peu brisée :

— Tuer un homme, ça fait peur et ça fait mal !

Un instant de silence, et il s'est redressé. L'œil est redevenu noir et impitoyable, la voix forte et profonde.

— Si tu parles de moi dans ton bouquin, tu ne diras évidemment pas mon vrai nom.

— Évidemment.

— Pendant que tu y es, rajoute-moi des centimètres, des kilos de muscles et des balafres, j'aurais tant aimé avoir le physique de l'emploi !

J'ai dormi, cette nuit-là, dans la chambre d'ami des patrons de l'auberge. Au chaud du grand lit moelleux parfumé de sachets de lavande, j'étais incroyablement apaisé. Au moment de m'endormir, j'ai eu la sensation que Maman avait quitté mon épaule et me caressait le front après m'avoir bordé.

— Fais de beaux rêves, mon petit.

— C'est bien possible, la journée a été tellement riche et le lit est vraiment confortable.

— Je ne parlais pas de ta nuit, je parlais de tes rêves de jour, les seuls qui comptent vraiment. Demain, quand tu vas repartir dans ta vie de grand garçon.

— Promis, Maman.

Le lendemain, à peine réveillé, j'ai replongé tout de suite dans cette vie d'adulte si désespérante et si merveilleuse à la fois. La serveuse qui m'a apporté le petit déjeuner m'a demandé un autographe pour ses grands-parents. Un cadeau à ma vanité, une encoche de plus à mon arbre de jeunesse. Et puis, en grignotant mes croissants pas tout à fait décongelés, j'ai parcouru les scandales du jour et le développement des crises multiples à la une de *La Provence*. Le nouveau joujou de Bernard Tapie. Tu sais, le type qui rachète des journaux et qui te fait croire que les ambitions politiques ne l'intéressent plus. Et puis, mon iPhone m'a bipé mes messages du matin. Les résultats d'audience de mon émission de la veille. Quelques millions de toi, décortiqués en tranches d'âge à la virgule près, en guise de satisfecit. Il y avait aussi les félicitations d'un ami qui venait d'apprendre que j'allais bientôt entrer au musée Grévin. J'avoue que j'en suis extrêmement flatté. Enfin le couronnement : roi des cons officiel... Appelez-moi cire !

Ça y est, je suis rentré à la maison. On est fin janvier et le ventre me tord. Des spasmes. Des contractions. J'ai dévoilé ma grossesse littéraire à Pascal, l'ostéopathe. En supposant une relation de cause à effet, j'attendais sur ses lèvres le sourire narquois du professionnel aguerri. Mais il ne s'est pas moqué du tout.

— Oh, tu sais, le psychique a tellement d'influence sur le physique. Et puis, tant de choses nous échappent. La séance que je vais te faire te remettra un peu d'aplomb. Mais je pense que dès que tu auras fini d'écrire, tu iras beaucoup mieux. Dans deux mois, si j'ai bien compris ?

J'ai rectifié :

— Non, quelques jours seulement. J'accouche avant terme pour des raisons éditoriales. Le temps de la finition. La vraie naissance, c'est fin mars. Quand je vais enfin tenir le bébé dans mes mains, tout fini. C'est toujours le moment le plus émouvant d'une aventure littéraire. Il me tarde.

— Ça doit être ça, les tensions... Tu vas l'appeler comment ?

Et pendant qu'il me malaxait je lui ai parlé du « poisson dans l'herbe » et aussi de : « Je me contenterai de l'amour de ceux-là », puisque justement mon bon Pascal fait partie de « ceux-là ». J'hésite toujours entre les deux titres. Je lui ai confié également que bien avant le début de la conception, j'en avais envisagé encore un autre : « Le sucre et les ornières ».

— T'as bien fait de changer, a-t-il dit en souriant. C'est bizarre et ça te ressemble pas.

Et pourtant, c'est peut-être ce titre qui me colle le plus à l'âme. Mes amis les plus proches m'avaient aussi, à l'époque, déconseillé de l'utiliser. Je les ai suivis, parce que contrairement à ce que tu peux croire, même empêtré dans mon ego, je n'écoute pas que moi. C'est certainement ce qui a aussi contribué à ma longévité. C'est un petit conseil de plus à ton bien-vivre : si Dieu a fait des oreilles la décoration la plus disgracieuse de nos visages, c'est qu'elles doivent en avoir d'autant plus d'utilité.

En fait, je voulais débuter mon enfant-livre par ma plus belle histoire de gosse. Je ne l'ai jamais racontée jusque-là. Pour ne pas risquer de blesser Camille le « merveilleux ». Aujourd'hui, hélas, je peux. Et mieux que de débuter, j'ai choisi de terminer avec elle. En point d'orgue aux cent chemins que je t'ai indiqués jusque-là. La direction finale. En l'occurrence, ce sont de vilaines ornières. Mais que le sucre a rendues si belles. Alors, je vais me lancer maintenant. Encore faut-il que j'en aie la permission.

— Je peux, Maman ?

— Oui, mon petit.

— Tu ne m'en voudras pas ?

— Dans cette histoire, si je devais en vouloir à quelqu'un, ce ne serait qu'à moi.

— Merci.

C'était en été 1961. Les vacances dans la petite maison de Juillac. Les plus beaux moments de ma vie. Le paradis sur terre. Toujours sans confort ni luxe, mais plein d'oiseaux, de ruisseaux, de frondes, de cannes à pêche en noisetier, de traîneaux sur roulements à billes, et de paires de cerises à cheval sur l'oreille. Fin juillet, ma grand-mère adorée a encore fait une crise de delirium tremens. N'en déplaise aujourd'hui à certains membres de ma famille qui m'ont reproché d'avoir évoqué son alcoolisme dans certains de mes livres, je n'ai jamais trouvé ça honteux. Désolant, mais pas honteux. Et surtout pas au point de classer tabou absolu ce secret de polichinelle. Quand on boit, c'est qu'on a des raisons. Mon ami Carlos ajoutait : « Et quand on n'en a pas, on s'en crée ! » Et puis ça n'a jamais rien enlevé à la tendresse dont elle me couvait.

C'est moi qui avais alerté Maman. J'avais trouvé grand-mère recroquevillée au bas de l'escalier, battant des bras pour chasser les bêtes imaginaires qui couraient sur ses jambes. Ce n'était pas la première fois. J'ai crié :

— Y a encore des rats sur mémé !

Maman s'est précipitée.

— C'est rien... c'est rien... Va jouer dehors, je m'en occupe.

— Pourquoi on les voit jamais, les rats ?

— Parce qu'ils sont très malins.

Et c'est ainsi que mon inconscient a gravé que les rats étaient les êtres vivants les plus rusés du monde animal. Ce qui m'a valu des débats sans fin avec mes copains de l'époque me soutenant que non, c'étaient les renards. Alors ça, sûrement pas ! Justement parce que mémé en avait un, tout mort, qu'elle mettait autour de son cou pour aller à la messe en hiver. S'il avait été malin, on l'aurait pas vu !

Maman a donc décidé, le temps de la cure, de me placer chez les parents de Camille « le merveilleux ». Ils habitaient une ferme de Dordogne. C'étaient de vrais paysans. Courageux et taiseux. Ils portaient sur moi un regard tout juste aimable. Oh, pas de haine, juste une défiance de circonstance. Leur fils avait épousé la fille perdue et pris le bâtard avec. Ça imposait une distance polie. De toute façon, les usages n'étaient pas à la tendresse appuyée. Dans la plupart des fermes de cette époque, seuls la tête des chiens et le cul des vaches avaient droit aux caresses.

Ce 29 juillet était lourd et orageux. Il me tardait qu'il pleuve. Le « vieux » et la « vieille », comme je les appelais en cachette, étaient plus irritables que d'habitude. Le matin déjà, j'avais voulu faire un peu d'humour. Ça m'avait valu un beau « râteau », comme on dit aujourd'hui. Je regardais la « vieille » réunir ses poules. Elle lançait des poignées de grains à la volée en criant :

— Piii... Piii... Piii...

Et les volatiles se précipitaient en se déhanchant. J'étais fasciné par la vitesse à laquelle les poules tapaient du bec. J'ai demandé au « vieux », croyant le faire sourire :

— Pourquoi elle crie : « Piii... Piii » ? C'est pas des pies, c'est des poules !

Il m'a lancé, agacé :

— C'est ça qu'elle t'apprend, ta mère ? Te foutre de la gueule des gens qui travaillent ? Allez, va plutôt couper un peu de bois, ça te fera les bras !

Ce n'était pas méchant. C'était une autre vision de l'éducation, qu'il a confirmée en criant dans mon dos au moment où je détalais :

— Pour réussir dans la vie, t'auras plus besoin de tes muscles que de ta tête !

Ma tête, elle était ailleurs. Accrochée à la grande pendule de la cuisine. Tous les quarts d'heure, j'allais espionner les aiguilles. Dieu, que c'était long ! Maman m'avait promis qu'elle revenait me chercher à quatorze heures. Trois jours ici, j'en pouvais plus. Oh, je n'étais pas maltraité, mais je m'ennuyais à mourir. J'adorais l'endroit, les animaux, mais il me manquait le tic-tac de la machine à coudre de grand-mère, ses tartines, mon Meccano, et la main de Maman dans mes cheveux.

L'orage a éclaté vers treize heures. J'étais planté au fond de la cour, imperturbable sous l'averse. Je guettais le bout du chemin. Le « vieux » est venu m'empoigner. Il m'a chargé sur ses épaules comme un sac, en maugréant :

— C'est pas d'attendre sous la pluie qui la fera arriver plus vite. Si tu nous attrapes la grippe, elle va encore dire que c'est notre faute !

Assis à côté des chenets, sur la banquette de la cheminée, la « vieille » me frottait la tête pour me sécher. Je faisais une gueule de six pieds de long. Elle me murmura, bienveillante et sincère :

— Je comprends que ta Maman te manque, mais on t'aime bien aussi, tu sais.

C'est sorti presque malgré moi :

— Mais elle, vous l'aimez pas !

C'est le « vieux » qui a mis fin à la conversation :

— Si on l'aimait pas, on l'aurait pas acceptée à mon fils malgré qu'elle était volage.

C'est la première fois que j'entendais ce mot. Volage ? C'était quoi ? Voleur au féminin ? Non, ça, c'était voleuse. Ou, peut-être, elle volait comme les oiseaux. Dans ce cas-là, elle aurait pu se passer de voiture. Non, ça voulait dire autre chose. Je le saurais bien un jour. En attendant, c'était bien un bruit de moteur que je guettais, pas un bruissement d'ailes. Pendant tout l'orage, je prenais chaque grondement pour un bruit d'auto. Finalement, le ronflement de la Panhard est arrivé avec la première éclaircie. J'ai aperçu, à travers les rideaux, le bout du capot garé au bout du chemin. Par prudence, Maman ne s'était pas garée dans la pataugeoire de la cour. Il n'aurait plus manqué qu'elle s'embourbe là ! Il était hors de question que je reste une heure de plus.

— Tu veux des fraises, le temps que le petit prépare ses affaires ? a demandé la « vieille » à Maman.

— Avec plaisir, a-t-elle répondu.

Les mots qui ont suivi m'ont anéanti :

— De toute façon, il a le temps. Je suis juste passée l'embrasser. En fait, j'ai un rendez-vous à Brive. Je passerai le prendre ce soir seulement.

Je me suis affalé sur ma chaise et je me suis mis à pleurer. Maman est venue me serrer de toutes ses forces. En passant la main dans mes cheveux, elle m'a murmuré à l'oreille :

— C'est juste un après-midi de plus, c'est pas grave. Je sais que je t'avais promis, mais c'est très important pour mon travail. Allez, arrête de pleurer ! Tu veux manger les fraises avec moi ?

J'ai répondu, en reniflant :

— Oui, Maman.

Assis sur ses genoux, j'ai partagé avec elle l'assiette de fruits rouges, noyés sous une montagne de sucre. Maman adorait le sucre. Et puis elle m'a caressé une dernière fois les cheveux et, debout sur le seuil de la cuisine, je l'ai vue partir, pressée. Je serrais les mâchoires à m'en briser les dents. J'étais sûr qu'elle m'avait menti. Quand elle m'avait pris dans ses bras, j'avais tout de suite reconnu « l'odeur ». Ce parfum d'eau de toilette âcre qui n'était pas le sien. Celui de l'homme que j'avais surpris dans ses bras un jour de promenade à vélo. La voiture était garée dans un petit chemin à deux kilomètres de l'entrée de Juillac. Ils s'embrassaient, debout contre la portière. Je ne m'étais pas montré. C'est seulement le soir que je lui avais demandé qui c'était. Un vieil ami, m'avait-elle dit. Et, évidemment, elle m'avait fait jurer de garder le secret.

J'avais répondu :

— Pas besoin de jurer, Maman, bien sûr que je dirai rien.

Et quand elle m'avait serré dans ses bras, une odeur que je ne connaissais pas m'avait saisi. Je lui avais dit :

— Attention. Tu devrais te laver. Tu sens pas toi.

Et, en ce 29 juillet d'orage et de mensonge, j'avais retrouvé la même odeur. Il devait l'attendre un peu plus loin, son « vieil ami ». Dans un autre chemin bien caché. C'était ça, c'est sûr, son rendez-vous important. Mon cœur semblait tenir toute la place dans ma poitrine. J'ai foncé à la cuisine, j'ai attrapé la boîte de sucre et je suis parti en courant. J'ai entendu la « vieille » hurler dans mon dos :

— Où tu vas avec ça ? Fais attention à ce que tu fais. Va pas nous le gaspiller, le sucre, c'est cher !

Je m'en foutais bien du prix. Ça, c'est sûr, j'allais le gaspiller, leur sucre ! Je suis allé au bout du chemin et là, j'ai ouvert la boîte et j'ai saupoudré les ornières. À la volée. Comme la vieille quand elle criait : « Piii... Piii... » Les poules adoraient les graines et Maman adorait le sucre. Puisque les graines faisaient venir les poules, pourquoi le sucre ne ferait pas revenir Maman ? Et je me suis assis sur le talus, persuadé que ça allait marcher.

Le capot bleu de la Panhard s'est encadré dans le chemin au bout d'à peine cinq minutes. Maman est sortie, m'a serré fort et m'a dit :

— Allez, va chercher tes affaires, on part maintenant !

Une heure après, sur la route du retour, juste avant d'arriver à la maison, je lui ai demandé :

— C'est pas trop grave pour ton rendez-vous important ?

Elle a répondu :

— Il n'y a rien de plus important que toi. Quand je suis partie, au bout de quelques kilomètres, je me suis dit que tu n'aurais pas pu rester une heure de plus là-bas, non ?

— Oui.

J'étais heureux. Et un peu honteux quand même d'avoir pensé que Maman ait pu préférer son plaisir au mien. J'ai murmuré :

— Tu crois qu'il va m'en vouloir, le monsieur qui sent pas toi ?

J'ai vu ses yeux se mouiller et, avec son plus beau sourire, elle m'a dit :

— Non, il t'en voudra pas… Tu ne diras rien ?

— Bien sûr. Et puis je suis content. Cette nuit, j'ai rêvé que je me battais contre lui et que je gagnais. Comme quoi !

— C'était prémonitoire.

— C'était quoi ?

Quelle belle journée ! J'avais appris deux mots nouveaux.

Bien sûr que ce n'était pas le sucre qui avait fait revenir Maman. Et même si aujourd'hui, comme j'y pense parfois les soirs de manque, j'en saupoudrais le seuil de mon antre à Martel, elle ne reviendrait pas non plus. Mais c'est tellement bon d'y croire. Elle a raison, Maman, ce sont les rêves de jour les plus beaux.

Baraka le sait mieux que quiconque.

Comme un poisson dans l'herbe

Encore un peu de patience.

Je t'expliquerai après avoir parlé avec Lélia.

Pour la dernière fois ?

Février 2013. Septième mois.

Il était quatorze heures quarante-cinq. J'avais un quart d'heure d'avance. Je m'étais garé sur le terrain vague, au début du petit chemin de terre, comme me l'avait conseillé Lélia. L'entrée de la maison était à une cinquantaine de mètres. De part et d'autre du parcours, il y avait des petites dépendances d'où sortaient des bêlements de moutons. Je m'avançais le cœur un peu lourd. Je tenais dans la main mon manuscrit. C'était presque la fin. Encore quelques pages et la grossesse serait terminée. Et déjà le *baby blues*. Lélia m'attendait sur le perron. Au premier bruit de mes pas sur les graviers à la fin du chemin de terre, elle agita la main en signe de bienvenue.

— Je suis un peu en avance, ai-je dit, en guise de bonjour.

— Je m'y attendais, répondit-elle. Et je suis sûre que c'est pour rattraper le quart d'heure de retard de notre premier rendez-vous.

Encore une fois, elle m'avait deviné. En me précédant dans la maison, elle lança, autoritaire :

— Suis-moi, on va prendre le café en cuisine.

J'ai eu l'impression de traverser une maison fantôme. Les canapés étaient recouverts de draps blancs. Sur les armoires, aucun objet et aucune décoration. À croire que personne n'avait jamais habité là. Juste un signe de vie quand même : un cadre accroché au mur du dernier couloir avant la cuisine. À l'intérieur, une vieille photo en noir et blanc avec les bords flous. Le portrait d'une femme étonnamment belle. Elle portait un chemisier à col montant boutonné juste au ras du menton. Ce qui m'a frappé, c'est le décalage entre le grain usé du papier et le visage « moderne » de la dame. Une coiffure, des boucles d'oreilles et un teint d'aujourd'hui. Je veux dire, un maquillage à peine soutenu et des lèvres parfaitement dessinées, comme on les souligne de nos jours d'un léger trait indélébile. Comme Lélia n'entendait plus mes pas derrière elle, elle s'est retournée et a demandé :

— Un problème ?

J'ai répondu :

— Non, non… Je regardais un peu le décor. C'est très dépouillé.

— Pour cause de départ, dit-elle. Ma dame de compagnie a déjà tout emporté hier soir.

— Vous partez quand ?

— Demain matin.

— Et vous allez rester seule toute la nuit ?

— Évidemment. Tu sais, je ne suis pas handicapée à ce point-là. Je peux très bien me débrouiller. Question de repères. Et puis je pars tôt. Le taxi passe me prendre à cinq heures.

La cuisine devait être le seul lieu vivant de la maison. Un bouquet sur la table, un serin qui sifflotait dans une cage et le café fumant sur le carrelage près de l'évier. Elle m'invita à m'asseoir. Les tasses étaient déjà prêtes. En caressant le bord de la table, un dossier de chaise et la poignée du frigo, elle arriva jusqu'à la cafetière. En revenant vers moi, elle demanda :

— Alors, ça y est, il est fini, ce bébé ?

— Pour vous, oui. Pour moi, encore quelques lignes en rentrant à la maison. Ce qu'on va se dire là, et puis l'introduction.

— Ah, bon ! Tu écris l'introduction à la fin ?

— Ben oui. Quelques mots de présentation. Pour exciter la curiosité du lecteur. Comme une bande-annonce. Et pour bien faire une bande-annonce, il faut avoir vu le film en entier. D'ailleurs, je vais parler de vous. Ça n'aurait pas été possible quand j'ai commencé.

Elle a posé la main sur le manuscrit et l'a caressé doucement en silence. Et puis elle a dit :

— Quand tu vas citer mon nom dans la « bande-annonce », écris-le avec la bonne orthographe. Comme tu ne ratures pas, pour le reste du livre, tu peux garder la mauvaise.

J'ai répondu instantanément :

— D'accord.

Et puis, soudain, j'ai froncé les sourcils. J'ai réfléchi un peu et j'ai demandé :

— Mais comment pouvez-vous savoir que l'orthographe n'est pas la bonne ?

D'un mouvement très lent, elle a enlevé ses lunettes noires. Le regard était d'une clarté incroyable. Vert, vif, perçant.

— Parce que je n'ai jamais été aveugle, a-t-elle dit posément. Lélya s'écrit avec un « y », pas avec un « i ». Je me suis rendu compte de ton erreur en jetant un œil de temps en temps derrière ton épaule pendant que tu me faisais la lecture. Il est arrivé que tu parles de moi sans que je sois près de toi. Et je t'en remercie d'ailleurs, c'était toujours gentil.

Et elle attrapa un sucre, le cassa en deux et le jeta dans sa tasse en continuant à me fixer avec un sourire amusé. Un tas de mots se bousculaient dans ma tête. J'ai choisi le plus simple :

— Pourquoi ?

— Parce que j'avais envie, répondit-elle. Une ruse bien agréable, ma foi. Bien agréable et si riche d'enseignements. Tu sais, c'est quand les gens croient qu'on ne les voit pas qu'ils sont le plus eux-mêmes. Ils ont des gestes, des expressions qui les dévoilent bien plus que ce qu'ils disent. Je voulais être sûre de vraiment te connaître. Et puis, ça nous a fait vivre de bien beaux moments. Le voyage à Tahiti a été mon préféré.

J'ai souri enfin, et j'ai murmuré :

— Moi aussi.

— En fait, je dois ça à Victorien, a-t-elle repris. Quand il allait traiter certains marchés avec des gens qui ne le connaissaient pas, il utilisait de temps en temps le stratagème de l'aveugle. Ça lui a fait gagner beaucoup d'argent. Et, le plus souvent, ça lui a évité d'en perdre.

Elle a laissé un temps et a demandé avec une voix de petite fille :

— Tu m'en veux ?

J'ai hésité un peu et j'ai répondu :

— Pas du tout. Moi aussi, ça m'a permis de passer des moments formidables.

Je me suis resservi une tasse de café et j'ai repris :

— Donc, si je comprends bien, cette fois, je n'ai pas besoin de faire la lecture.

— Non. Je vais la faire moi-même. D'ailleurs, je te propose de me laisser ton manuscrit. Je voudrais le relire en entier. Mais il me faudra un peu de temps. Est-ce que tu peux, sans que ça te dérange bien sûr, repasser me voir ce soir ?

— Mais ça ne me dérange pas du tout. Bien au contraire. Il me tarde même d'y être.

— On dit vingt heures ?

— On dit vingt heures.

On a parlé encore un peu. Elle m'a répété le bonheur qu'elle avait eu de me connaître vraiment. Que ce petit intermède dans sa vie de veuve riche, empêtrée dans la conservation de son patrimoine, lui avait fait un bien fou. Ça l'avait changée des conseils d'administration, des avocats et des financiers. Un bain de fraîcheur. Et puis, cette ressemblance mystérieuse avec son Victorien, au-delà de la troubler, avait réveillé sa jeunesse.

J'ai plaisanté :

— Si ça se trouve, c'était lui mon père.

— Aucune chance, a-t-elle dit en souriant. De 1948 à 1961, on vivait aux États-Unis à Detroit. Et puis, même si ta Maman était belle, comme je l'ai vu sur la couverture d'un de tes livres, mon Victorien, c'était un fidèle. Au milieu de ses mille défauts, c'était sa plus grande qualité.

J'ai avancé ma dernière élégance :

— Il n'avait pas de mérite. Les spots ne servent à rien quand on est amoureux du soleil !

Et nous sommes repartis dans le couloir. À la hauteur de la vieille photo dans le cadre, j'ai demandé :

— C'est qui ?

— Je ne sais pas. C'était la seule décoration quand j'ai pris la location. Un oubli des propriétaires sûrement. Ça te plaît ?

— Beaucoup, je trouve cette femme hors du temps. Mystérieuse et d'une beauté rare.

— Prends-la.

— Ah, non, je ne me permettrais pas.

Et en décrochant le cadre, elle a dit :

— Allez, j'insiste. Si les propriétaires la réclament, je ferai ce qu'il faut. On n'a qu'à dire que c'est mon cadeau pour me dédommager de t'avoir abusé.

— Franchement, ça me gêne.

— Moi, pas du tout !

J'ai finalement accepté et je suis reparti avec le cadre sous le bras. Elle m'a raccompagné jusqu'à ma voiture. En chemin, elle m'a parlé de sa dame de compagnie. Une vague cousine à son service, très dévouée, mais un peu trop libre dans ses amusements. Elle l'avait forcée à l'accompagner ici. Alors, forcément, coincée dans un trou perdu, loin de la Côte d'Azur et de ses plaisirs, la jeune fille s'ennuyait ferme. C'est pour ça qu'elle était si renfermée. En plus, contrairement à Victorien, elle ne m'aimait pas. Et avec cet exil forcé, elle m'aimerait encore moins.

— C'est pas grave, dit-elle en guise d'adieu. Il y en a tant d'autres qui t'estiment. Comme disait quelqu'un que j'ai bien connu : « Tu te contenteras de l'amour de ceux-là. »

J'ai vu sa silhouette droite s'éloigner dans le rétroviseur. Elle avait mon enfant-livre dans la main. J'ai eu des réminiscences de première maternelle. Le petit qu'on laisse aux portes de l'école. Aux portes de la vie. Bon, il reste encore quelques lignes à tracer. Mais il va me manquer. Je demande à Bernard de me pardonner. Ce n'est pas un gros mot, c'est un cri du cœur :

— Putain, qu'il va me manquer !

7 février 2013. Vingt heures... Les derniers instants de la grossesse.

Je suis assis devant mon ordinateur, au chaud de mon antre dans la maison d'en haut. Dehors, il y a du brouillard. Même si j'avais voulu aller chez Lélya, j'aurais mis un temps fou. De toute façon, quelle importance ! Je n'avais l'intention d'aller nulle part.

Puisque Lélya n'existe pas.

Puisque Lélya n'a jamais existé.

Puisque je l'ai inventée.

Je t'avais promis que si je te mentais, je te le dirais. Et je tiens toujours mes promesses. Ce personnage attachant et mystérieux est entièrement sorti de mon imagination. Mais c'est le seul. Tous les autres existent ou ont existé vraiment. « José-Rosa-Canelle », le « Turc », la « Brindille », « Zébulon », le « grand Gérard »... etc.

Tous. Tiens, à propos, la « panthère blanche » va très bien. Elle m'a écrit de Madagascar. Pour me dire d'abord que sa voyance ne marchait pas sur elle. Et puis qu'elle était repartie se noyer dans de nouveaux verres d'eau. François Hollande existe aussi. Quoi que disent ses adversaires de sa transparence. Et je lui reste fidèle contre vents et marées. À l'heure où il est de bon ton de se renier à la moindre brise, je m'accroche dans la tempête. Question d'amitié. On ne se refait pas.

Lélya était un prétexte, un rêve, un rendez-vous galant pour me décoller un peu plus de la réalité. Et surtout, une psychanalyste plus qu'une obstétricienne. Pour me dire en face ce que j'ai parfois du mal à m'avouer. Pour me juger sans complaisance. Et puis pour mettre un peu de roman dans mon journal de bord. Histoire de franchir les frontières que mon mal de l'air m'empêche de dépasser. Cependant, quand je dis que je l'ai inventée de toutes pièces, ce n'est pas tout à fait vrai. Son histoire est composée de morceaux de vie parfaitement réels que j'ai assemblés pour en faire un puzzle. Des rencontres de hasard encore. Pas assez consistantes pour s'y attarder, mais suffisantes pour alimenter la construction du destin romanesque de mon « obstétricienne » imaginaire.

J'ai connu une veuve riche qui ne vivait que dans le souvenir de son mari décédé. C'était dans un bar de nuit des années soixante-dix. Elle me demandait de lui imiter Gabin parce que son cher disparu lui ressemblait comme deux gouttes d'eau. J'ai croisé, à la roulette du grand casino de Monaco, un marchand d'armes fan du

Plus Grand Cabaret du Monde. Où qu'il soit dans le monde, grâce à TV 5, il ne le ratait jamais. J'ai connu une vieille juive antisémite « parfois ». J'ai connu une dame de compagnie revêche qui ne m'aimait pas. Vraiment pas. J'ai connu un aveugle qui m'a demandé d'être ses yeux. C'était bien moins romanesque. Pas posé dans l'herbe au bord de la Dordogne. Non, juste assis dans un fauteuil de bar dans une boîte à strip-tease. Je devais lui décrire les formes et les contours des effeuilleuses, avec si possible le plus de détails anatomiques. Moins romanesque donc, mais tout aussi jouissif.

Et puis, surtout, j'ai fabriqué Lélya à partir d'une photo accrochée dans mon antre au mur de la maison d'en bas. Une femme d'avant au visage « moderne », étonnamment belle, avec un chemisier à col montant boutonné juste au ras du cou. Ce cadre est posé là depuis le premier jour où je me suis installé. Maman l'avait sorti d'un vieux grenier. Personne n'a jamais su qui elle était. J'ai passé des heures à la contempler. À tenter d'imaginer quelle avait été sa vie. Avait-elle aimé, été aimée, voyagé, trahi, fait pleurer ? Était-elle morte beaucoup plus tard que le jour où elle posait ou juste après ? Avait-elle eu des enfants ? J'ai tout supposé. Sans véritable réponse. Elle est toujours là. Son regard posé sur la table de la cuisine a été le témoin de tous les drames et de tous les bonheurs de ma vie. Elle a trôné au-dessus de chaque repas de famille. Et au moment de commencer l'écriture de ce livre, je me suis rendu compte qu'elle était la seule survivante. Alors, j'en ai fait Lélya. À présent, elle a une histoire. Et après la naissance de ce livre, ni moi ni personne ne la regardera plus jamais pareil.

C'est la part de rêve. Celle qui fait survivre. L'illusion essentielle pour mieux supporter la réalité. Le ruban rose secret qu'il faut absolument attacher à nos existences pour les rendre plus acceptables. Quels qu'en soient les difficultés, les douleurs ou les manques. J'aurais pu mourir cent fois, de chagrin ou d'autre chose. Je suis vivant. Rien que ça, c'est un cadeau précieux. Et je suis accroché à ma bonne étoile. Elle n'est pas dans le ciel. Elle est dans ma tête. C'est la faculté de m'inventer des couleurs sur un écran noir. Et tant pis si le futur est noir aussi. En attendant, ça brille !

C'est ça, le paradoxe de Baraka... Enfin !

Baraka est un artiste africain. Un type extrêmement adroit et un peu fou, qui fait tourner des bassines. Il est venu faire son numéro, il y a quelques mois, au *Plus Grand Cabaret du Monde*. À cette occasion, une personne qui l'accompagnait m'a confié un détail de sa vie étonnamment naïf. Baraka vit en Afrique dans un village sans électricité. Et pourtant, accroché au mur, il y a un cadeau précieux rapporté de ses tournées autour du monde : un écran plasma.

Le paradoxe de Baraka va bien au-delà d'une télé éteinte au fin fond d'un pays pas encore alimenté par la lumière artificielle. C'est l'essence de tous nos rêves, de tous nos espoirs. Celle de ce livre aussi. C'est le sucre sur les ornières en attendant que ma Maman revienne. C'est l'enfant dans le ventre de la « brindille » en attendant que la sienne guérisse. C'est le mensonge à la « petite sœur » de José-Rosa-Canelle, la Vierge en plâtre qui veillait sur le « Turc ». C'est l'espoir. Le bonheur provisoire.

Irréversiblement provisoire.

Ma Maman est revenue, mais depuis elle est repartie. Celle de la « Brindille » est guérie, mais Fleur grandira sans papa. Que pensera le petit-fils de José-Rosa-Canelle de son grand-père en talons aiguilles ? Le « Turc » n'est peut-être pas au paradis. Et Baraka est heureux parce qu'il a un écran plasma. Un jour, peut-être, il aura l'électricité. Dans son village où la vie coule tranquille, tout le monde pourra enfin connaître les catastrophes mondiales. Ils auront les guerres en direct. Ils pourront voir aussi tous les flics du monde pourchasser les violeurs, les tueurs et les terroristes dans des séries où le sang coule à flots. Ils pourront également contempler les piscines, les voitures de luxe, la nourriture qu'ils n'auront jamais les moyens de se payer. Ils pourront, enfin, s'apitoyer sur ces pauvres gens dodus et pleurnichards venus vomir leur mal-être existentiel. Baraka est déjà heureux d'avoir un écran plasma. Encore plus heureux d'imaginer ce qu'il y verra.

Le sera-t-il autant quand il sera allumé ?

Allez, un peu d'humour ! Noir évidemment. Cloclo chantait, joyeux, en sautillant : « Si j'avais un marteau, ce serait le bonheur. » Pauvre, il envisageait de construire une ferme pour y mettre toute sa famille. Et puis une grange et une barrière aussi. Bricoleur, va ! Il n'aurait peut-être pas dû faire la salle de bains lui-même ! Accrocher un plasma au mur dans une maison sans électricité, c'est s'émerveiller d'aujourd'hui parce qu'on n'est jamais sûr que demain ne sera pas pire.

C'est sautiller joyeux, quand même. Et rêver, parce qu'on ne sait jamais.

À tous mes poissons dans l'herbe : je vous aime. Ne pleurnichez pas sur vos plasmas éteints. C'est déjà ça. Et surtout, continuez à espérer. Et soyez fiers de vos illusions. Vous suffoquez, bouche ouverte et le regard perdu ? On ne sait jamais, une averse, un débordement. « Crue » deviendrait une déclinaison du verbe croire. Croire en un monde meilleur. Croire à plus de solidarité, plus d'attentions, plus de générosité. Et pourquoi pas ?

Alors, rêvez !

C'est l'eau que vous imaginez qui va vous faire survivre en plein air.

Et ne vous contentez pas de ruisseaux.

Inventez-vous des océans.

Aujourd'hui, l'impensable est possible.

Je voulais terminer là-dessus, mais Lily s'est réveillée en pleurant dans la chambre voisine. Un cauchemar. Je suis allé la consoler. Elle s'est calmée doucement. En suffoquant encore un peu, elle a demandé :

— Ils sont partis, les monstres ?

— Évidemment. Dès qu'ils m'ont vu.

— J'ai soif.

— Tu veux que j'aille te chercher un verre d'eau ?

— Oui. Merci, papa. Je t'aime.

Quand je suis revenu de la cuisine, elle avait le sourire aux lèvres. Sacré verre d'eau !

— Dors bien, ma fille. Dors bien. Moi aussi, je t'aime. Tu n'as rien à craindre, papa sera toujours là pour chasser les monstres.

— Toute ma vie ?

— Toute ta vie.

— Waouh ! C'est super chouette !

Et elle s'est rendormie en se rêvant heureuse à perpétuité.

Rêve, mon bébé, rêve !

Ton sourire est encore plus beau.

Le bonheur est toujours lumineux, mais bien moins que l'idée qu'on s'en fait !

FIN

Martel. Le 194 juillet.

Cet ouvrage a été composé
en février 2013 par
Firmin-Didot
27650 Mesnil-sur-l'Estrée

Impression réalisée par

BRODARD & TAUPIN

La Flèche
en mars 2013

N° d'édition : 2368/01. N° d'impression : 72510
Dépôt légal : mars 2013

Imprimé en France